KB130172

당항포

문찬도 장편소설

도서출판
청어

서문

바다는 항상 아름답다. 푸르기도 하고 붉기도 하고, 검기도 하고 희기도 하다. 태양의 위치에 따라 변화무상한 바다는 신기루처럼 환상적이다. 흉년에도 부지런한 사람은 밥을 굶지 않는다고 했다. 먼동이 틀 때면 바다에서 피어오른 물안개가 구절산 중턱을 휘돌아 감고 구름 위에 드러낸 봉우리가 천상을 거니는 듯 신비감이 엄습하여 온다. 인간이 아직 잠에서 깨어나지 않는 여명에 바다는 고니, 두루미, 갈매기, 물오리 등 온갖 철새가 날아와서 자기들만의 세상을 만난 듯 조잘거린다.

그때쯤이면 거제 앞 바다에서 밤새 잡은 고깃배가 예일목을 통하여 당항포로 들어온다. 때를 맞추어 부지런한 장사꾼들은 새벽에 일어나서 소쿠리, 다라이 물통을 들고 선창가로 모여든다. 고기를 배당받은 장사꾼들은 고기가 상하기 전에 재빨리 농촌을 다니면서 싱싱하고 맛있는 반찬거리를 제공한다. 어부와 장사꾼과 농민들이 삼위일체가 되어 상부상조하면서 사는 것이 바닷가였다. 당항포는 진동앞 바다에서 예일목이란 목을 지나서 강처럼 좁은 수로를 한참 들어오면 당항포란 포구가 있는데 옛날에는 당목이라고 했다.

서울에서 고성이라고 하면 강원도 고성인 줄 안다. 강원도 고성은 금강산이 있고 설악산이 있고 삼일포가 있고 송강 정철의 관동별곡으로 유명하여 강원도 고성을 모르는 사람이 없다. 그러나 경상도에 고성이 있다는 것을 아는 사람이 드물다. 어쩌다가 행사 때 사람들을 만나면 고향이 어디냐고 묻는다.

　'고성'이라고 하면

　"말소리를 들으니 고성 말이 아니 것 같은데."

　"경상도 고성이요."

　"거기도 고성이 있어요?"

　"있습니다."

　"어디쯤 있어요?"

　"진주에서 남쪽으로 70리, 마산에서 서쪽으로 80리, 통영에서 북쪽으로 50리에 있어요."

　"아이구, 거기서 서울까지 왔으니 출세했네요."

　결국 끝에 가서는 그런 말을 듣는다. 그래서 대충 진주나 통영, 마산이라고 하면 더 이상 묻지 않았다. 당항포에 공룡엑스포가 개최 된 뒤로는 "공룡엑스포가 있는 고성입니다." 웬만한 사람들은 다 안다. 여기에 여담을 소개한다.

　옛날 공화당 때 고성의 어떤 분이 내무부에 근무를 하였는데 자기 처남이 국회의원을 했다. 퇴직하기 전에 마지막으로 고향에 가서 군수를 한 번 하고 퇴직하는 것이 소원이어서 처남한테 사정을 하였더니 처남이 내무부장관한테 부탁을 하여, 하루는 장관실에서 군수발령장을 받으러 오라고 통보가 왔다. 기쁜 마음에 장관실에 올라가서 발령장을 받고 보니 뜻밖에도 강원도 고성군수였다. 고성군수를 시켜달라고 부탁을 하니 장관은 당연히 강원도 군수인줄 알았던 모양이다. 다시 바꿀 수가 없어 할 수 없이 속초에 가서 강원도 고성군수로 3년을 근무하고 퇴직했다.

고성은 큰 강, 높은 산, 넓은 들도 없고 이름난 명승지나 유서 깊은 문화재도 없고 바닷가이지만 항구도 없다. 거제, 통영, 사천, 진주, 마산, 창원 등은 다 시로 승격되었지만 고성은 아직도 읍, 면으로 남아 있다.

작가는 당항포를 중심으로 옛날부터 지금까지 실제 있었던 일, 어른들한테 들은 이야기, 동부 고성의 시대적인 변화와 농촌의 생활상, 삶에 대한 에피소드 등을 소설을 엮어보았다. 독자들의 많은 이해 바랍니다.

차례

서문 2

1부

옥천사 8 | 6·25전쟁 13 | 빨치산 20
인천상륙작전 28 | 사생아 31 | 보릿고개 35
국민학교 42 | 소 도둑 49

2부

동창생 56 | 고직이 61 | 간사지 64
배둔장날 68 | 하모니카 77 | 재일교포 85
당항포 89

3부

판잣집 102 | 구두닦이 109 | 나병환자 114
나무장사 122 | 수류탄 130 | 물망초 136
고성의 독립운동 139 | 삼월삼짇날 146

4부

영도다리 156 | 구치소 164 | 주먹세계 168
우남장 173 | 원양어업 178

5부

배둔 앞바다 192 | 마로니에 사랑 199
중신애비 204 | 납치사건 210 | 범내골 214
생명 222 | 고성의 부자들 228 | 전통혼례 233

6부

불청객 242 | 태풍 249 | 사자와 코끼리 256
맞선 261 | 거류산의 전설 269 | 연변의 우리 민족 272
쓰리 잘 285 | 국회의원 출마 290

7부

권불십년 세불백년 304 | 블라디보스토크 311
보석상 328 | 황혼의 브루스 336 | 엄마의 바다 341
사랑과 이별 348 | 임진왜란 360 | 공룡엑스포 369

1부

옥천사
6·25전쟁
빨치산
인천상륙작전
사생아
보릿고개
국민학교
소 도둑

옥천사

산두골댁은 남편이 인민군에 끌려간 뒤 매일 야월삼경 깊은 밤에 물동이를 이고 산속 약물샘터에 가서 물을 길러왔다.

노루가 왜액-, 꿩이 푸드득, 토끼가 후닥닥, 여우가 부스럭, 사람을 놀래키지만 남편이 살아 돌아오기를 일구월심 기다리는 신념으로 무서운 것도 모르고 정화수를 떠 와서 칠성당에 올려놓고 치성을 드렸다. 그해 동지 날 산두골댁은 쌀두되, 콩 한 되, 깨 한 되, 소지종이 한 묶음, 양초 한 봉지를이고 옥천사로 갔다. 한겨울이라 봉치고개에서 넘어 오는 세찬 바람이 겨드랑 밑까지 파고들지만 산두골댁은 추위 따위는 아랑곳하지 않았다. 절에 가서 불공을 드리면 소원이 이루어질 거라는 기대감에 힘든 줄도 몰랐다.

옥천사는 연화산 중턱에 있었다. 지리산에서 떨어져 나온 낙남산맥이 사천 고성 함안 창원을 지나 김해 신어산까지 이어진다. 연화산은 경남의 명산으로 산세가 수려하고 아름다워 사시사철 등산객들이 끊이지 않는다. 멀리서 보면 절이 있을 만한 장소가 못될 것 같은데 그 안에 들어가면 새가 알을 품듯이 아늑하고 옴쏙하여 큰 가람도 거뜬히 품고 있는 명산이었다. 그래서 옛날부터 옥천사에 불공을 드리면 한 번은 소원이 이루어진다는 소문이 났다.

옥천사는 신라 의상대사가 창건한 일천오백년 전통으로 인근에 청연암과 백연암을 거느린 대 사찰로 진주 마산까지 그 명성이 나있었다. 봄이면 진달래, 가을이면 단풍이 산야를 이루고 알밤과 도토리, 개암이 지천으로 흩어져서 산짐승도 많았다.

산두골댁은 시어머니 한골댁이 자주 다니던 백년암으로 올라갔다. 백년암은 본절을 지나서 한참 올라가면 산중턱에 있었다. 숨이 턱밑에까지 차올랐다.

"요즈음은 여기서 불공을 드리지 않습니다."

노 스님의 하소연이었다.

"예? 불공을 드리지 않다니요?"

"전쟁 때문에 모든 것이 망가지고 남아있는 것이 없습니다."

"우리 시어머님께서 오랫동안 백년암에 다녔는데 웬만하면 여기서 불공을 드리게 해주십시오."

"식량도 반찬도 없습니다."

"내가 가지고 온 쌀로 밥을 해서 불공을 드리면 안 되겠습니까?"

"나도 본 절에 가서 공양을 하고 올라옵니다."

"여기까지 힘들어 올라왔는데 어떡하나?"

"본절로 가십시오."

산두골댁이 올라오던 길을 다시 내려와서 본 절에 가니 낯 모른 장정들이 많았다. 절에는 흉년에도 식량이 떨어지지 않는 다는 소문이 나서 굶주리고 배고픈 빈객들이 절로 찾아든 것이다. 빨치산으로 수배된 사람, 도둑질을 하다가 도망 온 사람, 군대에 기피한 사람, 사기꾼, 건달, 놈팽이들도 절로 찾아들었다. 부처님은 찾아오는 빈객을 쫓아내지 않는다고 했다.

"한술의 밥도 나누어 먹고 한 모금 물도 나누어 마신다."

부처님의 응보였다. 건장한 장정들은 나무를 해오고 장작을 패고 군불을 때고 마당을 쓸고 물을 길러왔다. 법당에 가니 많은 여인들이 와서 불공을 드리고 있었다. 다들 전쟁으로 남편이나 아들이 군대에 갔거나 인민군에 끌려간 사람들이었다. 부잣집 수운댁도 와 있었다.

"바람 올리러 왔는갑네예?" 산두골댁이 묻자

"백일 기도드리러 왔습니다."

수운댁은 소복을 정결하게 입고 말씨가 조용했다.

"아직 소식이 없습니까?"

수운댁이 산두골댁보고 남편의 소식을 묻는다.

"죽었는지 살았는지 소식이라도 있으며 안 좋겠습니까."

"어디에 살아도 살았을 겁니다."

"그러면 오죽 좋겠습니까."

산두골댁은 수운댁을 보자 부러운 마음이 들었다.

'되는 집은 일일이 잘된다고, 부잣집에 남편까지 살아 돌아왔으니 얼마나 좋을까.'

속으로 중얼거린다. 수운댁과 산두골댁은 같은 해에 시집을 왔다. 산두골댁의 남편 차흥수와 수운댁의 남편 엄필훈은 한동네에서 죽마고우로 국민학교도 같이 다녔다. 같이 인민군에 끌려갔다가 엄필훈은 요행히 탈출하여 집으로 왔는데 차흥수는 소식이 없었다.

옥천사는 해우소가 높았다. 높은 2층 다락에 해우소를 만들어 사람들은 대변을 하려면 어지러워 대변이 잘 나오지 않는다고 했다. 그것도 다 사연이 있었다. 옛날 한 스님이 밤중에 해우소에 가서 대변을 하는데 커다란 호랑이가 내려와서 잡아먹으려고 했다.

"점잖은 산신령이 인가에 내려와서 무슨 해코지를 하려고 그럽니까, 여기는 인간이 사는 곳이니 깊은 산으로 제발 올라가십시오." 점잖게 타일렀으나

"으르릉, 쿵"

호랑이는 배가 고픈지 소리를 지르며 흙을 퍼부었다. 방에서 같이 잠을 자던 보살이 잠이 깨어보니 스님이 화장실에 가서 오지를 않았다. 무서운 예감이 들어 귀를 기울이니 호랑이의 으르릉 거리는 소리가 들렸다. 깜짝 놀란 보살이 일어앉아 목을 길게 뽑고 닭 울음소리를 여러 번 내니 호랑이는 새벽이 온 줄 알고 산으로 가버렸다고 한다. 그 뒤 절에서는 2층 누각을 세워 산짐승이 해꼬지를 못하도록 해우소를 높게 만들었다고 한다.

그날 저녁, 산두골댁은 요사채에서 잠을 자다가 소변이 하

고 싶어 해우소에 갔다. 동짓날 밤은 칠흑같이 캄캄했다. 해우소는 절간 담벼락 밖의 한쪽에 멀리 있었다. 밤에 가려니 너무 적적하여 무서운 생각이 들었으나 소변을 아무 곳이나 할 수는 없었다. 한겨울이 되어 산등성이를 넘어오는 바람은 차가웠다. 바람이 위잉– 하는 귀신같은 소리가 나더니 해우소 문이 덜걱거린다. 더듬더듬 더듬어서 겨우 해우소에 가서 소변을 하고 들어오려는데 나무 뒤에서 큰 그림자가 얼른거리더니 커다란 손이 산두골댁의 입을 틀어막는다.

"악–."

그러나 그 소리는 적막한 깊은 산 속에서 아무한테도 들리지 않는다. 산두골댁은 입이 틀어 막힌 채 길 옆의 낙엽 위에 쓰러졌다. 발버둥 쳤으나 깊고 깊은 밤에 주위에는 아무도 없었다. 산두골댁은 덩치가 큰 남자의 배에 눌려서 한참 몸부림치다가 일어났다. 그리고 큰 그림자는 어디론가 사라져 버렸다. 스님은 아닌 것 같았다.

"떠돌이 식객들이 많다고 하더니…"

산두골댁은 무서워서 몸을 떨며 얼른 요사채에 들어왔다. 수운댁도 잠이 오지 않는지 뒤척이다가 쳐다본다. 산두골댁은 아침 일찍 일어나서 세수를 하고 돌아올 준비를 했다.

"오늘 집에 가려고 하는데 더 있을 겁니까?" 수운댁을 보고 물으니

"나도 가려고 합니다."

"백일기도를 더 안하고요?"

"집에 가는 것이 났겠습니다."

수운댁도 겁에 질린 것 같았다.

"그럼 같이 갑시다."

둘은 신평에 용한 점쟁이가 있다는 말을 듣고 황새고개를 넘어왔다.

6·25전쟁

1950년 6월 초여름 날씨는 무더웠다. 모를 심고난 뒤 농촌에서는 일하기에 바빴다. 남자들은 논을 매고, 풀 베고, 나무하고, 여인들은 삼을 베어 와서 길쌈하고 밭 매고 빨래하고 가사 일에 여념이 없었다. 평화롭고 한가한 마을에 삼팔선에 인민군이 내려왔다는 소식은 사람들 입을 통하여 알려졌다.

사람들은 총격전을 벌리다가 돌아가겠지 생각했다. 그런데 날이 갈수록 사태가 심상치 않은 분위기였다. 그래도 사람들은 남쪽 바다 끝까지 인민군이 내려올 거라고는 꿈에도 생각하지 못했다. 그런지 얼마를 지나지 않아 인민군이 진주에 왔다는 소문이 났다. 그때서야 사람들은 놀라서 우왕좌왕했다. 여차하면 피난 가려고 보따리를 싸고 미숫가루를 만들고 피란 굴을 팠다. 남쪽이 맨 끝인 고성은 피난 갈 데가 없었다. 청년들이 더 걱정이었다. 인민군은 청년부터 끌고 가서 죽인다고 소문이 났다. 어떤 사람은 절간으로 들어간다고 하고 어떤 사람은 배를 타고 섬으로 간다고 했다. 부산으로 오가는 태평호가 운항을 정지했다. 신문도 방송도 없는 시골에 사태가 어떻게 돌아가는지 알 수가 없었다. 그러니 유언비어가 난무하고 이상한 방이 붙었다. 배둔장터에는 말(馬) 두 마리와 조리 두개를 그린 그림이 붙어 있었다. 도사가 그렸다고 했다. 사람들은 무슨 뜻인지 해석을 하지 못하여 웅성웅성 하는데 엄마를 따라 장에 온 어린애가 설명을 했다.

"이말 저말 하지 말고, 요리조리 피하라."

"아이구, 그 애가 기특하다."

사람들은 감동을 했다. 해방 후에 일본에서 돌아온 사람들이 더 겁을 먹는다. 일본에서 현대전을 경험하였기 때문에 미군이 불리하면 원자폭탄을 때릴 거라는 소문이 났다. 전쟁 중에도 점쟁이 집은 문전성시를 이루었다. 집집마다 젊은 아들이 걱정이었다. 인민군한테 끌려가면 큰일이었다. 어디에 숨어야 안전한지 점을 치고 부적을 써서 지녔다.

벌써 고성읍내에 인민군의 모습이 보였다는 소문이 났다. 선발대가 이미 고성에 들어왔던 것이다. 인민군은 나뭇가지를 허리에 꽂아 위장을 하여 길을 따라 천천히 내려오다가 미군 정찰기가 공중에 뜨면 "항공—" 먼저 본 인민군이 재빠르게 소리를 지르면 언덕 밑이나 소나무 아래에 엎드려 숨어버린다. 그러면 정찰기는 눈치를 채지 못하고 돌아간다.

인민군은 읍내에 들어와서 경찰서부터 먼저 점령을 했다. 경찰들은 이미 도망가고 없었다. 고성읍을 장악한 인민군은 배둔 쪽으로 진격할 준비를 했다. 배둔에서 방만티고개만 넘으면 창원군 진전면이다. 거기서 동전고개만 넘으면 마산이다. 마산을 점령하면 부산은 식은 죽 먹기이다. 인민군이 배둔 쪽으로 진격한다는 정보를 입수한 미군은 마암면 두호리 다비고개에서 1차 방어선을 설치했다. 고성에서 마산으로 가려면 유일한 국도였다. 다비고개는 비포장도로로 높지는 않지만 도로가 꼬불꼬불하고 양쪽의 산이 험하여 방어하기가 좋았다.

마산에서 급파한 미군 1개 중대와 인민군 몇 개 대대가 맞붙었다. 하늘에 비행기가 시커멓게 뜨고 기관총 소리가 콩 볶듯이 요란했다. 비행기에서 시뻘건 불이 주르르 떨어지고 폭탄 터지는 소리가 천지를 진동했다. 사람들은 생전 처음 보는 전투에 벌벌 떨었다. 따따따, 꽝, 꽝, 꽝, 쿵 쿵, 휘-익 쿵, 우르르 꽝! 천지가 진동하고 귀가 멍하여 정신이 아찔했다. 하늘에는 까마귀보다 더 새까맣게 미군 비행기가 떴다. 그들끼리 서로 부딪치지 않는 것이 신기했다. 비행기는 사람만 보이면 폭탄을 떨어뜨리고 기총소사를 했다. 인민군보다 미군 비행기가 더 겁이 났다.

사방 불타는 소리, 부서지는 소리, 울부짖는 소리, 사람 부르는 소리, 고함을 지르는 소리, 살려달라는 소리, 어린아이의 우는 소리, 아수라장이었다. 들에서 일하던 사람들은 재빨리 뛰어서 산 밑에 소나무 숲에 숨었다.

개울 건너집 사람들은 겁에 질려 피란 간다고 식구대로 커다란 이불 보따리와 가재도구를 이고 지고 소를 몰고 동네 앞으로 쭈욱 나온다. 소는 살림 밑천이니 몰고 가지 않을 수가 없었다. 막상 밖을 나오자 사방 비행기가 뜨니 어디로 가야 할지 몰라 우왕좌왕했다. 공중에는 비행기가 계속 돌면서 불을 내뿜는다. 이것을 본 동네 사람들은 다급하게 고함을 지른다.

"어르신! 어르신! 짐을 버리고 빨리 엎드리소!"

"윙—"

공중에는 비행기가 낮게 떠서 곡예 하듯 날아간다. 비행기 소리에 귀가 떨어질 것 같았다. 그러다가

"꽝—"

폭음과 함께 땅이 꺼질 듯이 흔들린다. 폭탄이 터지는 것이었다. 일행은 짐을 콩밭에 던지고 개울 안으로 숨는다. 그러자 고삐를 놓친 소가 비행기소리에 놀라서 사방 미친 듯이 뛰어다닌다.

"저, 소 봐라, 저, 소 붙들어라, 소 때문에 큰일 날기다."

동네사람들이 다급하게 외치니 그 집 어른이 개울에서 나

와 소를 붙잡아 감나무에 매었다. 소는 등치가 커서 비행기에서 잘 보인다. 움직이는 것은 무조건 기관총을 쏘아댄다. 모퉁이 집에서 연기가 올라온다. 연기가 나면 인민군 밥해준다고 오인하여 폭탄을 때린다. 폭탄이 터지면 동네 전부가 쑥밭이 된다.

"저 집에 무슨 연기고… 불 꺼라!"

사람들은 겁이 나서 밖으로 나오지 못하고 울타리 구멍으로 고함을 지르니

"닭을 잡아먹어요."

"뭐라!"

사람들은 깜짝 놀란다.

"어짜피 죽을 바에야 닭이라도 잡아먹고 죽어야지요."

"저 사람들 미쳤나, 그 집만 죽나, 폭격을 하면 온 동네가 쑥밭 되는데."

이럴 때 "위이– 잉– 꽝꽝!"

또 인근에 폭탄 터지는 소리가 났다.

"따따따땅… 꽝꽝… 쿵쿵… 우장창…."

부서지고 깨어지고 무너지는 소리가 난다. 큰 항아리만한 소이탄이 비행기에서 쑥 빠져 옆 동네에 떨어진다.

"악! 아아아–, 어어엉–"

어른도 놀라서 경기가 들어 사시나무 떨듯한다. 어떤 사람은 기둥을 끌어안고 살려달라고 소리치고, 어떤 사람은 소마

구에 들어가서 거적을 둘러쓰고, 어떤 사람은 아궁이 안으로 기어들어간다. 다들 우왕좌왕 제정신이 아니었다. 하루 종일 폭탄을 퍼붓고 총을 쏘아도 물밀 듯이 밀려오는 인민군을 막지를 못했다. 미군은 모든 것을 팽개치고 군용차를 타고 마산 쪽으로 번개처럼 달아나버렸다.

미군이 후퇴하자 사람들은 미군이 버리고 간 물건을 줍는다고 다비고개에 몰려들었다. 죽은 사람, 다친 사람, 행방불명된 사람들이 많았지만 우선 산 사람들이라도 굶어죽지 않아야 되었다. 미제 물건은 품질이 좋았다. 야전삽, 곡괭이, 바케스, 양식기, 담요, 털모자, 군복, 통조림 등은 우리나라에는 없던 귀한 물건들이 많았다. 튼튼하고 쓰기 좋고 질겨서 사용하기에 편리했다. 매일 사람들이 몰려와서 물건을 줍는다고 장사진을 이루었다. 그러다가 불발탄이 터져서 손가락이 날아가든지 다리를 다치는 사람도 많았다.

후퇴한 미군은 진해 앞바다에 군함을 정박시키고 고성 쪽으로 함포를 계속 발사했다. 한 번은 크게, 한 번은 작게, 그 소리가 10초 간격으로 밤낮없이 들리니 사람들은 몸서리가 났다. 벌겋게 달아오른 포탄이 밤중에 날아오면 온 동네가 환하게 대낮같이 밝았다. 그러다가 어디서 "쾅!" 하는 소리가 나면 천지가 진동하고 대들보가 흔들렸다. 어른들은 자다가 놀라서 밖에 나와 웅성웅성한다. 어디에 포탄이 떨어졌는지, 이웃에 피해가 없었는지 살핀다. 그러다가 다시 들어가서 누워 자려면 또 천지가 진동하는 포탄 터지는 소리가 난다. 매일 이러니 사람들은 노이로제에 걸려있었다.

여태 우리나라는 총과 대포와 비행기로 치르는 현대전은 처음이었다. 임진왜란 이후 농사짓고 길쌈하고 배가 고프면 고픈 대로 태평세월 속에 지내다가 신식무기로 현대전을 치르게 되니 지금까지 겪어보지 못했던 처참한 경험을 한 것이다. 2차 세계대전이 있었다 해도 일본에서 치른 전쟁이었기 때문에 우리나라에서는 전쟁물자와 병력만 제공하면 되었다. 직접 총을 쏘고 대포를 퍼붓고 폭탄을 터뜨리는 일은 없었다.

하늘에는 호주의 쌕쌕이(제트기)가 날아와서 기관총을 퍼붓고 달아난다. 소리도 없이 와서 기총을 퍼붓고 소리도 없이 달아나니 사람들은 피할 겨를도 없이 그 자리에서 꼬꾸라진다. 어제 멀쩡하던 사람이 오늘 죽었다고 곡소리가 난다. 일가친척한테 연락할 길이 없었다. 무서워서 아무도 동네밖에 나가지 못한다. 장례를 지낼 틈도 없었다. 죽으면 밤에 시체를 가마니에 싸서 지게에 지고 산기슭에 묻는다. 내일은 또 누가 죽을지 알 수 없었다.

구만면 광덕리에도 죄 없는 어린이들이 많이 죽었다고 소문이 났다. 궁내천은 구만면 골짜기에서 내려오는 물이 한데 모여 배둔 앞바다로 들어간다.

전쟁으로 학교가 휴교되자 아이들은 궁내천에 나와 목욕도

하고 물놀이를 하고 장난을 치며 재미있게 놀았다. 그들은 세상이 어찌 돌아가는지 알 수도 없고 전쟁이 무엇인지 알지 못했다. 그저 학교에 가지 않고 노는 것이 더 재미가 있었다. 어떤 아이는 멱을 감고, 어떤 아이는 소쿠리로 피라미를 잡고, 어떤 아이는 조약돌을 모으고, 어떤 아이들은 모래로 성을 쌓으며 재미있게 놀고 있었다. 그때 하늘에서 미군 사다리 비행기가 날아왔다. 사다리 비행기를 처음 보는 아이들은 신기하여 모두 발가벗은 채로 하천 둑에 나와 손을 흔들며 환호성을 질렀다. 이를 본 인민군이 갑자기 따발총을 가져와서 아이들한테 갈긴 것이다. 비행기에 손을 흔들거나 거울을 비추면 인민군이 있다는 신호라는 것이었다. 철없는 아이들은 그것을 몰랐다. 다만 신기해서 손을 흔든 것뿐이었다. 소식을 들은 부모들이 뛰쳐나와 죽은 아이들을 안고 울고불고 몸부림쳤지만 소용없었다.

빨치산

전쟁이 나자 그동안 사회에서 소외받았던 청년들이 빨치산에 가입하여 인민군 앞잡이 노릇을 하며 거들먹거렸다. 판덕수 아버지 판태호는 일제 때 면장을 하면서 일본의 전쟁물자 조달에 앞장서서 동네 사람들한테 원성이 자자했다. 그는 쌀이나 보리쌀은 물론 놋그릇, 목화, 담배, 송진, 쇠붙이 등 온갖 것을 빼앗아 일본에 바쳤다. 심지어 문짝의 문고리나 담뱃대 물쪼리까지 뽑아가니 온갖 욕을 얻어먹었다. 그러다가 갑자기 해방이 되자 죄인처럼 기가 꺾여 지내다가 인민군이 내려오자 고기가 물을 만난 듯이 기세등등했다.

태호는 어깨에 인민군이라는 붉은 띠를 두르고 완장을 팔에 차고 인민군들을 인솔하여 집집마다 다니면서 호구조사를 했다. 그 집에 재산이 얼마이며 일 년에 벼를 몇 섬 생산하고 보리를 몇 가마니를 거두어들이며 남자가 몇 명이고 나이는 몇 살이며 학교는 어디를 나오고 직업은 무엇인지 소상히 파악을 했다. 잘못 이야기하면 판태호한테 들통이 나니 거짓말을 할 수가 없었다. 젊은 아들이 있는 집은 벌벌 떨었다. 혹시 아들이 인민군에 소집되지 않을지 노심초사했다.

"이 집 아들은 뭐하깐디?"

인민군이 머릿개댁 할머니한테 묻자

"집에서 놉니다."

"그 집 아들 대학에 다니잖아."

판태호가 반말로 반박을 하니

"똑바로 못하깠디!"

인민군이 눈에 핏발을 세우며 소리를 지른다.

"아, 예, 요즈음 집에 노노 논다는 말입니더."

머릿개댁은 얼굴이 사색이 되어 손을 떨면서 말을 제대로 못한다.

"이 집 영감은 어디 갔어."

"논매러 갔습니더."

"내일 아침 이 집 아들과 영감은 나한테 나오라고 해! 알갓디."

"예."

인민군 대장이 명령하자 할머니는 판태호한테 매달린다.

"좀 봐주이소."

"소용없어."

그날 저녁, 할머니는 큰 암탉 한 마리를 잡아서 판태호 집에 갖다 준다. 인민군은 청년들을 소집하여 의용군이라는 명목으로 노동당에 가입시키고 30대 이상 장정들은 보국대라는 짐꾼으로 식량이나 탄약 등을 운반한다. 인민군은 매일 쌀이나 간장, 된장, 고추장, 김치 등을 거두어서 진전면으로 보낸다. 진전면은 마산을 점령하기 위한 전초기지였다. 진전면에서 동진고개만 넘으면 마산이다. 마산만 점령하면 부산은 식은 죽 먹기이다. 배둔은 매일 폭격을 하여 고성에서 진전면으로 가는 길목을 막는다. 그러나 미군은 구만면에서 번듯고개를 넘어서 진전면에 가는 오솔길이 있다는 것을 몰랐다. 엉뚱한 배둔에 연일 폭탄을 퍼붓는다.

배둔은 집이 불타고 가재도구가 박살나고 쑥밭이 되었다. 배둔 사람들은 가족을 거느리고 보따리를 이고지고 피난하러 골짜기를 찾아다닌다. 늦게 온 사람들은 방을 구하지 못하여 헛간이라도 빌려달라고 한다. 인민군은 선무공작도 실시했다.

"앞으로 남조선이 해방되면 다 같이 잘 살 수 있을 거라오."

가난한 사람들은 감언이설에 속아 잘 사는 집 아들이나 대학에 다니는 친구, 지식층, 지역유지들을 고자질하여 많은 사람들이 끌려갔다. 비행기에 수건을 흔들었다든지 거울을 비췄다고 하면 당장 검거하여 총살감이었다. 아니라고 해도 소용없고 증인도 필요 없었다. 총 한 방이면 만사 끝이었다.

산두골댁 남편 차흥수는 국민학교 교사를 하다가 전쟁이 터지자 조기 방학을 실시하여 집에 있었다. 교사들은 안전하다는 말만 믿고 농부들처럼 벙거지를 쓰고 다니면서 논 매고 풀 베고 소 먹이고 집안일을 하며 지냈다. 그런데 하루는 산에 가서 소를 먹이고 집에 오는데 느닷없이 인민군이 마당에 들어섰다.

"꼼짝 마!"

인민군은 장총을 들이대고 차흥수를 묶어 면사무소로 끌고 가서 창고에 집어넣었다. 거기에는 여럿 사람들이 잡혀와 있었는데 부잣집 아들 엄필훈과 머릿개댁 아들도 잡혀 와 있었다.

"필훈아 너도 왔니."

필훈은 고개를 푹 숙이고 말이 없었다. 사람들은 무슨 연유인지 몰라 전전긍긍했다. 전에는 경찰 가족이나 군인 가족, 의사 가족들을 끌고 가서 총살했다고 소문이 나더니 요번에는 누구는 미군 비행기에 수건을 흔들었다고 하고, 누구는 거울을 비쳤다고 하고, 누구는 인민군 군량미를 훔쳤다 했다. 그러나 이들은 그럴 사람이 아니었다. 산두골댁은 교사는 괜찮을 거라는 이웃의 말만 믿고 있다가 다음날 오후 김밥과 떡을 만들어 남편을 찾아가니 일행들은 어디로 갔는지 이미 끌려가고 없었다. 끌려간 사람들은 봉치고개로 올라갔다. 봉치고개는 구만면에서 개천면 옥천사로 넘어가는 고개로 상당히 높았다. 사람들은 높은 고개에 올라가느라고 헐떡 벌떡 기진맥진했다. 고개를 넘어가면 왼쪽 골짜기에 사람이 살지 않는 음침한 곳이 있었다. 인민군은 거기에 많은 청년들을 따발총으로 살해했다.

"잠시 쉬어!"

고개에 올라오느라고 인민군도 숨이 차니 인솔대장이 일행을 멈추게 했다. 끌려온 사람들도 숨을 헐떡이며 얼굴이 노래서 기진맥진했다. 고개에 서서 바라본 구만들판은 평화롭기 그지없었다. 전날 비가 온 뒤라 초가을의 산천은 너무 깨끗하고 고요했다. 산에는 풀벌레 소리 하나도 들리지 않았다. 전쟁이 나서 그런지 나무하는 사람, 소먹이는 아이들도 보이지 않았다. 넓은 들녘에는 벼가 무럭무럭 자라서 누렇게 피어오르고 있었다. 이렇게 풍요롭고 아름다운 강산에 왜 동족끼리 총을 쏘아야 하는지 이해가 되지 않았다. 해가 서쪽으로 기울자 습기를 함박 머금은 대지는 동쪽 하늘에 멋지게

무지개를 만들었다. 무지개는 겨레의 비극을 아는지 모르는 지 적산 위에 높이 떠서 신비스러운 곡선의 미를 뽐내고 있었 다. 산천이 아름다울수록 끌려가는 사람들은 더욱 슬퍼졌다. 자연은 저렇게 아름다운데 인간은 왜 이토록 저주하는 것 일 가. 인민군도 자연의 아름다움에 감탄하는 것 같았다.

건너편 산골짜기에서 총소리가 들린다. 거기도 누군가 총 살을 당하는 것 같았다. 죽음의 길로 끌려가는 사람들은 인 성만성이었다. 고함을 지르는 사람, 어머니를 부르는 사람, 아내를 부르는 사람, 실성하여 외치는 사람도 있었다. 누군 가 노래를 부른다. 차흥수였다. 그도 죽기 전에 세상을 향하 여 마지막 노래를 하는 것 같았다. 노래는 학교 음악시간에 학생들을 가르치던 아일랜드 민요 '아! 목동아!'였다.

저 고운 꽃은 시들어서 죽고
나또한 죽어 땅에 묻히면
나 자는 곳을 돌아보아주며
거룩하다고 불러주어요
그 고운 목소리를 들으며
나 묻힌 무덤 따뜻하리라
너 항상 나를 사랑하여주면
네가 올 때까지 내가 잘 자리라

노래는 은은하게 멀리 멀리 퍼져나갔다. 모두 숙연했다. 다들 볼에서 눈물이 주르르 흘러내린다. 인민군도 말이 없었다. 그들도 고향을 생각하는 것 같았다. 한참 숙연해 있을 때 남쪽 하늘에서 비행기 소리가 들린다.

"항공—"

인민군 누군가가 소리를 지른다. 인민군들은 재빨리 소나무 밑으로 숨어버린다. 비행기는 구만면을 한 바퀴 돌다가 학교를 폭격하기 시작했다. 거둔 군량미를 학교 안에 보관한다고 낮에 사람들이 웅성거리는 것을 미군정찰기가 포착한 것이다. 이럴 때 끌려온 사람들은 손이 묶인 채 도망을 가기 시작했다.

"따따땅, 따따따땅…"

인민군은 소나무 밑에서 따발총을 갈긴다. 엄필훈은 도망치다가 사타구니에 총을 맞고 간신히 집으로 돌아왔지만, 차홍수는 영영 소식이 없었다. 구만면은 예로부터 선비의 고장으로 최씨, 이씨, 허씨, 곽씨 등 많은 씨족들이 집성촌을 이루며 살고 있었다. 그리되니 집안끼리 서로 경쟁심이 심하여 상대방 집안의 대들보나 잘사는 집의 자식, 지식인 등을 반동분자라고 고자질하여 무고한 주민들이 피해를 본 경우가 많았다.

사람들은 인민군 치안대장 판태호 집에 몰려가서 사람을 찾아내라고 아우성을 지른다. 판태호가 그 집 내력을 알고 고자질 했다는 것이다.

"뭐욧, 제기랄! 내가 끌고 가라고 했소?"

판태호는 오히려 주민들한테 삿대질을 하며 큰 소리를 지른다.

"가량포양반이 고자질 하지 않았으면 우리 남편이 지식인인지 무엇을 하는지 그들이 어떻게 알겠소."

산두골댁이 대어드니

"그들도 학교 선생인줄 다 알아요."

판태호도 고함을 지른다.

"선생은 괜찮다고 안심하라고 하더니 왜 잡아갔어요."

"내가 알아욋. 그들 마음대로지, 나도 이용만 당했어요."

씨암탉 한 마리를 준 머릿개댁도 와서 통곡을 한다.

"아이고, 아이고, 내 자식 찾아내라! 니가 빨치산 대장을 하더니 이 동네청년들을 모조리 고자질 했다. 니가 우리 아들 대학 다닌다고 고자질하더니 잡혀가서 시원 하냐, 이놈아!"

머릿개댁이 악을 쓴다. 산두골댁은 이웃 까치골댁이 인민군 대장한테 찾아가서 자기남편은 쑥맥이가 되어 그런 사람이 못된다고 밤새도록 사정을 하여 남편을 빼냈다는 소문을 듣고 "내가 왜 가만히 있었을고!" 땅바닥에 나뒹굴며 통곡을 한다.

인천상륙작전

하루는 하늘에서 삐라가 뿌려졌다. 인천상륙작전을 개시했다는 내용이었다. 인천을 점령하고 곧 서울을 탈환했다는 삐라가 계속 뿌려졌다. 전화도 없고 라디오도 없던 시절에 삐라가 유일한 소식통이었다. 인민군이 물러나고 아군이 들어오자 역으로 빨치산에 가입한 사람들을 색출하기 시작했다. 땅땅, 우루루 투덕투덕… 골목에는 쫓는 사람 쫓기는 사람 아우성이었다. 빨치산에 가입한 청년들은 도망가다가 잡혀가고 또 총살당하고 난리였다. 판태호는 제일 먼저 지서에 끌려가서 총살당했다. 집집마다 곡소리가 난자했다. 아군과 미군이 압록강까지 진격했다가 중공군의 참전으로 다시 후퇴하여 삼팔선근처에서 일진일퇴를 거듭하자 사상자가 속출하여 학교에는 매일 전사자의 유골이 도착했다. 일주일에 한 번씩 전교생을 운동장에 모아놓고 엄숙하게 장례식을 거행했다. 유족은 말할 것도 없고 선생부터 학생까지 울음소리가 운동장에 가득했다. 인민군에 끌려가고, 아군에 의해 총살당하고, 군대에 가서 전사하고, 몇 집에 한집은 자식이나 남편을 잃은 집이었다.

하루는 아침을 먹고 일하러 가는데 하늘에서 천지가 진동하고 땅이 꺼질 듯이 울려 다들 놀랐다. 사방 둘러보아도 보이는 것은 없고 소리는 점점 더 커졌다. 사람들은 또 무슨 변고가 생겼나 걱정을 하면서 하늘을 쳐다보았다. 그러다가 어떤 아이가

"야, 저기 보인다."

손가락으로 하늘을 가리키니 은빛 같은 작은 물체가 반짝반짝 하늘 높이 떠서 북으로 날아가고 있었다.

"하나, 둘, 셋…"

"열하나, 열둘, 열셋…"

"백하나, 백둘, 백셋…"

다음날도 또 다음날도, 계속 날아갔다. B29비행기라고 했다. 아이들은 매일 B29가 날아가는 것을 보고 세고 있었다. 자세히 보니 그 많은 비행기가 제멋대로 날아가는 것이 아니고 네 대씩 짝을 지어 질서 있게 날아가는 것이었다. 북한에 폭격하여 많은 성과를 거둔다고 삐라가 뿌려졌다.

학교에는 어디서 왔는지 신병들이 와서 교육을 받기 시작했다. 학생들은 운동장을 내주고 서당으로 재실로 종대로 다니면서 공부를 했다. 학교는 매일 구령소리가 들리고 사격연습 하느라 총소리가 요란했다. 훈련이 끝나고 쉬는 시간이 되자 훈련병들은 배가 고파서 개울로 기어와서 동네에 들어가서 밥을 구걸했다. 사람들은 자기자식들도 군대에서 굶주릴 것이라고 생각하여 먹던 밥도 덜어서 주었다. 밥이 없으

면 보리쌀 삶은 것이라도 달라고 했다.

전쟁이 길어지자 정부에서는 국가 총동원령을 내려 여자들도 훈련을 받고 군대에 가야 했다. 훈련병이 떠난 학교에는 여인들의 훈련소로 변했다. 갓 시집온 새색시와 곧 시집갈 처녀들도 머리를 땋고 몸뻬를 입고 대나무 총을 메고 훈련받았다. 산두골댁도 남편이 인민군에 끌려갔지만 정부정책에 의하여 몸뻬를 입고 훈련을 받으러 가지 않을 수가 없었다. 교관은 학교 선생들이었다. 대나무로 만든 총을 어깨에 메고

"하나 둘, 하나 둘, 좌향 좌, 우향 우, 뒤로 돌아, 앞으로 가."

재식훈련을 받았다. 좌향좌 하면 우로 돌고, 우향우 하면 뒤로 돌고, 뒤로 돌아 하면 옆으로 돈다. 처음에는 모두 웃었지만 웃을 일이 아니었다. 중공군이 참전하여 나라가 백척간두에 놓여있는데 남녀노소 없이 악전고투하였다. 국민학교도 졸업하지 않은 여인들이 많으니 제식훈련에도 말을 전혀 알아듣지 못했다. 선생들도 기가 찼다. 여인들은 아침 먹고 설거지 할 틈도 없이 훈련받으러 나와야했다. 지각생이 속출하고 군기가 엉망이었다. 한나절이 되니 시어머니들이 손자를 업고 젖 먹이러 왔다. 아들은 군대에 가고 며느리는 훈련받으러 가고 나이 많은 할아버지와 할머니가 농사를 짓고 손자를 돌보았다.

사생아

옥천사에 갔다 온지 몇 달 뒤 수운댁이 임신을 했다는 소문이 났다. 그러자 동네에는 웃음꽃이 활짝 피었다.

"자손이 귀한 집인데 아들을 낳으면 얼마나 좋겠노."

사람들은 자기 일처럼 걱정을 한다.

"틀림없이 아들일 거다."

"그렇고말고."

부잣집 마님이 임신했다고 하니 여인들은 우물가에 모여서 혀가 닳도록 칭찬을 한다. 남자들도

"어이, 두치! 좋은 소식 있다면서."

"허허…"

두치는 좋아서 입을 다물지 못한다. 사람들은 수운양반을 두치라고 불렀다. 호(號)도 아니고 자(字)도 아니지만 일제 때 은행장을 두치라고 하였기 때문에 돈이 많은 수운양반을 언제부터인가 별호로 두치라고 불렀다. 수운양반은 아내가 임신을 하였으니 부정을 탄다고 궂은 사람 못 들어오게 대문 위에 금줄을 치고 솔가지를 걸쳤다.

그로부터 얼마 뒤 산두골댁의 시어머니 한골댁이 밤에 잠을 자는데

"쿵"

잠결에 무언가 떨어지는 소리가 났다. 한골댁은 꿈인가 생

각하다가 다시 잠이 드는데 또

"쿠웅"

하늘에서 황소가 떨어지는 소리가 났다. 방문을 열고 밖을 나와 보니 마당에 멍석이 깔려 있고 시커먼 물체가 멍석 위에 떨어져 있었다. 그리고 지붕에는 사다리가 걸려있었다. 한골 댁은 직감했다.

"며느라! 이게 어찌된 일이냐?"

"어머니, 제가 죽을죄를 지었습니다."

"어찌된 일이냐고 묻지 않느냐?"

"옥천사에서 밤에 소변하려 가는데 어떤 놈이 그만…"

며느리가 애기를 유산시키려고 지붕에서 뛰어내린 것이 분명했다. 한골댁은 가슴이 철렁했다. 이내 마음을 가다듬고

"니는 죄가 없다. 죄가 있으면 인민군에 끌려간 내 아들이다."

"어머님, 남이 부끄러워 어떻게 살겠습니까?"

"니만 알고 내만 알면 된다. 우리 죽을 때까지 말하지 말자."

시어머니 한골댁은 며느리를 위로했다. 집안이 망하려고 아들이 인민군에 끌려갔는데 이제 더 체면을 치를 필요가 없었다. 며느리가 서방질을 하더라도 아들만 살아 돌아오면 소원이 없을 것 같았다. 그 뒤 산두골댁은 임신한 사실을 숨기고 간장을 마시기도 하고 산에 가서 독한 약초를 캐어다가 몰래 삶아 먹기도 하였으나 유산을 시키는 데는 효력이 없었다. 산두골댁은 치마끈을 단단히 동여매고 오지랖을 길게 내

려 남이 모르게 하였지만 뱃속의 아이는 점점 커지고 있었다. 그 뒤 수운댁이 딸을 낳았다는 소문이 났다.

"아이구, 이를 어쩌나, 이왕 낳을 바엔 아들을 낳지."

동네사람들이 서운해 한다. 수운양반이 탯줄을 끊어 마당에서 태운다고 연기가 났다. 방문 앞에 고추, 미역, 숯, 대나무를 새끼줄에 끼워 금줄을 치고 대문 위에도 솔가지를 걸쳤다.

그로부터 얼마 뒤 산두골댁이 아들을 낳았다는 소문이 났다. 동네가 소란스러웠다.

"세상에 열세 달 만에 낳는 애기도 있나?"

"무슨 열세 달이고?"

"산두골양반이 인민군에 끌려 간지 열세 달이 안 넘었나."

"참, 그렇재."

"그러면 누구 애길고?"

사람들은 수군수군한다.

"혹시?"

"혹시라니?"

"수운양반?"

"큰일 날기라, 함부로 입을 놀리다가 쎄 빼일기다."

동네 할머니들이 야단을 친다. 사람들은 수운양반 두치가 인민군한테 납치될 때 사타구니에 총을 맞아 불구가 된 사실을 몰랐다.

"그러면 누구 애긴데?"

"그야 산두골댁이나 알지 누가 알겠노."

소문이 분분하고 시끄럽자

"옛날에 일곱 달 만에 낳는 애기는 살아도 여덟 달 만에 낳은 애기는 못산다고 했다. 열세 달 만에 낳는 늦둥이도 간혹 있느니라."

나이 많은 할머니가 해석을 하자 동네는 의아하면서도 잠잠해졌다.

"수운댁 딸과 산두골댁 아들이 꼭 닮은 것 같더라."

산후 문병을 갔다 온 동네 여인들이 또 숙덕거린다.

"닭도 병아리 때는 똑같이 노랗지만 커갈수록 제 어미를 닮는지라."

역시 나이 많은 할머니가 해석을 하니 동네는 조용해졌다. 산두골댁은 시어머니가 미역국도 끓여주지 않고 시래기 국을 끓여주는 것을 억지로 먹었다.

"사주팔자가 좋지 않아 이렇게 되었는데 무슨 낯으로 아들 낳았다고 미역국을 얻어먹겠나."

산두골댁은 누워서 눈물을 흘린다.

수운양반은 딸 이름을 보배같이 귀한 딸이라고 보혜라고 지었다고 소문이 났다. 산두골댁은 이름을 지어줄 아버지도 없고 할아버지도 없었다.

"순하라고 순철이라고 하려무나."

할머니의 투박한 대답이었다. 그래서 순철이라고 지었다.

보릿고개

산두골댁은 애기를 낳았다고 누워있으니 설움만 복받치고 살아갈 길이 막연했다. 식구가 하나 더 불었으니 무엇으로 먹고 살지 걱정이었다. 남편이 국민학교 교사일 때는 매달 월급 외에 쌀이 한 가마씩 나오니 부자가 부럽지 않았다. 그러다가 남편이 인민군에 끌려갔으니 누구한테 하소연 할 길이 없었다. 인천상륙작전으로 전선이 북으로 올라갔다 해도 역시 전쟁 중이라서 국민들은 먹을 것이 없어 실의에 빠져 있었다. 거리에는 거지, 문둥이, 상이군인 등이 줄을 이었고 이고 지고 팔러 다니는 행상들도 많았다.

산두골댁도 아들을 낳았지만 죄책감에 산후 조리한다고 오래 누워있을 수가 없었다. 무엇을 해도 벌어서 먹어야 했다. 얼굴이 누렇게 부은 상태로 일어나서 수운댁으로 찾아갔다. 수운댁은 그때까지 산후 조리한다고 누워 있었다. 산두골댁이 가니 수운댁이 깜짝 놀라서 일어앉는다.

"아이구, 벌써 나들이를 해요. 더 조리를 안 하고요."

산두골댁은 파리한 얼굴에 힘이 없었다.

"목구멍이 포도청이라고 어쩝니까."

"그렇지만 산후조리를 충분히 안하면 후유증이 심하답니다."

"나 같은 처지에 그런 것을 생각할 수 있습니까."

"식사는 했습니까? 온 김에 우리 집에 미역국이나 한 그릇 먹고 가소."

"여태 미역국이 남아 있습니까?"

"어제 생선장사가 와서 다시 끓었소."

"고맙습니다."

"노숙댁."

"예."

"부엌에 밥하고 미역국 한 그릇 가져오게."

"예."

노숙댁이 미역국과 쌀밥을 한상 차려온다. 미역국은 싱싱한 도다리 생선을 넣어서 달작지근하고 구수한 냄새가 난다.

"아이구, 이렇게 거창하게 차례 와서 나는 무엇으로 보답합니까."

"별 말씀요, 미안타 생각 말고 많이 드이소."

산두골댁은 미역국과 쌀밥을 맛있게 먹고 나서 땀을 흘린다.

"씨레기국을 먹으니 풋내가 나서 겨우 먹었는데 도다리를 넣었으니 맛이 있습니다."

"한골마누래가 미역국을 안 끓여줍디까?"

"형편이 됩니까."

"암만 그렇지 며느리가 애기를 낳았는데 미역국을 안 끓여주다니요."

"내가 그럴 처지입니까."

산두골댁은 미역국을 먹고 난 뒤 찾아온 목적을 이야기한다.

"다름이 아니고 내가 장사를 해보려고 해요."

"장사요!"

"예예, 요즈음 장사가 어디 허물이 있습니까. 애기가 생겼으니 굶을 수는 없지 않습니까."

"애기는 어쩌려고요?"

"즈거 할매한테 맡겨두려고 합니다."

"아이구, 힘들긴데요."

"가만있으면 누가 밥 먹여줍니까. 다름이 아니고 수운양반한테 쌀 한 가마를 장리를 낼가 해서 부탁하러 왔습니다."

"그렇게 많이요?" 수운댁은 놀란다.

"요즈음은 신식 물건을 팔러 다녀야 장사가 된답니다. 신식물건은 비싸서 밑천이 많이 든다고 하네요."

"남들은 우리를 부자라고 하지만 소작논 다 떼이고 쓸 곳은 많고 옛날 같지 않습니다."

수운댁은 간접적으로 거절한다.

"그래도 다른데 보다 낫지 않겠습니까."

"남편한테 이야기 해봐야 어려울 겁니다. 사람들은 우리를 잘 산다고 가을 되면 학교운동회다, 추석 그네뛰기다, 보름날 지신밟기다, 무슨 일만 있으면 찬조금이나 기부금을 내라고 하지만 돈 나올 구멍은 없고 쓸데는 많고 남편도 힘듭니다."

"그래도 한번 말씀드려보지요."

"이야기 해봐야 소용이 없습니다. 내가 다 압니다. 그러지

않아도 출산했다고 하길래 내가 쌀이라도 한 되 보태주려고
하였는데."

수운댁은 일어나서 되박을 찾는다.

"아닙니다. 놔 두이소."

수운댁은 되를 찾아 쳇독에 가서 쌀 두 되를 퍼 와서 삐쟁
이를 찾아 거기에 붓는다. 그리고 산두골댁한테 안겨준다.

"얼마 안 되지만 죽이라도 끓어 먹으이소."

"아이구, 이러면 안 되는데."

"괜찮습니다."

산드골댁은 대문을 나오면서 "부자가 더 하다고 하더니 떵
떵거리며 사는 집에 쌀 한가마니가 없으려고." 구스렁 거리
며 밖을 나왔다. 장사를 해보려고 해도 뜻대로 되지 않았다.
산두골댁은 사방 두리번거리다가

"혹시 가량포댁한테 가볼까. 거기는 일제 때부터 면장을
하여 재산이 알뜰하다는 말을 들었는데."

그러나 자기남편이 판태호 때문에 끌려가서 죽었다고 싸움
을 대판으로 하여 차마 발이 떨어지지 않았다.

"판태호도 아군한테 붙들려 총살을 당했는데 내가 무슨 얌
치로, 원수는 외나무다리에서 만남다고 하더니 내가 굶었으
면 굶었지 가량포댁한테 구걸을 하다니."

이를 악물고 집에 돌아오니 애기는 젖을 못 먹어 울고 시어
머니는 애기를 두고 어디 갔다 왔느냐고 화를 낸다. 3일 굶어

담 안 뛰어 넘는 사람 없다고 젖이 나오지 않아 애기가 울고 있는데 자존심도 원수도 소용이 없었다. 산두골댁은 용기를 내어 가량포댁을 찾아갔다.

"가량포띠! 가량포띠 있소?"

"아아!"

가량포댁이 방문을 열고 내다본다.

"아이구, 어쩐 일이요?"

가량포댁은 마루에 나오면서 산두골댁을 반갑게 맞아준다. 가량포댁은 동네사람들한테 괄시를 받고 소외되어 살고 있었는데 산두골댁이 찾아가니 반가웠다.

"앉즈이소, 어쩐 일로 우리 집에 찾아오고?"

"내가 어려운 부탁을 하려고 왔소."

"이야기 하이소."

"내가 장사를 해보려고 하는데 이 집에 쌀을 한가마 장리를 낼가 하여 왔소."

"봄이 되어 우리도 어렵소, 그렇지만 산두골댁이 더 어려운줄 아요, 한동네서 부탁하는데 어떻게든 해주어야지요."

자기남편 때문에 산두골댁 남편이 죽었다고 하는데 죽었는지 살았는지 알 수 없지만 가량포댁은 어려워도 거절할 수가 없었다. 산두골댁은 판태호 때문에 자기남편이 인민군에 끌려갔다고 욕을 바가지로 해댔는데 장리를 주니 너무 고마웠다. 산두골댁은 눈물이 핑 돈다.

산두골댁은 쌀을 팔아 부산으로 갔다. 범일동 시장에 가서 여러 가지 잡화를 사서 보따리를 이고 팔러 나섰다. 검정 치마에 흰 무명 저고리를 입고 비녀를 꽂았지만 아직 촌색시처럼 어색하고 앳된 모습이 역력했다.

"그릇과 여자는 내돌리면 안 된다고 하였는데 새파란 젊은 것을 장사하러 내 보내다니."

동네사람들이 숙덕거린다. 산두골댁은 이를 악물었다.

"어떤 사람이 나를 흉을 보기만 해라!"

처음으로 방물보따리를 이고 이 집 저 집 다니려니 부끄럽고 창피해서 발걸음이 떨어지지 않는다. 첫날은 이웃동네만 갔다가 집에 돌아왔다. 다음날부터 하루 종일 돌아다녀도 몇 집 가지 못했다. 다들 처음 보는 여자라 거리감을 가지고 멀뚱멀뚱 쳐다보기만 한다.

"끌끌, 생기기도 예쁘게 생겼는데 무슨 사유로 장사하러 다니나?"

할머니들이 안타까워한다.

방물은 주로 여인들이 사용하는 가사용품이었다. 밑천이 적으니 비단이나 내의 같은 비싼 것은 취급하지 못했다. 바늘, 실, 골무, 숫실, 옷본, 구레무, 멘실타마 등인데 이문이 빈약했다. 어떤 때는 하루 종일 다녀도 하나도 팔지 못하고 점심까지 굶는 때가 많았다. 집에 오니 애기는 보채어 울고 시어머니는 시어머니대로 애기 본다고 하루 종일 지쳤다. 친

손자가 없으니 할 수 없이 남의 핏줄이라도 손자처럼 키워야 했다.

농촌에는 어려움이 많았다. 아직 삼팔선에는 전쟁이 작렬하고 먹고 살기가 힘든 집은 너도나도 장사하러 나섰다.

김, 미역, 멸치 등 건어물과 콩기름. 벌꿀, 한약, 화장품, 옷감, 내의, 양말, 타월, 옹구, 생선 등 온갖 것을 이고 다닌다. 새색시가 장사하러 다닌다고 모두 숙덕거렸다.

산두골댁은 융을 보는 것도 귀 밖으로 듣고 방물을 팔러 다니면서 계란도 수집하여 부산에 내다 팔았다. 계란은 수집만 하면 팔기 쉬웠다. 순철이 다섯 살이 되자 산두골댁은 순철을 데리고 장사하러 다녔다. 나이가 드니 자기 어머니와 떨어져 있지 않으려고 떼를 썼다. 치마끈에다 기다란 끈을 매어 순철이 끈을 잡고 따라다니도록 했다.

처음에는 구만면만 다니다가 차츰 담티고개를 넘어 청광이나 멀리 한골재를 넘어 진주 반성까지 장사하러 다녔다. 청광은 부자들이 많아 값비싼 물건이 잘 팔리고 반성은 내륙지방이 되어 교통이 불편하니까 공산품이 비쌌다. 그런 곳에는 힘은 들어도 이문이 많이 남았다. 다니다가 점심때가 되면 아무집이나 들어간다. 인심이 야박하지 않아서 밥을 몇 숟가락 준다. 그러면 산두골댁은 두 숟가락 먹고 순철이 세 숟가락을 먹었다. 빨리 먹으면 또 한 집을 갈 수 있었다.

농촌에는 돈이 없으니 물건을 사면 곡식을 준다. 곡식은 쌀, 보리쌀, 콩, 팥, 들깨 등이다. 그래도 장사꾼들은 돈보다 곡식을 선호한다. 곡식은 되 밑이 좋아서 열 되를 받아 장에 가면 열한 되가 된다. 곡식은 배둔이 진주보다 한금 더 있었다. 반성에서 팔지 않고 배둔장에 이고 와서 팔면 더 받을 수 있다. 한푼이라도 더 받으려고 무거운 곡식을 이고 한골고개를 넘어오면 숨이 목에까지 차오르고 햇볕에 등이 뜨겁고 입에서 단내가 난다. 저고리는 땀이 흠뻑 젖어 물에 빠진 사람처럼 되어있다. 그래도 순철이다 잘 따라다니니 다행이었다.

국민학교

그럭저럭 세월이 흘러 순철이 일곱 살이 되자 입학통지서가 나왔다. 아이들은 학교에 입학한다고 새 옷을 입고 아버지를 따라서 줄줄이 학교로 간다. 산두골댁은 동네 사람들 편으로 순철을 딸려 보냈다. 한 푼이라도 더 벌어야 밥을 굶지 않으니 아침부터 보따리를 이고 장사하러 나섰다. 전교생이 운동장에 모이자 여 선생이 입학생들을 모아놓고 줄을 세운다. 콧물 땟물이 주룩주룩 한 어린이들도 많았다.

"앞으로 나란히! 바로!"

여 선생이 반복한다. 그래도 어린이들은 뒤죽박죽으로 선다.

입학식이 되어 면장, 사친회장, 지방 유지들도 참석했다. 국기에 대한 배례가 있고 애국가가 제창되었다. 교장선생님이 단상에 올라서서 연설을 할 즈음

"엉엉…"

어디서 어린이가 우는 소리가 들린다.

"저런 쎄말질 놈이, 올라가지 못할 나무는 쳐다보지도 말라고, 남의 집에 얹혀 있는 처지에 학교가 뭣고, 밥 안 굶고 사는 것만 해도 다행이다. 이놈아!"

어떤 아주머니가 막대기를 들고 아이 뒤를 쫓아온다.

"순철이도 가고 보혜도 가는데 나는 왜 학교에 안보내주는 거야. 응응…"

맨발에 코물, 눈물을 질질 흘리며 자기 어머니한테 쫓겨서 뛰어오는 아이는 전흠태였다. 선생과 학생들도 모두 그쪽을 쳐다본다. 교장선생의 훈시가 일시 중단되었다. 교문까지 쫓아오던 아주머니는 모두 자기를 쳐다보자 무안했던지 걸음을 멈추고 되돌아간다. 흠태는 운동장 안에 들어와서 눈물을 쓱쓱 훔치더니 어디로 갈지 몰라 이리저리 헤맨다. 여 선생이 흠태를 데려다가 신입생 맨 뒤에 세운다.

입학생 중에는 차순철, 엄보혜, 판덕수, 전흠태, 안끝쑥 등 한 반에 60명이 넘었다. 덕수는 판태호의 아들로 해방 후에 나라가 어지러울 때 태어났지만 출생신고를 제때에 하지 못하여 호적이 늦은데다 학교도 늦게 입학하여 다른 아이들보

다 키가 훨씬 컸다.

학생들은 교과서가 나올 때까지 운동장에 다니면서 티끌도 줍고 노래도 배우고 예절을 익혔다. 선생은 덕수를 급장으로 시켰다. 그러자 아이들은 덕수를 어렵게 대했다. 형이라고 부르다가 삼촌이라고 부르고 그러다가 '덕수야' 하고 부르면 눈을 곱 뜨고 노려본다.

"보혜있잖아, 즈거 집이 잘 산다고 선생님이 부급장을 시 켰어."

여자 아이들이 운동장 한쪽에서 공기 줍기를 하면서 숙덕 거린다. 수업이 끝나면 남학생들은 교실청소를 시키고 여학 생은 화단에서 쓰레기를 줍는다. 교실청소는 걸상을 책상 위 에 얹어서 둘이서 양쪽에서 들어 뒤쪽으로 모은다. 책상이 아이들의 허리만큼 올라온다. 전쟁으로 책걸상이 다 부서진 것을 소사가 못을 박아 수리를 하여 겨우 맞추어 교실에 갖다 놓으니 짝이 맞지 않고 크기도 달랐다. 아이들은 고사리 같 은 손으로 마루를 쓸고 개울에 가서 걸레를 빨아 교실 바닥을 닦는다. 겨울에도 깨끗이 하려면 두 번씩, 세 번씩 쓸고 닦아 야 했다.

"아이 손 시러워."

아이들이 추워서 벌벌 떨면

"야! 빨리 안 해! 다시 반들반들 닦아!"

덕수는 회초리를 들고 재촉하면

"쳇, 선생님도 아니면서."

"뭐야!"

덕수는 주먹을 불끈 쥐고 때리려고 눈을 부릅뜬다. 아이들은 덩치에 눌려서 아무 말도 못한다. 덕수가 아이들 군기를 잡으니 선생이 좋아했다. 2학년에 올라갈 때 선생은 덕수한테 우등상을 주었다. 그리고 순철이와 흠태와 보혜도 우등상을 받았다. 여학생들은 운동장 모서리에서 공기 줍기를 하면서 흉을 본다.

"보혜 있잖아 공부를 지독히 못하는데 즈거 집이 부자라고 선생님이 우등상을 주었어."

"맞어, 오히려 끝쑥이가 훨씬 공부를 잘 해."

남자 아이들은 양지바른 교실 앞에서 제기차기를 하면서

"덕수 있잖아, 숙제도 안 해오고 맨날 순철이 것을 배껴 쓰는데 우등상을 받았어."

"야! 너 머라고 했노."

"아무 말도 안했어."

"다 알아!"

덕수는 아이의 멱살을 움켜잡고 달랑 들어서 내동댕이친다. 그 아이는 일어나서 겁에 질려 울지도 못하고 도망간다. 덕수는 어깨를 펴면서 회심의 미소를 짓는다.

"한 번만 그런 말을 더하면 죽여 버릴 거야!"

덕수는 학교에 들어오기 전에 마산의 체육관에서 유도와 권투를 배워 웬만한 어른도 한방 때리면 나가떨어진다고 했다.

산두골댁은 무거운 보따리를 이고 이 집 저 집 다니면서 장사하기 바빠서 순철이 공부를 잘하는지 어떤지 몰랐는데 우등상을 받아오니 너무 반가워했다. 그리고 차츰 장사에 익숙하자 방물장사를 그만두고 계란 장사를 시작했다. 방물은 하나 팔려면 시간이 많이 걸린다. 집집마다 가서 보따리를 펼쳐놓고 구경시킨다고 한참 시간을 낭비한다. 그러다가 하나도 못 파는 수가 많았다. 계란은 집집마다 다니면서 사립문에 서서

"계란 있소?"

"없습니다."

그러면 다른 집으로 가면 되었다. 하루는 개천면에 갔다.

"계십니까, 계십니까."

축담에는 신발이 놓여있고 방에 사람이 있는 것 같았다. 몇 번 불러도 대답이 없자. 마당에서 돌아 나오는데 방안에서 문이 열리더니 키가 큰 남자가 나온다. 대낮부터 술을 먹었는지 얼굴이 뻘개가지고 바지춤을 끌어올리더니 무명 끈으로 허리를 동여맨다.

"안주인은 어디 갔시유?"

"히히히, 친정에 갔소."

"뒤에 다시 오겠습니다." 돌아서려는데

"계란이 많이 모여 있는 것 같은데 다른 사람이 가져가기

전에 가져가시오. 히히히…"

"그러면 주이소."

계란이 많이 있다는 말에 산두골댁은 이고 있던 계란 다라이를 마루에 내려놓고 축담에서 기다리니 그 집 양반이 계란 바가지를 가져와서 마루에 놓더니 갑자기 산두골댁의 팔을 사정없이 낚아채어 마루에 끌어 올린다. 순간적이었다. 산두골댁은 힘이 약해서 끌려 들어가서 문지방에 발을 대고 버티다가 "뚝" 문지방이 빠져나온다. 그러자 그 남자는 놀라서 얼른 팔을 놓으니 산두골댁은 관성에 의하여 뒤로 넘어져서 축담에 나가떨어진다. 그 틈에 계란바가지도 굴러 떨어져서 깨어져 못쓰게 되어 버렸다.

"이놈의 여편네가!"

남자는 얼굴이 뻘개가지고 고함을 지른다.

"아이구 허리야, 아이구!"

"내가 머라요, 순순히 응하면 다치지를 않을 건데, 계란 물어내요!"

"내가 깼어요!"

산두골댁이 일어나서 눈을 부릅뜨고 툭 쏘니

"앞으로 우리 집 계란은 틀렸소."

"이 집 계란 아니라도 다른 집에 많이 있소."

산두골댁이 대어드니

"지금 그집 아들도 자기애비 자식이 아니지 않습니까."

"뭐욧!"

"나는 다 알고 있어요. 옥천사에서 낳았다는 것을."

"쓸데없는 소리 하지 말아욧!"

"나중에 그 애기가 크면 제 애비가 아니라는 걸 알게 될 겁니다."

그 말에 산두골댁은 가슴이 떨려서 견딜 수가 없었다. 혹시 옥천사에서 그날 저녁에 있었던 그 놈이 저놈이 아닐가, 의심이 갔다. 그날은 계란을 사러 다니지 않고 가슴이 떨려서 집으로 와버렸다. 그 뒤 장사하러 다니면서 그 남자가 길에서 만나게 되어도 못 본 체하며 그냥 피해버렸다.

그럭저럭 6년이 흘렀다. 학교에는 졸업식이 시작되었다. 애국가를 부르고 교장선생님의 훈시가 있었다.

"앞으로 여러분들은 졸업을 하면 사회에 나가 이 나라를 짊어질 기둥이 될 것입니다…"

그러나 농촌에서는 대부분의 아이들이 중학교에 진학을 못하는데 장차 나라의 기둥이 될 거라고 하니 다들 시큰둥했다.

남자 아이들은 가정으로 돌아가서 지게 운전수가 되고, 여자는 솥뚜껑 운전수가 된다고 했다. 식이 끝나고 마지막으로 졸업식 노래를 불렀다.

빛나는 졸업장을 타신 언니께
꽃다발을 한 아름 선사합니다.

다들 눈물이 글썽거린다.

"이제 헤어지면 언제 만나나."

흠태는 졸업하자마자 자기 아버지가 지게를 만들어주며
"부잣집에 가서 일이나 해주고 밥이나 얻어먹어라."
아버지가 부잣집 고직이로 있으니 자연스럽게 부잣집에 심
부름을 하게 되었다.

소 도둑

순철은 배둔에 있는 중학교에 입학하였고 보혜는 부산으로
갔다. 흠태는 지게 운전수가 되어 나무하러 다녔다. 끝숙은
자기 어머니를 도와 뽕을 따고 누에를 길러 길쌈을 했다. 덕
수는 자기 집이 넉넉하였지만 공부는 애초부터 관심이 없었
다. 빽을 자기 뒤란에 매달아놓고 매일 권투 연습을 하고 시
간이 나면 동네에 다니면서 나쁜 짓만 했다. 길에 구덩이를
파고 위장을 하여 지나는 사람들의 다리를 부러뜨리게 하고,
길가의 벌집을 건드려서 지나가는 과객을 쏘이게 하고, 남의
집 닭을 잡아먹고, 염소를 훔쳐다가 팔았다. 신출귀몰하여
그래도 사람들은 직접보지 않았으니 덕수한테 함부로 말을
하지 못했다.

그럭저럭 여름이 지나고 가을에 접어들었다. 선선한 가을 바람에 제비가 남쪽으로 날아가고 기러기는 창공을 가르고 오곡이 무르익는 들판에는 벼가 누렇게 익어 고개를 숙인다.

"곡식도 알이 차면 머리를 숙인다고 했재."

"그럼, 알이 덜 찬 사람들이 건방지고 까불지 돈 있고 실력 있는 사람들은 오히려 겸손하다고."

동네 어른들은 벼가 누렇게 익어가는 동구 밖 느티나무 밑에 모여 앉아 들판만 쳐다보아도 배가 뿌듯하여 잡담을 나눈다. 산에도 다람쥐가 도토리를 주워 모으고 뻘똥, 망개, 개암, 까치밥이 열매를 맺어 얼굴을 붉힌다. 아, 자연의 위대함이여! 인간은 어찌 백년을 넘기지 못할까?

"들으시오, 요번 추석에는 궁내천에서 그네타기와 씨름 대회 윷놀이가 있답니다."

이장이 손 마이크를 들고 다니면서 외친다. 그러자 동네사람들은 구경거리가 생겼다고 기뻐한다. 그럴 때면 이기양양하는 사람이 있었다. 덕수였다. 드디어 추석 다음날 궁내천 둑에는 사람들로 인산인해를 이루었다. 구경하는 사람보다 장사꾼들이 더 많았다. 읍내에서 소리꾼이 와서 풍년가를 한바탕 불러 흥을 돋우고 씨름이 시작되었다. 처음에는 신출내기가 붙었다. 덕수는 장정 팀에 해당되었다. 덕수 차례가 되자 등치 큰 사람이 상대방에서 나섰다. 작년에 배둔의 씨름 대회에서 우승한 사람이라고 한다. 씨름판은 열기가 대단했

다. 삼시세판으로 세판 다 덕수가 휩쓸어버렸다. 환호와 박
수가 구만 들판에 가득했다. 덕수도 의기양양했다.

"글쎄말이다, 커다란 어른을 달랑 들어 메박으니 등치 큰
사람도 개똥처럼 나가 떨어지더라니께."

"덕수가 나이 몇 살인고?"

"열여섯인가 열일곱 살인가 할 걸세."

동네사람들은 평소에 덕수를 못마땅하다가도 그날만은 혀
가 닳도록 칭찬을 한다.

"돼지 한 마리는 순전히 덕수 덕분이야."

"그럼, 동네에 잔치를 해야지."

덕수는 어깨가 우쭐했다.

그 뒤에 덕수는 어깨를 거들먹거리며 동네를 휘잡고 다녔
다. 그러자 씨름판에서 칭찬은 간데없고 덕수에 대한 비난이
자자했다.

"니가 우리 집 닭 잡아먹었지."

주인이 가서 따지자, 오히려

"봤어! 봤느냐고?"

"니가 아니면 잡아먹을 사람이 없어."

"뭐여! 이놈의 영감탱이가…" 어른의 멱살을 잡고 흔드니

"이놈이! 본대 없이 어른한테 함부로."

"어른이면 다야!"

덕수는 멱살을 잡고 어른을 달랑 들어 올렸다가 땅바닥에

땅 내동댕이치니

"아이구 허리야, 아이쿠쿠…"

어른은 일어나지 못하고 엎드려서 긴다. 덕수는 태연하게

"한 번만 더 그런 소리를 해봐라 영감탱이. 소도 잡아먹어
버릴 거야."

덕수는 한다고 하면 하는 사람이었다. 혹시 그러다가 자기
집 소를 훔쳐 가면 어쩌나 겁부터 났다. 소는 농사를 지어야
하고 살림 밑천이었다. 허리를 다쳐도 병원이 없으니 집에서
된장을 싸매고 쑥을 찧어 붙이는 것이 고작이었다. 다친 사
람만 억울했다.

가을이 끝나고 추수를 해놓으면 농촌에는 도둑이 많았다.
벼나 보리뿐만 아니라 빨래도 훔쳐가고 신발이나 농기구도
훔쳐간다. 물자가 귀하고 헐벗은 때라 무엇이든지 가져가면
돈이 되었다. 농촌에는 사립문이 있어도 밤에만 닫으니 소용
이 없었다. 그 중에서도 제일 큰 도둑은 소도둑인 것이다. 소
를 도둑맞았다는 소문은 심심찮게 들렸다.

그러던 어느 날 부잣집에 소를 도둑을 맞았다. 동네는 난리
가 났다. 틀림없이 덕수가 그랬을 거라고 숙덕거린다. 지난번
에도 남의 집 염소를 잡아먹고 들통이 나서 싸운 일이 있었다.

"두치가 있었으면 빈틈없는 사람인데."

"두치가 합천서원에 제사를 모시러 가고 없었다오."

"아이구 도둑을 맞으려면 개도 짖지 않는다고 하더니 하필

그때 도둑이 왔을고?"

"그러니까 아는 사람이겠지."

"아는 사람이란 누구? 덕수?"

"말조심하소, 큰일 날기요."

두치는 자기가 없을 때 집을 잘 지키라고 용쇠에게 신신당부하였는데 하필 그때 도둑을 맞은 것이다. 용쇠는 안절부절못하여 얼굴이 새파랬다.

"틀림없이 대문을 잠갔을 긴대?"

용쇠는 긴가민가했다. 두치가 돌아오기 전에 소를 찾아야 된다는 생각에 용쇠는 다짜고짜 넉수집에 갔다.

"가량포마느래! 가량포마느래 있소!"

"와요?"

가량포댁이 방에서 문을 열고 내다본다.

"덕수 어디 갔소?"

"부산 갔소. 와요?"

"부잣집 소가 없어졌는데 덕수 그놈의 소행인 것 같소."

"뭐욧! 봤소?"

"덕수가 훔쳐가지 않았으면 훔쳐갈 사람이 없소."

"세상천지에 사람이 우리 덕수뿐이요, 즈거 애비 없다고 함부로 음해를 입히지 마소."

"동네사람들이 모두 덕수가 그랬을 거라고 하던데요."

"이놈의 영감탱이가 남의 집 종노릇을 하더니 눈에 뒤집혔나, 남의 아들을 함부로 도둑으로 모네."

가량포댁은 부엌에 가더니 물을 한바가지 들고 와서 용쇠의 머리에 끼얹는다.

"이 여편네가!"

용쇠는 근거를 잡지 못하니 따지지도 못하고 욕을 실컷 얻어먹고 가량포댁에서 쫓겨났다.

"소 한 마리 도둑맞으면 소 두 마리 값이 들어가는 기라."

동네사람들이 수군수군 한다. 두치가 합천에 갔다 오자마자 소를 도둑맞았다고 하니 용쇠를 사정없이 나무란다.

"나으리님, 다음에는 조심하겠습니다."

용쇠가 읍소를 하니

"소용없어, 너희들이 잘못하여 소를 잃었으니 물어내어, 그러지 않으면 집에서 나갓. 그동안 일한 것을 공제 할 테니."

두치는 덕수가 그랬을 거라고 생각하면서도 덕수가 없으니 그놈의 멱살을 잡을 수도 없었다.

2부

동창생

고직이

간사지

배둔장날

하모니카

재일교포

당항포

동창생

흠태는 공부를 잘했지만 형편이 어려워서 중학교에 진학하지 못했다. 부잣집에 일도 거들고 소도 먹여주고 심부름을 했다. 하루는 부잣집 수운댁이 친정아버지 생신이 되어 진주에 간다고 흠태를 보고 짐을 지고 가자고 한다. 머슴들은 못자리 논에 일을 해야 되기 때문에 바빠서 갈수가 없다고 했다. 흠태는 동창인 보혜가 같이 간다고 하여 싫었다. 보혜는 부산에서 봄방학이 되어 왔다고 한다.

"집에서 노느니 짐을 져다주어라."

아버지 용쇠가 시키니 할 수 없이 짐을 져다주기로 했다. 짐은 상당히 크고 무거웠다. 청주 한 항아리, 떡 한 상자, 도미찜에 가오리 전, 한과와 엿, 버선과 한복이 한보따리였다. 보혜는 모처럼 외갓집에 간다고 연분홍 부라우스에 남색 스커트를 입고 멋을 내었다. 흠태는 검정고무신에 검정무명 바지저고리를 입고 머슴처럼 땀을 흘리며 짐을 지고 갔다. 보혜는 산들산들 봄바람에 나비가 날아갈 듯 가벼운 발걸음으로 한들거리며 가는 폼이 눈이 시었다.

"지까짓게 공부는 못하면서 잘 산다고."

흠태는 마음속으로 얄미웠지만 내색은 하지 않았다.

진주가 가까워지자 어제 비가 많이 와서 냇물이 넘쳐흐르고 있었다.

"아이구 어쩌나, 물이 많네."

수운댁이 비명을 지른다. 하천 둑에 서서 다들 난처해했다.

"흠태야, 우리를 업고 건너야겠다."

"짐은 어쩌고요?"

"짐부터 먼저 지고 건너가서 냇둑에 내려놓고 돌아오느라."

흠태는 바지를 걷어 올리고 지게를 지고 냇물을 건너 짐을 내려놓고 돌아왔다.

"보혜부터 먼저 업어라."

"보혜는 자기가 건너도 될 긴데."

"구두에 물이 들어가면 안 된다."

"나는 나중에 건너도 돼!"

보혜가 사양한다. 흠태는 수운댁부터 업었다. 수운댁은 잘 먹고 비만하여 무거웠다. 흠태는 비틀거리며 간신히 수운댁을 건너편 냇가에 내려놓고 돌아와서 보혜를 업었다.

"가시내가 왜 이리 무거워."

수운댁이 무거운 것을 보혜한테 분풀이했다.

"문둥아, 업기 싫으면 싫다고 하지 왜 무겁다고 해."

"혼자서 맛있는 것 다 먹었구나."

"아니야!"

"아야!"

보혜는 업혀서 흠태의 귀를 비튼다.

"아이구, 간지러워."

"뭐라!"

"애인이 꼬집으니 간지러워."

"내릴래, 니하고 같이 안 가."

보혜는 흠태의 등에서 버둥거리다가 냇물에 내렸다. 보혜는 양말과 구두가 흠뻑 젖었다.

"아이구, 저런, 냇물이 깊은데 구두가 다 젖으면 어떻게 하노."

수운댁은 건너편 둑에서 안절부절 고함을 지른다.

"업혀 안 오고 와 내렸노?"

"저것이 나를 애인이라고 놀리며 간지럽다고 해?"

"뭐라, 간지러워!"

수운댁은 눈썹이 올라갔다 내려갔다 하더니

"종놈이, 어디에 대고 함부로."

흠태의 뺨을 사정없이 때린다. 흠태는 눈이 번쩍한다.

"한 번만 더 그런 소리를 해봐라. 그냥 안둘 거다."

종놈이란 말에 흠태는 피가 거꾸로 치솟는 것 같았다.

"종놈이라니요! 어른답지 못하게 함부로 말을 해요!"

"저놈이 누굴 믿고 본데없이 함부로 대어들어!"

다시 뺨을 딱 때린다.

흠태는 홧김에 짐을 팽개치고 혼자서 돌아왔다.

"갔다 왔냐."

어머니가 묻는다.

"예."

흠태는 뺨을 맞았다는 이야기를 하지 않았다.

"엄마! 우리가 왜 고직이를 해요?"

흠태가 묻는다.

"내가 아냐, 너거 아버지한테 물어보아라. 나도 속아서 시집왔다."

"속았다니요?"

"기와집에 산다고 하여 시집 왔더니 재실이더라."

싸리네도 불만이 많았다. 용쇠가 부잣집에서 돌아온다. 재실은 동네 끝에 있었다.

"흠태가 우리는 왜 고직이를 하느냐고 묻습니다."

싸리네가 남편한테 이야기 한다. 용쇠는 마루에 앉아 쌈지에서 담배를 끄집어내어 곤방대에 재더니 화로에 담뱃대를 넣어 불을 붙여 몇 모금 빨고 나서 한숨을 쉬더니

"옛날 너거 고조부가 동학에 가담하였단다."

"동학요?"

"그렇단다."

흠태는 학교에서 배워서 알고 있었다.

"그래서 어찌되었어요?"

이조 말에 탐광오리가 심화되자 사방에서 민란이 일어났다. 첫 번째 민란은 1862년에 진주에서 먼저 일어났다. 선비의 고장 진주에서 민란이 일어났다는 것은 그만큼 백성들의 민심이 막다른 골목에 이르렀다는 증거이다. 3년 후 1865년

경복궁이 중건되었고 1866년 병인박해가 시작되었다. 1869년에는 광양현에서 민란이 일어났다. 1871년에는 울산에서 반란이 일어났고, 1882년에는 임오군란이 일어났다. 1883년에는 동래에서, 1884년에는 갑신정변이, 1885년에는 여주에서, 1888년에는 함경도 영흥에서, 1890년에는 안성에서, 1891년에는 제주에서, 1892년에는 함흥에서, 1893년에는 보은에서 민란이 일어났다. 그리고 1869년과 1891년에는 경남 고성에도 두 번에 걸쳐 민란이 일어났다. 매년 민란이 일어난 셈이다.

민심은 이반되고 살기는 어려워졌다. 흉년이 자주 들어 백성들은 더욱 고통스러웠다. 이런 와중에 전라북도 정읍에서는 고부군수 조병갑의 학정에 견디지 못하여 1894년 전봉준을 중심으로 농민반란이 일어났다. 이때의 농민반란은 전국으로 확대되어 그 기세는 하늘을 찌를 듯했다. 조정에서 병력을 보냈지만 역부족이었다.

할 수 없이 청나라에 군대를 요청했다. 청나라의 군사가 들어오자 일본군도 따라 들어왔다. 청나라와 일본군은 먼저 동학군을 진압하여 주도권을 쥐려고 신식무기로 무차별 살육을 감행하여 많은 양민이 희생되었다. 동학군이 진압되자 조정에서는 가담자에 대하여 검거선풍이 불었다.

"너거 고조부는 전봉준과 친척으로 전봉준의 간청에 못 이겨 동학에 가담하였으니 전봉준이 붙잡히자 봇짐을 싸고 야간에 정처 없이 남쪽으로 내려온 것이 여기 고성이란다."

"그렇다고 고직이를 해요?"

"논이 있나 밭이 있나, 잡히면 죽는데, 남의 집 하인노릇을 하면서 죽은 듯이 숨어 지내는 것이 상책이지."

흠태도 한숨을 쉰다.

고직이

수운댁은 진주에 갔다 와서 흠태와 있었던 이야기를 남편 두치한테 자초지종 일러바친다.

"뭐라! 그놈을 그냥 두어서는 안 되겠구나."

그렇잖아도 두치는 흠태를 못마땅하게 생각했다. 눈망울이 또렷한 것이 야심이 있어보였다.

"저놈을 이 기회에 혼쭐을 내지 않으면 앞으로 우리한테 고분고분하지 않을 놈이요."

수운댁이 거들자 두치는 부리나케 사랑채로 나오더니

"거기 용쇠 있나!"

두치는 머슴들이 거쳐하는 행랑채를 보고 고함을 지른다.

"예! 여기 있습니더."

"당장 재실에서 나가!"

용쇠는 당황하여

"예! 무슨 일이 있습니까?"

"너거 자식 놈한테 물어봐."

"이놈이 또 무슨 나쁜 짓을 저질렀나?"

수십 년을 하인 노릇하면서 굴신을 하였는데 갑자기 무엇 때문에 그런지 알 수가 없었다. 두치는 지난 번 소를 잃은 것도 못마땅한데 요번에 흠태 그놈이 진주에 가서 식구들을 내팽개치고 도망을 왔다고 하니 더욱 괘씸했다.

"어르신, 그놈이 무엇을 잘못했는지 한번만 봐주이소."

"흠태 그놈이 진주에 가다가 짐을 길가에 내팽개치고 도망간 줄 모르나!"

두치는 고함을 지른다.

"예?"

"수운띠가 짐꾼을 구한다고 애를 먹고 겨우 밤중에 친정에 도착했대. 이죽일 놈이!"

두치가 단호하게 말을 하니 용쇠는 얼굴이 빨개져서 안절부절못한다. 용쇠는 집으로 달려오더니 작대기로 마루에 앉아있는 흠태의 등을 사정없이 후려친다. 흠태는 내용도 모르고 갑자기 얻어맞고 도망을 간다.

"이 놈의 자식."

"뭣 때문에 그래요!"

흠태가 고함을 지르자.

"이놈아 니가 진주에 가서 우쨌노."

"종놈이라고 해서 나도 대어들었어요."

"왜 짐을 길에다가 팽개쳤어."

"뺨을 사정없이 때리는데 짐을 지고 갈 수 있어욧!"

흠태는 울면서 계속 고함을 지른다.

"저놈이…"

때리려고 작대기를 들고 쫓아나가자 흠태는 도망을 간다

"그만해요…"

싸리네가 남편을 나무란다.

"그나저나 우리보고 재실에서 나가라고 하니 어쩌나?"

용쇠는 씰룩거리며 싸리네 보고 걱정을 한다.

"나가라면 나가야지요."

"그 집 논을 부치고 사는데 나가면 뭣해서 먹고 살 거야."

"설마 산입에 거미줄 치겠어요!"

싸리네가 대어드니

"내가 넝마를 하더라도 돈을 벌게요."

흠태도 도망가다가 대문간에 돌아와서 고함을 지른다. 용쇠는 어릴 때부터 남의 하인으로 살아 온 것이 몸에 배여 도시로 나가서 산다는 것이 어렵게 생각되었다. 고기도 놀던 물이 좋다고 용쇠는 고향을 떠나기 싫었다. 자식 놈이 종살이 한다고 노발대발하니 마음이 착잡하고 어깨가 무거웠다. 흠태 저놈이 또 무슨 일을 저지를지 알 수가 없었다. 젊은 놈이 패기가 있으니 애비로서 감당하기 힘들었다. 두치도 흠태를 나쁘게 보고 나가라고 하니 용쇠로서는 어쩔 수 없었다. 어린 것이 상전과 막 먹으려고 하니 두치도 못마땅한 것이었다. 격변의 시대에 벌써 남의 하인으로 살은 지가 몇 대였던가.

"왕후장상이 씨가 따로 있나."

용쇠도 이 말은 항상 잊지 않았다. 싸리네가 부산의 애들 이모 집에 내려가서 머물 곳을 물색한 뒤 올라와서 곧바로 이사 준비를 했다. 이 기회에 종노릇을 그만 두고 도시로 나가는 것이 나을 것 같았다. 자식까지 종노릇을 시키고 싶지 않았다.

이사 간다고 소문이 나니 동네사람들이 아쉬워한다. 용쇠는 부잣집 일만 하는 것이 아니었다. 상여도 메고 가마도 메고 동네의 궂은일은 마다하지 않고 했다. 동네사람들이 쌀이나, 콩, 잡곡 등을 몇 되씩 보태주고 돈도 몇 푼씩을 손에 쥐어준다.

간사지

쿵-, 우루루 쿵쿵, 싸아-

인근에서 바위 깨는 소리와 파도소리가 천지를 진동한다. 몇 년 전까지만 해도 조용하고 한적한 어촌이었는데 갑자기 밤낮으로 시끄럽고 소란스러웠다. 정부에서는 식량이 부족하자 거류산 아래에 간척지를 개발하기 시작했다. 간척지는 마암면 삼락에서 거류면 거산리까지 바다를 가로막는 대 공사였다. 바다가 옥토로 바뀐다고 하니 사람들은 놀라면서도 큰 기대를 갖고 있었다.

"지금까지 이런 공사는 처음이재."

"그럼. 바닷물이 들어왔다 나갔다 하는 것은 귀신도 모른다고 했다."

"우찌 알끼고, 용왕님이 물밑에서 조화를 부린다, 안쿠나."

"우리 할배가 그러는데, 큰 고래가 숨을 들이켜 쉬다가 내쉰다 쿠더라."

"용왕님의 뜻을 어기고 바다를 메우다니 나중에 큰 환란이 날거다."

"굿을 해야제. 그래야 용왕님이 화를 풀재."

사람들은 간사지를 바라보고 주거니 받거니 신기하게 생각한다. 간척지는 돈도 많이 들고 시간도 많이 걸리는 대형 공사로 기술적으로도 어려움이 많았다. 그러나 논이 부족한 인근주민들은 잔뜩 기대를 하고 있었다.

간척지를 만들려면 우선 본 댐을 막기 전에 수문부터 만들어야 했다. 삼락 쪽에 산을 다이너마이트로 바위를 깨뜨리고 땅을 깊게 파서 수문을 만들어 밀물 때나 썰물 때는 바닷물이 그리로 드나들게 했다. 그리고 본격적으로 둑을 막기 시작했다. 이쪽 끝에서 저쪽 끝까지 깊은 바다에 큰 장나무를 박고 침목을 놓고 철로를 깔았다. 매일 다이너마이트 터뜨리는 소리가 폭탄 터지는 것 같았다. 깨어낸 바위를 철차에 싣고 와서 바다에 집어넣는다. 어떤 때는 밀물과 썰물의 물살에 바위가 떠내려가기도 하고 장나무가 파손되어 다시 설치하여야 된다.

"비키시오! 비키시오!"

저 멀리서 철차가 달려오면서 다리를 건너는 사람들을 보고 소리를 지른다. 그러면 다리를 건너는 사람들은 철길 아래로 내려서야 한다. 밀물이나 썰물 때는 다리 아래에 시퍼런 강물이 천둥 같은 소리를 내며 쏜살같이 흘러간다. 사람들은 아래만 내려다 봐도 무섭고 어지러워 쓰러질 것 같다고 한다. 그래도 사람들은 다리를 건너다가 멀리서 지르는 소리에 놀라 다리 밑 난간으로 내려선다. 그렇지 않으면 철차에 바쳐 목숨을 잃게 된다. 철차는 가속도가 붙기 때문에 달려오다가 중간에 서지를 못한다. 심장이 약한 여인이나 노인들은 천둥을 치며 흐르는 강물을 보고 얼른 다리 아래 난간으로 내려서지 못하다가 철차에 받혀 죽는 일이 많았다. 그래도 사람들은 위험을 무릅쓰고 지름길로 건너게 된다.

그러지 않으면 위쪽 쏙시 앞 바다를 10리쯤 돌아서 징검다리로 건너가야 되기 때문에 시간이 많이 걸리고 또 밀물이 되면 징검다리가 넘쳐서 건너지 못하는 경우가 있었다. 그러니 공사 감독자가 철길의 통행을 금지시키지만 지름길을 건너려는 사람들의 유혹을 막지를 못했다. 공사장에서 일하는 사람들도 사고가 속출했다. 다이너마이트를 터트리다가 바위에 맞아 죽는 사람, 물밑에서 수문을 설치하다가 올라오지 못하여 물밑에서 죽는 사람, 설로에서 철차가 뒤집혀 사고를 당한 사람, 장나무가 부러져서 철차와 함께 바다에 추락한 사람, 이루 말할 수가 없었다. 제방에는 죽은 사람의 시체를 가마니로 덮어 놓고 있는 것을 종종 볼 수가 있었다.

"용왕님께 제사를 지내야지."

사고가 많이 나자 사람들은 이구동성으로 큰 굿을 해야 된다고 아우성이다.

"옛날에는 저런 큰 공사를 하면 처녀를 용왕님께 바친다 안쿠나."

"그렇째."

사람들은 모이면 이야기를 나눈다.

10여 년을 공사를 하고 둑이 거의 완공 되었을 무렵 사라호 태풍이 와서 또 둑이 무너졌다. 바다물이 둑을 넘어 두호 동네까지 밀려와서 피해가 막심했다. 무너진 둑을 새로 쌓아야하니 난공사였다.

"내 평생에 저런 태풍은 처음이제."

80대 노인이 경험을 이야기 한다. 둑이 완공된다고 바로 논이 되는 것은 아니다. 땅에 배여 있는 짠 염분을 우려내어야 된다. 그래야 벼가 마르지 않는다. 우선 물이 빠진 곳에 쟁기로 밭갈이를 한다. 그리고 조개껍질이나 굴 껍질을 주워

내어야 했다. 민물이 고이면 썰물 때 수문을 열어 짠물을 계속 바다로 내보낸다. 그리고 간척지 굽도리에 대형 수로를 개설하여 발동기로 물을 퍼 올려 보에 물이 상류로 흐르게 했다. 간척지가 완공되어가자 농업진흥공사에서 해마다 풍년이 들고 둑이 튼튼하라고 큰잔치가 벌어질 거라고 소문이 났다.

배둔장날

무덥던 여름도 지나고 지루했던 장마도 지나고 들판에 벼가 누렇게 익어 가면 허수아비가 논 가운데서 하늘을 향하여 춤을 춘다. 맴, 맴, 버드나무의 왕매미는 계절이 다가옴을 노래하고 섬돌 밑의 귀뚜라미는 겨울을 준비하느라고 부지런히 움직인다. 쿵더쿵 쿵더쿵 마을마다 디딜방아 찧는 소리가 들리면 벌써 풍년이 왔다는 것을 알 수가 있다. 가을은 농민들한테 가장 즐거운 계절이다. 모처럼 쪼그라 들었던 허리를 펴고 쌀밥을 먹을 수 있는 희망이 다가오고 있었다.

배둔의 5일장은 항상 붐빈다. 동부고성의 중심지로 시골장 치고는 크고 활기가 넘친다. 배둔은 입지조건이 좋았다. 오리쯤 가면 당항포가 있어 농산물을 부산으로 싣고 가고 신식 생필품이 부산에서 들어오니 유행이 빨랐다.

가을 추수가 끝나고 장날이 되면 사람들은 아침 일찍 이고 지고 구루마에 싣고 장에 간다. 장이 멀으니 일찍부터 서둘러야 곡식을 팔고 필요한 물건을 살수가 있다. 더구나 감이나 과일은 일찍 장에 가지고가지 않으면 팔지를 못한다.

땅, 땅, 땅… 입구 대장간에서 성냥하는 소리가 요란하다. 대장쟁이는 미군부대에서 흘러나온 국방색 털모자를 눌러쓰고 벌겋게 달구어진 농기구를 짱돌로 두드린다. 옆에는 아주머니가 무명치마저고리를 입고 수건을 둘러쓰고 풍로를 부친다. 사람들은 낫, 칼, 도끼, 호미, 괭이, 짜구, 끌, 쟁기 등을 맡겨두고 시장 안으로 들어간다. 장을 보고 나오면 그사이 농기구를 새것으로 만들어 놓는다.

"쨍그랑, 쨍그랑"

엿장수 가위소리,

"탕, 탕, 탕"

땜 집에서 양철동이 펴는 소리,

"뻥, 뻥"

빈터에서 강냉이 튀기는 소리,

"퉁, 퉁"

철물점에서 기계고치는 소리,

"치지짓–"

무엇을 때우는 소리,

"똑, 똑, 똑"

라디오 고치는 소리,

"구멍 난 양푼이, 깨진 항아리를 고쳐줍니다!"

사방에서 호객하는 소리가 요란하다.

데리고 온 아이를 찾는 소리, 흥정하는 소리, 싸우는 소리, 호객하는 소리, 와자지껄 시끄러우니 옆의 사람 말조차 잘 알아들을 수가 없었다. 또 한쪽에는 지리산에서 캐어왔다는 약초와 상처 난데 단박약이라는 미제 다야진과 손 튼데 바른 멘실타마, 얼굴에 바르는 동동구레므, 부스럼에 특효약인 고약 등을 판다. 그 외에도 초구, 부자, 산초, 제피, 생장, 아편, 수은, 비상 등 금지된 약품도 몰래 팔고 있었다.

"미제 약 팝니다. 미제요."

"미제 맞아요?"

"야아, 맞아요."

"어디에서 나왔소?"

"부산 미군부대에서 사왔소."

"아이들 인배(회충)가 있는데 약 있어요?"

"이것 한 알만 먹이면 단박약이요."

ABC라는 약을 준다.

"속이 쓰리고 신물이 나는 약 있소?"

"이것 몇 알만 먹으면 싹 났소."

또 ABC를 준다.

"머리가 어지럽고 귀가 멍하고…"

또 ABC라는 똑 같은 약을 준다. 무조건 아프다고 하면

ABC를 주는 것이다. ABC는 만병통치약이다.

"이런 약을 먹어도 돼요?"

"미제라니까요."

사람들은 미제라고 하면 사족을 못 쓴다.

"요즈음은 옛날 장과 많이 달라졌다."

"글쎄 말이요, 뭐 빼고 다 있다 더니 없는 것이 없소."

사람들은 이야기를 하며 신기해한다.

"알미늄 그릇은 웬 그리 가볍더노."

"그래 말이다, 무거운 줄 알고 힘껏 들다가 손이 하늘로 치솟아서 놀랐네. 종이보다 가볍더라. 히히히."

사람들은 가벼운 알루미늄 그릇이나 미군담요를 보고 탐을 낸다.

사카린, 설탕, 사탕, 빵, 조미료, 천막, 시멘트, 플라스틱그릇, 장화, 운동화, 타이어신, 작업복, 털모자, 카키복, 사아지양복, 라이터, 휘발유 등 새로운 물건이 많았다.

"옛날에는 저런 물건 구경도 못했는데."

"그렇고말고"

"오늘 장에 무엇이 제일 싸다요?"

장에 못 간 사람이 장에 갔다 온 사람 보고 물으니

"짚신보다 싼 타이어신이요."

타이어신은 자동차 내피로 만든 것으로 마분지보다 딱딱하고 뻣뻣하여 억세었다. 농촌사람들은 고무신 보다 싸고 질기다고 타이어신을 사서 신지만 너무 딱딱하여 발이 부르터서 가리토시가 서고 고름이 생겨 병원에 가서 수술을 하니 병원 비가 신 값보다 훨씬 더 들어간다.

또 세기 전에는 아침 일찍 되쟁이가 와서 멍석을 깔아놓고 쌀장사를 기다린다. 사람들은 곡식을 구루마에 싣고 와서 계속 내려놓고 가져온 쌀은 멍석에 수북이 붙는다. 되쟁이가

"한 되요-, 두되요-, 열 되요-, 자아- 오십 되, 한 가마 니요."

재미가 나서 곡조를 붙여가면서 곡식을 되니 세기전도 즐겁다. 그러자 쌀장사는 전대를 풀어 돈을 계산하여준다.

"오늘은 천석꾼도 부럽지 않네."

"그렇고말고."

입구에는 밤, 감, 배, 대추, 능금, 유자, 치자, 탱자, 석류 등을 거래하고 안쪽에는 어물전, 조개전, 식품전, 정육점, 건어물전이 있고 또 큰길가 양쪽에는 양약방, 한약방, 농약방, 고무신전, 철물전, 농기구전, 건재상, 옹구전이 있다. 뒤쪽 골목에는 포목전, 피복전, 삼베전, 무명전, 모시전, 메리야스전, 잡화전, 양말전이 있고 제기전에는 목기, 병풍, 갓, 탕건, 붓, 벼루, 종이, 담뱃대, 모자, 놋그릇 등을 팔아 항상 사람들로 분빈다. 또 당항포로 가는 변두리 하천변에는 소, 돼지, 개, 닭, 오리, 거위, 염소, 토끼, 강아지, 병아리, 고양이 등 온갖 동물이 다 모였는데 송아지를 팔려고 어미 소까지 데

리고 와서 팔린 송아지가 어미한테 떨어지지 않으려고 울면서 버틴다. 또 시장 입구에는 정미소가 있어 벼와 보리는 물론 밀가루 깨고, 고춧가루 빻고, 쌀가루 깨고, 국수 뽑고, 떡 찌고, 떡국 만들고 솜을 탄다. 제재소에는 커다란 톱니바퀴가 공중에서 빙빙 돌아가니 덩치 큰 통나무가 순식간에 가지런히 잘려나간다.

"세상 참 좋다, 저런 나무는 거두로 자르려면 며칠이 걸려도 안 될 기다."

남자들은 구경을 하면서 신기해한다.

배둔 5일장은 회화면, 구만면, 마암면, 개천면, 영호면, 진전면은 물론 바다건너 동해면 사람들까지 이용하니 항상 사람들로 붐빈다. 더구나 인근에 당항포가 있어 일제 때부터 태평호가 부산으로 오가면서 농촌에서 나오는 농산물은 부산으로 싣고 가고 부산에서 유행하는 신식물건은 태평호를 통하여 농촌으로 들어왔다. 고무신도 그때 처음으로 배둔장에 선을 보였다. 장사꾼들은 장날을 대비하여 부산 국제시장이나 범일동시장에 가서 농촌에서 필요한 물건을 구입하여 장날에 잔득 진열해 놓고 있었다. 그래서 배둔장은 없는 것이 없다고 한다.

"촌에는 농산물이 아니면 돈 되는 것이 있어야제."

"그렇고말고."

"물건 값은 해마다 오르고 곡식 값은 십년이 되어도 그대로니 촌사람들이 우찌살겠노.”

“그러니까 선거 때마다 여당을 찍어 주지 말라 해도 번번이 찍어 안주나.”

“그게 바보지, 그러니께 정부에서는 촌사람들을 맹물로 보는 기라.”

사람들은 아들 딸 공부 시키고 시집 장가보내려고 곡식을 싸게라도 판다. 곡식이 없는 사람들은 삼베나 무명베를 이고 와서 판다. 시골에서 가지고 오는 것은 싸고 도시에서 만든 공산품은 비싸다. 산두골댁은 장사밑천에 보태려고 고추 스무 되를 이고 배둔장에 갔다.

“보소, 보소!”

구만면과 마암면에서 내려오는 삼거리 입구에서 어떤 남자가 산두골댁을 부른다. 산두골댁이 부르는 쪽으로 돌아보니 키가 큰 남자가 되를 들고 서서

“값을 후하게 쳐줄 테니 여기서 파소.”

시장입구 길거리에는 그런 중간상인들이 농촌에서 가지고 오는 농작물을 중간에서 가로챈다. 산두골댁은 안 팔려고 돌아서니 장사꾼은 보따리를 빼앗는다.

“안 팔기요.” 고함을 지른다.

“안에 가면 별 수 있나, 여기서 파소.” 밀고 당기고

“와 이리 샀노! 노으소.”

“무거운 것 안까지 가져갈 것 뭐 있소. 여기서 파소.”

"안 팔기요."

"팔려고 가져왔는데 안 팔기는, 이리 주라."

그때부터 반말이다.

"내 물건 내가 안 팔려는데 와그리 샀노."

"확!"

장사꾼은 손에 들고 있던 되를 땅바닥에 놓고 두 손으로 고추보따리를 뺏는다. 산두골댁은 버티지만 남자한테 결국 고추보따리를 빼앗기고 만다.

"그렇게 눌리면 우짜요, 자식 죽는 것은 보아도 고추 되는 것은 못 본다고 하더니 진짜 그렇네."

시골에서는 고추를 저울로 달지 않고 되로 되는데 장사꾼들이 팔로 힘껏 눌러도 들어가지 않으니 정강이로 눌러 한 아름을 한 되라고 하니 농민들은 기가차서 어처구니 없어한다.

"열다섯 되요."

"집에서 스무 되를 가지고 왔는데 열다섯 되라니요."

"옆에서 되는 것을 안 봤소."

장사꾼은 되레 화를 내며 큰 소리 친다. 산두골댁은 난감해한다.

"그렇게 하면 안 돼요."

산두골댁은 악을 쓴다.

"딴 데 가져갈라요."

"딴 데 가봐야 마찬가지요, 안에는 더 하요."

그러면서 장사꾼은 고추 부대를 빼앗아 창고로 가져간다. 산두골댁은 난감해 한다.

"나도 이 집에서 팔았소."

옆에서 어떤 아주머니가 바람을 잡는다. 그럴 때 장사꾼은 고추 값을 산두골댁의 치마끈에 억지로 쑤셔 넣어준다. 산두 골댁은 할 수 없이 돈을 품안에 넣고 시장 안으로 들어간다. 옆의 장사꾼은 농촌에서 이고 온 목화를 빼앗아 되로 되려고 한다. 옆에서 고추 되는 것을 보고

"나는 되로 안 할기요, 저울로 할라요."

"그럼, 그리하소."

장사꾼은 헌 저울을 끄집어낸다. 목화보따리를 저울 고리 에 걸어 들어 올리더니

"스무 세근이요."

저울추 밑에 납을 붙여놓으니 달아도 자꾸 추가 올라가지 않고 처진다. 그런 줄도 모르는 아주머니는

"이상하네, 우리 영감이 옆집에 가서 달아 왔는데 서른 근 이라고 하던데?"

"그 집 저울은 오래 된 것 아니요?"

"모르겠소."

"틀림없이 그 집 저울은 일제 때 것이오. 일제 때 것은 못 쓰요."

아주머니는 긴가민가하면서 목화를 판다. 그래서 또 농민

들은 속인다. 농산물을 판 농민들은 필요한 물건을 사려고 안으로 들어간다.

점심 때가 되면 맛있는 냄새가 코로 솔솔 들어온다. 군데군데 가마니를 두르고 간이식당을 설치하여 소고기 국밥, 돼지국밥, 염소국밥, 추어탕, 떡국, 국수, 비빔밥 등을 판다. 배가 고프니 구수한 냄새는 더욱 육감을 자극하여 암만 돈이 없어도 그냥 지나치지 못한다. 농촌사람들은 평생에 소고기 국밥 한 그릇 사먹어 보는 것이 소원이었다. 소고기국밥은 큰 툭바리에 내장과 살코기를 썰어 넣고 산나물, 고사리, 콩나물, 녹두나물 등을 섞은 진한국물을 한 툭바리 떠주면 상머슴도 배가 불러 일을 잘 한다.

하모니카

"삐삐 삐삐…"

밤이 되니 어디서 하모니카 소리가 그윽하게 들렸다. 동네 사람들은 누가 저렇게 감미로운 하모니카를 부를까, 마음이 설레였다.

"덕수가 왔단다."

"응!"

사람들은 놀란다.

"덕수가 안 죽었나?"

"살았으니까 와서 삐삐대겠지."

덕수가 오니 동네가 긴장한다. 사람들은 덕수가 또 무슨 해코지를 할지 걱정이 앞섰다. 덕수는 훤칠한 키에 머리를 하이칼라 하고 포마드 기름을 반지르르 발라 멋쟁이가 되었다. 동네사람들은 눈이 휘둥그레졌다.

"안녕하십니까." 덕수가 동네 어른들한테 인사를 하자

"어, 응, 예, 그래!"

사람들은 덕수를 보자 당황하여 대답을 하면서도 어떻게 대할지 어리둥절 한다.

"니는 덕수하고 가까이 하지 말아라."

산두골댁은 아들 순철을 단속한다.

"친구인데 어찌 가까이 안 해요."

"그놈도 자기 애비를 닮아서 얄궂은 놈이다."

"엄마는."

"즈거 아버지가 빨치산 앞잡이 노릇을 하더니 자식 놈도…"

"남을 함부로 헐뜯지 말아요."

"너거 아버지도 그 애비가 고자질 하였을 거다."

"엄마가 봤어요!"

그 집에 가서 장리를 내어 왔지만 자기남편이 판태호 때문에 인민군에 끌려갔다고 생각하니 치가 떨린다.

"덕수가 소를 훔쳐갔다고 하더니 두치가 그냥 있나."

동네사람들이 모여서 수군수군 한다.

"그냥 안 있으면 어떻게 할 거야."

"잡아서 당장 조져야지."

"허허, 덕수 그놈이 어떤 놈인데? 소 훔쳐갈 때 못 잡으면 소용 없는기라."

"그래 맞어, 훔쳐갈 때 못 잡으면 소용없어."

두치도 직접 보지 않은 이상 덕수를 감히 어쩌지 못했다. 잘못하다가는 덕수한테 봉변을 당할지 몰랐다.

덕수는 고향에 오자마자 그냥 있지를 못했다. 밤이면 언제 배웠는지 동네 앞 하천 둑에 나와서 멋지게 하모니카를 불러 대었다. 하얀 달밤에 은은하게 들려오는 하모니카 소리는 동네 젊은 여인들을 들뜨게 했다.

"에에엥… 쳇."

어른들은 하모니카 소리에 불쾌하여 혀를 찬다.

"본데가 없어, 어른도 모르는 망나니 같은 놈이라구."

사람들은 수군거린다. 그래도 동네 여인들은 낮에는 못 본 체 외면하다가 밤이면 하모니카에 이끌려 덕수 옆에 찾아온다. 홍도야 울지 마라, 낙화유수, 봄날은 간다, 알뜰한 당신 등 최신 유행가를 하모니카로 자지러지게 불러대니 여인들은 간장이 살살 녹는다. 농촌에서 처음 듣는 금속성 하모니카는 그 음정이 감미로우면서 은은한 멜로디로 고요한 달밤에 호젓하게 들으면 애간장을 녹인다. 투박한 북이나 장구 따위는 아무것도 아니었다. 동네처녀들은 덕수가 오자 얼굴에 생기가 돈다. 저녁을 먹고 재빨리 설거지를 하고 덕수 옆으로 온다. 그러면 덕수는 부산에서 있었던 이야기를 들려준다. 카바레에 가면 시골에서 올라온 앳된 처녀들이 입술에 빨간 구찌분을 칠하고 화려한 네온사인 밑에서 남녀가 껴안고 춤을 추며 돌아가는 멋은 시골 여인들은 상상도 못하는 재미라느니, 남포동의 밤거리는 연예인들 천국이라느니, 파리 모기가 우글거리는 시골집 구석에 처박혀서 길쌈이나 하고 밭이나 매고 보리밥 한 덩어리 먹고 사는 여인들이 불쌍하다느니, 새로운 세상에 대한 흥미진진한 이야기에 밤이 늦는 줄도 모른다.

"끝쑥아, 뭣 하노, 짧은 밤에 길쌈 안하고."

자기 어머니가 부른다.

"조금 있다가 갈게."

"쎄기 와."

"도시에 가면 너 같은 여자는 환영받아."

덕수는 끝쑥이한테 바람을 넣는다.

"나같이 배우지 못한 여자가 어디 가서 사람 취급 받으려고."

"아니야, 너는 인물이 반지르르 잘생겨서 어디를 가도 환영받을 거야, 도시는 인물하나만 잘생기면 가만있어도 먹고 살아!"

"끝쑥아! 끝쑥아―"

자기 어머니가 또 부른다.

"와, 간다…"

그러면서 끝쑥은 얼른 일어나지 못한다.

"쯔쯔쯔. 덕수 때문에 동네가 야단났군."

동네사람들이 수군거린다. 그래도 덕수는 아랑곳하지 않고 동네를 휘잡고 다닌다.

"히― 익―"

덕수는 손가락을 입에 넣고 물동이를 이고 가는 여인의 귀에 대고 '히익―' 휘파람을 분다. 그러면 여인들은 깜짝 놀라 이고 가는 물동이를 떨어뜨려 깨뜨린다. 시어머니가 나와서

"조심 안하고! 비싼 물동이를 깨어서 어쩔 것이여."

덕수보다 며느리를 나무란다. 덕수는 밤이면 동네 청소년들도 모아놓고 부산에서 있었던 무용담을 늘어놓는다. 경찰을 때려눕히고 도망간 이야기, 철로에 드러누워 기차를 못 가게 한 이야기, 밀수꾼을 잡아 물품을 가로챘다느니, 국제시장 일대를 주름잡는다느니, 고급요정 마담은 자기 차지라느니, 기차의 길이가 10리가 된다느니, 낙동강 다리는 20리가 넘는다느니, 자랑을 하니 도시에 가보지 못한 청년들은 갑자기 도시를 동경하게 되었다. 순철도 재미가 있어 밤마다 덕수한테 놀러갔다.

"덕수, 그놈이 온 뒤로 청년들이 일은 하지 않고 몰려다니

니 걱정이야."

동네사람들은 못마땅해 한다. 그래도 덕수한테는 직접 말을 못한다.

"덕수, 그 사람 부산에서 무엇을 하는고?"

어른들은 궁금해서 서로 물어본다.

"대학교에 다닌다고 하던데."

"무슨 대학인고?"

"일류대학이라고 하던데."

"중학교도 나오지 않았는데 대학이라니?"

"부산에서 중학교에 나왔는지 아나."

덕수는 주먹이 세어 한방만 맞으면 웬만한 황소도 나가떨어진다고 한다. 더구나 덕수가 시골에 왔다고 하면 배둔의 껄렁패들도 어깨를 움추리고 꼼짝을 못했다.

어느 날, 배둔의 깡패 셋이 달밤에 덕수 집을 찾아왔다. 힘깨나 쓰는 덕수를 손 좀 보려고 단단히 결심을 했다. 지금까지 동부고성에서 자기들한테 당할 사람이 없었는데 덕수라는 사람이 시골에 와서 구만면, 마암면, 회화면, 개천면을 주름잡고 다니니 자기들의 자존심이 말이 아니었다. 이러다가 지역주민들한테 체면이 깎이어 어깨노릇을 하기 힘들 지경이었다. 덕수 집 앞에서

"덕수!"

대답이 없었다.

"어이, 판덕수!"

크게 불렀다.

"누구요?"

덕수 어머니 가량포댁이 부엌에서 설거지를 하다가 밖에서 부르는 소리에 내다본다.

"덕수 있소?"

"덕수야! 어떤 사람이 찾아왔다."

덕수는 방에서 혼자 맨손으로 권투 연습을 하다가 어머니의 말에 문을 열고 나온다.

"누구야!"

"나와 보랑께, 할 이야기가 있은께."

청년 셋이서 밖에 얼쩡거리는 것을 보고 짐작했다. 덕수는 허리띠를 단단히 매고 사립문 앞에 나왔다.

"어떻게 왔어?"

"할 이야기가 있은께, 따라 오란께."

그들은 동네 앞 타작마당으로 갔다. 덕수는 자기를 손보려고 하는 것을 알았다. 이 기회에 깡패들을 단단히 본때를 보이려고 마음먹었다.

"무엇 때문에 그러는 거여?"

"보면 몰라!"

"보면 몰라? 어디다 대고 함부로 반말이야 반말은."

덕수도 기세를 올린다.

"이것 봐라."

그들도 지지 않으려고 기세를 올린다. 타작마당 가운데에 들어서자 덕수가 전력을 갖출 틈도 없이 그 중에 한 놈이 먼저 덕수한테 주먹을 날린다. 덕수는 재빨리 한손으로 방어를 하고 한손으로 그 사람을 달랑 들어 땅바닥에 내동댕이쳤다.

"어디다 함부로 대어 들어."

그 사이 또 한 놈이 달려드는 것을 주먹으로 광대뼈를 치니 입이 휙 돌아 가버렸다. 그러자 주먹으로 안 되겠는지 또 한 놈이 칼을 들고 덕수의 가슴에 팍 꽂으려는 순간 두수는 재빨리 칼을 든 손목을 힘껏 걷어차니 칼은 공중에 치솟아 파르르 돌더니 쓰러져서 어서 일어나지 못하는 다른 깡패의 허벅지에 팍 꽂혔다. 한 컷의 예술적인 장면이었다. 팔이 채인 그 사람은 손목이 부러졌는지 손목을 붙들고 쪼그리고 앉아 꿈적도 못한다.

"송사리보다 못한 것들이, 어디서 함부로 굴어, 앞으로 한 번만 더 껄적거리면 죽여 버릴 테야."

깡패들은 겨우 일어나서 도망을 가기 시작했다. 배둔의 병원에 가는 것 같았다. 덕수는 자기 어머니를 닦달하여 논 열 마지를 팔아서 부산으로 갔다.

재일교포

일제 때까지만 해도 우리나라는 살기가 어려워서 국민학교에 못가는 학생들이 상당히 많았고 학교에 입학하여도 중퇴하는 학생들도 많았다. 농촌에는 옛날부터 내려오는 벼의 종자가 개량하지 않아 토종의 벼로 농사를 지어봐야 종자가 부실하여 소출이 적었다. 대부분 늦벼가 되어 서리가 내리도록 익지 않아 동지 달에야 겨우 추수를 하는 집도 많았다. 한 톨이라도 더 익히려고 늦게까지 논에 놔두면 참새가 쪼아 먹고 메추리가 뜯어가고 쥐가 설치니 소출이 적기는 마찬가지였다. 어름이 어는 무논에 다리를 건지고 들어가서 벼를 베어 논두렁에 말린다. 타작을 해도 벼 알이 떨어지지 않아서 훑고 두드리고 까불고 하여 논 한 마지기에 겨우 한 가마니였다. 건답이나 다락 논은 그것의 반타작도 되지 못했다. 그것을 지주한테 반을 주고 반 남은 것을 식량을 해야 되었다. 그런 어려운 때에 해방이 되었다.

일제의 탄압을 피하기 위하여 또는 먹고 살기위하여 일본으로 건너갔던 우리 민족이 해방이 되자 다들 희망을 갖고 고국에 돌아왔다. 돌아온 사람들은 자유로운 내 나라에서 풍요롭고 행복하게 잘살 줄 알았다. 그러나 해방이 되었지만 그때까지 소작제도가 살아있어 90% 이상이 소작농으로 반을 지주한테 주고 나머지로 살아가려니 헐벗고 굶주리고 보릿고개라는 엄청난 고통이 기다리고 있었다. 더구나 한꺼번에 많은 사람들이 고국으로 돌아오니 좁은 국토에서 식량이 부족하여 먹고, 입고, 살 집이 없었다. 돌아온 남자들은 아내와 자식을 남겨두고 홀로 일본으로 다시 떠나야 했다.

일본은 전쟁에서 패하여도 배급제도가 잘되어 있었다. 한 되 박의 쌀이나 한 포대의 밀가루도 누수 없이 공평하게 잘 나누어주었다. 해방이 되어 돌아온 사람들은 남의 옷을 빌려 입고 남의 신을 빌려 신고 다시 일본으로 건너갔다.

"일본에서 돈 벌어 사주겠소."

세계대전에서 패망한 일본은 수백만 명의 청년들이 태평양전쟁에서 전사하고 미망인들이 수십만 명이 되었다. 일본 여인들은 남편이 사망하고 재혼하는 것이 허물이 아니었다. 이들은 남편이 남긴 기본적인 재산을 가지고 있었다. 이럴 때 한국에서 많은 청년들이 빈손으로 일본으로 건너갔다. 일본은 철저한 일부일처제였다. 본처가 있으면 절대 재혼하지 않는다. 모르고 결혼을 하여도 본처가 있는 줄 알면 스스로 이혼하고 미련 없이 떠나버리는 것이 일본의 여자들의 지조였다. 한국 청년들은 일본 여인과 결혼하지 않으면 조센징이라는 민족차별로 혼자서는 살아갈 수가 없었다. 그러자 한국에서 밀입국하여 온 청년들은 총각이라고 속이고 일본 미망인과 결혼을 했다.

그리하여 고국에서 떠난 남편은 몇 십 년이 되어도 소식이 없었다. 심지어 아들이나 남편이 죽었을 거라고 제사까지 모시는 집도 있었다. 편지왕래가 있으면 한국에 본처가 있는 것이 탄로가 나기 때문에 한국 남자들은 일본여자와 살기위하여 본국에 편지를 할 수가 없었다.

그사이 패망하여 쑥밭이 된 일본은 뜻밖에 일어난 한국전쟁으로 절호의 경제부흥이 일어났다. 한반도가 공산화가 되면 연쇄적으로 일본도 공산화될 거고 자국의 방위도 위험하다고 판단한 미국이 한국전쟁에 개입하고 전쟁물자와 무기, 장비 등을 일본에서 공급하기로 결정했다. 그리하여 일본의 경제는 일취월장으로 발전하여 2차 대전 전의 수준까지 도달했다. 미국과 일본은 한국전쟁을 계기로 신속하게 강화협력을 시작하여 1952년 샌프란시스코에서 강화조약이 성립되어 일본은 전범국가에서 벗어나서 당당한 국제사회의 일원으로 유엔의 회원국이 되었다.

일본은 미국에 의하여 국권이 회복되자 주권 국가로 한국인의 출입을 철저히 통제했다. 한국과는 국교가 수립되지 않았으니 적성국가나 다름이 없었다. 일본 여인과 결혼한 한국청년들은 고국에 왕래하고 싶어도 국교가 없으니 비자가 발급되지 않았고 편지를 하려고 하여도 고국에 본처가 있는 것이 탄로가 날까 봐 편지왕래를 하지 못했다. 고국에서는 일본으로 건너간 남편이 살았는지 죽었는지 감감 무소식이었다. 그때까지 한국에 있는 본처는 일본에 간 남편한테 연락이 오기를 일구월심으로 기다리며 재혼을 하지 않고 살고 있었다.

그러다가 1965년 한일 국교가 수립되자 일본으로 떠났던 사람들한테 연락이 왔다. 가난에 찌들어 당항포에서 배를 타고 남의 옷을 빌려 입고 남의 새 고무신을 빌려 신고 울며불며 떠났던 사람들이 양복을 입고 구두를 신고 카메라를 메고 가방을 들고 신사가 되어 고국에 다니러온 것이다. 그때까지 못 먹고 못 입고 무명 바지저고리도 여러 번 꿰매서 입은 농촌 사람들이 그런 모습을 보고 눈이 휘둥그레졌다. 친척집, 처갓집, 외갓집, 사돈집 등에 인사하러 다니면 따라다니는 사람들이 수십 명이 되었다. 남자들은 일본에서 가지고 온 옷감으로 양복을 해 입고 여자들은 금실로 수놓은 반짝이 비단옷을 몸에 감고 친척집에 다니면 돈을 뿌리니 닭을 잡고 회를 뜨고 술을 사오고 난리였다.

"하하하, 허허허…"

동네가 떠나갈 듯이 웃고 잔치가 벌어진다.

"청광띠는 부자 되었다면서."

사람들이 부러워한다.

"부자만 되어, 학교도 짓는다는데."

"아이구, 청광띠는 복이 그리 많을고."

"우리는 복이 없으니 사돈팔촌도 일본에 간 사람이 없다고."

"흑다리띠나 나나 피장파장이여."

이웃 사람들은 부러워서 매일 탄식이다. 재일교포들이 돈을 가져와서 논도 사고, 밭도 사고, 집도 새로 짓고 돈을 뿌리고 다니니 고을이 들썩들썩했다. 저명한 인사들이 기부하라고 문전성시를 이룬다. 손님들이 계속 오니 돼지를 잡아 매일 잔치가 벌어진다.

당시 동부고성에는 고등학교가 없었다. 읍내에 농업고등학교가 있었지만 거리가 멀어서 하숙을 해야 되었다. 대부분의 가정에서는 하숙 시킬 형편이 되지 못하니 자식들을 고등학교에 보내지 못하고 썩히고 있었다. 고향의 처지가 딱하니 교포 중에서도 성공한 마암면 허씨와 구만면 최씨가 헌금을 내어 배둔에 종합고등학교를 설립했다. 그러자 농촌에서 진학하지 못한 젊은 청년들이 너도나도 고등학교에 진학하게 되었다. 순철도 중학교를 졸업하고 배둔에 있는 고등학교에 입학했다.

당항포

당항포를 옛날에서는 당목이라고 했다. 배둔에서 5리 정도 떨어진 바닷가에 있는 어항으로 조그만 부두가 있어 부산으로 가는 관문역할을 했다. 일제 때는 일본으로 가려면 당항포에서 연락선을 타고 부산으로 가서 현해탄을 건너 일본으로 들어갔다. 올 때는 역으로 마찬가지였다. 해방 후에는 연락선이 없어지고 태평호가 생겼다. 태평호는 격일제로 운항한다. 아침 9시에 당항포에서 출발하면 오후 5시에 부산 남항부두(자갈치시장)에 도착하고 다음날은 다시 부산에서 아침 9시에 출발하면 오후 5시에 당항포에 도착한다.

계란은 수집만 하면 팔기가 쉬웠다. 순철은 계란 상자를 지고 산두골댁은 박바가지, 호박우구리, 무말랭이, 고구마 줄거리, 시래기 등 잡동사니를 이고 당항포로 간다. 태평호가 떠나는 날은 장사꾼만 아니라 친척집에 다니러 가는 사람, 돈 벌러 가는 사람, 공부하러 가는 사람, 아들 면회 가는 사람, 자식 혼수품 사러 가는 사람, 이고, 지고, 들고, 자전거를 타고, 리어카를 끌고 구루마를 몰고 길이 미어진다.

입구에는 소달구지, 자전거, 리어카, 지게 등을 잔득 세워 놓아 얼마나 많은 사람들이 태평호를 이용하여 부산으로 가는지 알 수가 있었다. 올 때도 마찬가지였다. 부산에서 시멘트, 비료, 설탕, 밀가루, 고무신, 피복, 항아리, 농기계 등 신식 생필품을 사오느라 부두가 비좁다. 장사하는 사람들은 항상 태평호를 이용하니 서로 알고 인사를 한다. 전날 배둔장이라서 당항포로 가는 사람들은 더욱 많았다.

"산두골띠 부산까요?"

"야– 아"

뒤를 돌아보니 머릿개댁이 큰 보따리를 이고 온다.

"산두골띠는 아들이 짐을 져다주니 편하겠소."

"지도 돈을 벌어야 할긴데 내 짐만 져다주어서 되겠소. 머릿개띠도 부산에 까요?"

"야− 아, 우리 동생 집에 좀 가보려고."

"동생이 무엇 하요?"

"제부가 미군부대에 다니요."

"미군부대면 돈을 잘 벌겠네요."

"그것도 야미물건을 취급해야 돈을 잘 벌지 시키는 대로만 하면 논을 못 버요."

"야미 물건이라니?"

"양주, 양담배, 커피, 의약품 등 미제물건이라면 무엇이든지 다 좋소, 그런 물건을 몰래 빼내서 팔아야 돈을 잘 버는데 우리제부는 쑥맥이가 되어서 그런 것을 못해요."

"그래도 미군부대는 못 들어가서 야단 아니요. 어째서 그런데 들어갔소?"

"우리 제부는 군대에서 카추샤로 근무를 하였는데 미군부대에 있을 때 미군장교한테 잘 보여서 제대하고 연락이 와서 바로 들어갔소."

"아이구, 잘 되었네."

이야기 할 동안에 흑다리댁이 내려온다.

"가을이 되니 부산가는 사람들이 많네. 흑다리띠는 어디

가요."

"딸집에 좀 갔다 오려고요."

"뭐를 그리 많이 이고까요?"

"딸이 해산달이 되어 미역하고 퐅(팥)하고, 찹쌀하고 여러 가지 구지레한 것을 조금 가져가요."

"산두골띠는 계란장사가 잘 되요?"

"계란도 군이 달아서 힘드요."

"계란은 모으기만 하면 팔기는 쉽지 않소."

"그것도 이문이 박하요. 요즈음 계란 장사하는 사람들이 꽉 찼소."

"쌀장사가 돈을 많이 번다면서요?"

"그런 것은 밑천이 많이 안 드요. 돈 없는 사람들이 그런 것을 할 수 있소."

이야기 할 동안 여자들이 많이 모인다.

"숫둥골띠는 귀부인 같다. 옷도 잘 입고, 그런 옷 어디서 나왔소?"

"우리 딸이 갖다주어서 입소."

"그 집 딸은 잘사는가베?"

"잘살기는."

"잘 안 살면 우찌 그런 옷을 입을 수 있소. 딸이 뭐하요?"

"아무것도 안 하요."

"아무것도 안 하는데 어디서 그런 옷이 나왔소."

숫등골댁은 얼굴이 붉어지더니 부두 쪽으로 내려간다.

"저 집 딸은 뭣 하는고?"

옆에 있던 흑다리댁이 묻자

"서면 하라리아부대 앞에서 양색시 장사를 한단다."

"아이구, 그렇구나."

사람들은 다들 놀랜다.

"양색시들이 입다가 유행에 뒤떨어져 안 입는 옷을 가져와서 입는다요."

"좋기만 한데. 딸이 아니면 촌에서 저런 비싼 옷을 입을 수 있겠소."

"요즈음은 무슨 짓을 해도 돈만 벌면 좋은 세상 아니오."

"그렇소, 촌에서 씨레기 죽이나 먹고 있으면 누가 알아 주요."

그 사이 어떤 아주머니가 김치 항아리를 이고 한손은 보따리를 들고 온다.

"까치골띠는 무엇을 무겁게 이고 오요?"

"아들 공부하는데 반찬을 해서 여기까지 여다 주려고 왔소."

아들은 쌀자루를 메고 한손에는 책가방을 들고 씩씩거리며 따라온다.

"그 집 아들 공부 잘하는가베."

"모르겠소, 자기가 한사코 공부를 하겠다고 하니 억지로 시키요."

"까치골띠는 대단하요, 아들 공부시키고."

"말도 마소, 골병이 들어죽겠소."

"그래도 공부시키면 뒤에 덕을 안 보나."

"생일에 잘 먹으려다가 생일날 아침에 굶어죽는다고 우리가 그 꼴이 나겠소."

그러는 사이 삼락에서 율촌댁이 구루마에 쌀을 잔뜩 싣고 내려온다. 삼락에 큰 정미소가 있어 율촌댁은 정미소에서 직접 쌀을 산다. 농민들은 무거운 곡식을 장에까지 지고 가지 않아서 좋고 율촌댁은 되쟁이를 거치지 않아서 되 밑이 좋았다. 되쟁이는 쌀을 싹싹 깎아서 되어주고 남는 것은 자기가 먹기 때문에 쌀장사는 그만큼 이문이 약하다.

"율촌띠는 부산에 새 서방이 있나 돈을 그렇게 잘 벌어요, 하하하."

머릿개댁이 농담을 하자

"말 잘 못하면 쎄빼이요."

율촌댁이 새초롬하게 쳐다본다.

"농담아이가, 다른 사람들은 장사를 해도 돈을 못 버는데 율촌띠는 돈을 잘 버니까 하는 말 아니가."

"그야 수단이 좋으니까 그렇겠지."

산두골댁이 거든다.

"부산에는 인도쟁이(흑인)가 웬그리 많노."

"서면에 가면 더 많디요."

"시커멓고 커다란 인도쟁이가 지나가면 썸뜩하여 겁이 나

94

더라."

"그런 사람한테 하룻밤만 자고나면 한 밑천 준다요. 하하하."

"그런 사람들도 젊은 색시를 좋아하지 우리 같은 아지매를 좋아하겠소, 하하하."

사람들은 주거니 받거니 농담을 하면서 웃는다. 태평호가 떠날 동안 둘러서서 이야기 하니 어떤 어른이 작대기를 들고 헐레벌떡 내려온다.

"우리 애 못 보았소?"

"산두골댁을 보고 묻는다."

"아즈범, 무슨 일이 있습니꺼?"

"이놈이, 잡히기만 하면 다리몽둥이를 뿌러뜨릴기라, 그만."

선창가에 있던 사람들이 고함소리에 무슨 일인가 쳐다본다.

"창수가 일을 냈는 갑네예?"

"며칠 전에 즈그 친구들 하고 저수지 공사하러 간다고 하길래 그런가 했더니, 이놈이 고방(창고)에 놔둔 쌀을 반 가마 가지고 도망을 가버렸소."

"아이구, 우짜노, 간수를 잘 안하고 그리하였습니꺼."

"팔아서 비료를 사려고 했는데 그놈이 그럴 줄 알았소."

"요즘 젊은 것들이 밤에 오는 활동사진을 보고 바람이 나서 난리랍니다. 우리 동네에도 젊은 사람들도 여럿이 달아났습니더."

"그러다가 금년에 모심기를 어떻게 할지 걱정이네요. 혹시

처수가 만나면 잘 설득하여 데리고 오소."

"부산이 넓어서 잘 만나질지 모르겠습니다."

"총각만 그런 것이 아니라 요즈음 처녀들도 바람이 났다요."

"세상이 미쳤다. 처녀가 애기를 안배나. 신랑 놔두고 도망가는 여자가 없나. 세상이 우습게 되어간대요."

사람들은 탄식을 한다.

어떤 여인이 어린 딸을 데리고 온다.

"띠골띠도 부산까요?"

머릿개댁이 묻는다.

"내가 가는 것이 아니고 우리 딸이 부산에 좀 가요."

띠골댁은 여러 번 기운 무명 치마저고리에 타이어 신을 신고 있었다.

"어린 딸을 부산에 왜 보내요?"

"혹시 식모살이라도 할 때가 있을는지 해서."

딸은 수줍어한다. 도시로 간다고 시마지 치마저고리를 사서 입혔지만 어딘지 모르게 촌스러운 데가 난다. 순철은 그 애가 팔려가는 노예처럼 불쌍한 생각이 들어 유심히 쳐다보았다.

"딸이 예쁘네, 저런 것을 혼자 도시에 보내도 괜찮소?"

사람들도 안쓰럽게 바라본다.

"우짤기요, 식구는 많고 농사는 적으니 입이라도 하나 덜려면 할 수 있소."

"식모살이 하려면 촌에도 많이 있을 긴데."

"촌에는 농사일을 해야 되니 힘이 안 드요, 도시는 집안일만 하니 촌보다 편하지 않겠소."

"그럼요."

산두골댁이 맞장구를 친다.

"부산에 누가 있소?"

"부두에 내리면 즈거 외숙모가 마중을 나올 기요. 그때까지 우리 아이를 좀 돌봐주이소."

산두골댁한테 부탁을 한다.

사람들이 모여서 이야기 할 동안 어떤 중년신사가 내려온다.

사아지 양복에 사슴뿔테 안경을 쓰고 스틱을 짚고 의젓이 걸어오는 것을 보니 고관대작처럼 품위가 있어 보인다. 뒤에는 교복을 입은 딸애가 총총걸음으로 따라온다.

"두치다."

어떤 사람이 말을 한다. 그러자 모여 있던 사람들이 일제히 쳐다본다. 두치가 가까이 오자 사람들은 길 양쪽으로 비낀다.

"두치님, 부산에 가십니꺼."

아주머니들이 인사를 하자

"예."

"딸 공부 시키로 가는 갑네예."

"예."

"신수가 좋으십니더."

"아이구, 뭐예."

사람들은 저마다 한 마디씩 하니 그때마다 쳐다보지도 않고 길을 가면서 대답을 한다.

"딸 봐라! 벌써 저리 컸나."

"즈거 엄마가 옥천사에 가서 불공을 드려 낳았다 안쿠나."

"딸 하나 뿐이가?"

"그렇다쿠네."

"왜 더 안 낳는가?"

"전쟁 때 인민군에 끌려가서 거시기에 총을 맞아 불구가 되었안쿠나."

어떤 사람이 살며시 이야기를 한다.

"그런데 우찌 딸은 낳았노?"

"그 전에 임신을 했겠지."

사람들은 입방아를 찧는다.

"안녕하십니까."

순철이 인사를 하니 힐끔 쳐다보고 그냥 간다.

"부산 가니!"

순철은 보혜를 보고 말을 건넨다. 보혜도 쳐다보는 둥 마는 둥 그냥 부두 쪽으로 총총걸음으로 내려간다.

"가시내 같으니라구."

출항시간이 다가오자 부산으로 싣고 가는 쌀가마가 계속 부두에 쌓인다. 쌀만 싣고 가는 것이 아니다. 온갖 농산물과 잡곡류, 마른반찬거리가 계속 실린다.

조금 있으니 가마 하나가 나타났다. 일가친척들이 한 무더기 따라온다. 사람들은 가마를 구경한다고 양쪽에 늘어선다. 뒤에는 혼수 보따리와 장롱을 지고 짐꾼들이 여럿이 따라온다.

"누가 부산에 시집가는가베?"

사람들이 수근거린다.

"그런가 보네."

색시가 비단한복을 입고 수줍은 듯 가마에서 내렸다. 웃각시가 얇은 너울로 신부의 얼굴을 감싸준다. 상각도 갓을 쓰고 흰 두루마기를 입고 따라왔다.

"도시로 시집가는 사람들은 복이 많아요."

"그렇고말고, 길쌈을 하나, 밭을 매나, 모를 심나, 그래도 도시 사람들은 쌀밥만 먹는다고 하지 않소."

사람들은 부러워한다. 색시 옆에는 어머니인 것 같은 중년 아주머니가 색시 옆에 붙어 서서 연신 눈물을 닦는다.

"안 되면 장사를 해도 밥은 굶지 말아라."

그러자 색시는 더욱 서럽게 운다.

100톤이 넘는 큰 배가 부두에 정박해 있었다. 시골에서는 제일 큰 배였다. 아홉시가 가까워지자

"부- 웅."

배가 떠난다는 뱃고동소리가 울린다. 부두는 혼잡을 이루었다. 떠나는 사람과 보내는 사람들이 헤어지기 싫어 아쉬워

한다.

"살기 힘들더라도 고향에 자주 오거라."

신부 어머니가 연신 손을 흔들며 눈물을 닦는다. 사람들은 차례차례 배를 탔다. 한쪽에 보니 젊은 청년들이 어디에 숨어있었던지 봇짐을 어깨에 메고 우르르 배에 오른다. 부모 몰래 도망가는 것 같았다.

"어!"

순철의 고종사촌 창수도 그 속에 끼여 있었다.

"부– 웅"

두 번째 뱃고동 소리가 울리고 배가 뒷걸음을 치더니 뱃머리를 돌린다. 그러자 안에 탄 사람들이나 배웅하는 사람들이나 다 같이 손을 흔들며 헤어짐을 아쉬워한다.

3부

판잣집
구두닦이
나병환자
나무장사
수류탄
물망초
고성의 독립운동
삼월삼진날

판잣집

용쇠는 두치한테 괄시받고 살다가 부산으로 쫓겨 와서 문현동 하천변에 애들 이모 집에 방을 구했다. 방 하나에 다섯 식구가 기거를 하려니 불편하기 말할 수 없었다. 용쇠는 아침 일찍 일어나서 부둣가로 가니 큰 공장이 있는데 여자아이들이 줄줄이 출근을 하고 있었다. 입구에는 커다란 간판이 붙어있는데 글을 몰라서 뭐하는 곳인지 지나가는 사람한테 물어보니 조선방직공장이라고 한다.

"우리 딸애들도 저런 공장에 취직을 했으면 좋겠는데."

용쇠는 한숨을 쉰다.

흠태는 부산에 오니 복잡한 도시에 차량들이 끊임없이 달리고 그사이 전차가 지나가고 사람들이 와글와글하니 어리둥절했다. 산중턱까지 집이 빽빽이 있고 사방 전기 줄이 얽혀있어 자동차 소리, 전차소리, 뱃고동소리에 귀가 어지러웠다.

그래도 우선은 부산의 길부터 익혀야 되어 도시 구경도 할 겸 걸어서 광복동과 남포동까지 갔다. 남포동에는 빌딩이 가득하고 거리는 휘황찬란했다. 청춘 남녀가 옷을 잘 입고 구두를 신고 멋쟁이들이 많았다. 극장에는 맨발의 청춘이란 간판이 걸려있었다.

거기서 다리를 건너 더 가니 어떤 골목에 대낮인데도 전기불을 훤히 켜놓고 대문이 열려있는데 안을 들여다보니 방에

는 젊은 여인들이 화장을 진하게 하고 모여앉아서 떠들고 있었다. 뭐하는 곳인가 궁금하여 한참 쳐다보니

"아다라시다!"

어떤 여인이 고함을 지르며 흠태를 잡으러 뛰쳐나온다. 그러자 밖에서 호객행위를 하던 여인이니 흠태를 붙잡는다. 흠태는 놀라서 그 여인을 뿌리치고 뛰어오니 뒤에서

"바보, 촌놈, 얼간이, 병신, 고자…"

온갖 욕을 하며 따라오다가 흠태가 힘차게 뛰니 힘에 부딪치는지 더 이상 오지 않는다. 흠태는 얼굴에 땀이 나고 숨을 헐떡거리며 뛰어오다가 길가의 포장마차 아저씨한테

"저기가 뭐하는 곳입니까?"

"어디, 완월동?"

"예?"

"색시 촌이야, 여자들은 너 같은 꼴투기를 좋아해. 히히히…"

흠태는 시골에 있을 때 덕수한테 들어서 완월동을 알고 있었다. 십년감수했다.

용쇠는 일자리를 구하려 하였으나 여의치 않았다. 기술도 없고, 배운 것 없고, 아는 사람이 없으니 직장을 알선해 주는 사람도 없었다. 혹시 일자리가 있나 하여 매일 거리를 할 일 없이 다니지만 어디에 일자리가 있는지 막연했다. 그러다가 하루는 범일동 시장 안에서 이것저것 구경하고 있으니 상인들끼리 모여 앉아

"범내골에 가면 날품팔이를 해도 밥은 먹고 지낸다면서."

"그것도 단속이 심해서 항상 불안 속에 일을 해야 된대."

용쇠는 그 말에 눈이 번쩍 뜨여서

"범내골이 어디쯤입니까?"

"저어기 골짜기로 한참 올라가면 있소."

다음날 용쇠는 범내골로 찾아갔다. 거기는 사방 판잣집을 짓는다고 난장판이었다. 구덩이를 파고 건축자재를 나르고 물을 떠오고 난리였다. 용쇠가 올라가서 기웃거리니 경계하는 눈초리가 날카로웠다.

"어디서 왔소?"

어떤 노무자가 묻는다.

"저 아래 동네에서 왔는데 일자리가 있는가 해서 왔소."

"여기는 없소."

용쇠는 이런 곳에서 노가다 일을 하는 것이 자기 형편에 딱 맞을 것 같았다. 시골에 있을 때 남의 집 구들을 놓아주고 흙벽도 발라주어 왕토 일을 잘한다는 소문이 났었다. 한참 이곳저곳 기웃거리며 구경을 하고 있으니

"온다!"

일하던 사람들이 우닥닥 작업도구를 팽개치고 모두 도망을 간다. 용쇠는 왜 저러나 생각하며 우두커니 서있으니 각목을 들고 온 사람들이 여기저기 다니면서 짓던 집을 부수더니 서 있는 용쇠의 어깨를 사정없이 후려친다.

"아…"

용쇠는 얻어맞고 그 자리에 주저앉았다.

"쿵쿵, 쾅, 와장창…"

완공된 집도 미처 입주를 하지 않는 집은 마구 부셔버린다. 어떤 사람은 이사를 하는 중에 단속반이 들이닥쳐 집을 부셔버린다. 가재도구가 어지럽게 흩어지고 이불이 나뒹굴고 학생들의 책이나 공책이 사방 휘날린다. 아이들이 놀라서 울고 집주인도 도망을 갔다.

부산에는 산이 많았다. 그런 산은 대부분 국유지였다. 거기에 사람들은 몰래 무허가 집을 짓는다. 이미 집을 지어 입주를 해있으면 집을 부수지 않는다고 했다. 사람들은 그것을 이용한다. 그러니 무허가 집은 자꾸 산으로 올라가서 산중턱까지 차 있었다.

용쇠는 무거운 마음으로 범내골에서 내려왔다. 그 뒤 몇 번이나 범내골로 올라가서 살펴보고 자기도 판잣집을 지을 각오를 했다. 애들 이모 집에 얹혀살려니 미안하고 다섯 식구가 방 한 칸에 기거를 하려니 그것도 힘들었다. 이 기회에 판잣집이라도 마련하면 다리를 뻗고 잘 수 있을 것 같았다. 철거반이 매일 오는 것도 아니었다. 요행히 철거반을 피하여 집을 짓는 사람도 많았다. 신속히 집을 지어 입주를 하면 철거를 하지 않는다는 사실을 알았다.

용쇠와 흠태는 공동묘지가 있는 산 위로 더 올라가서 새끼줄을 쳤다. 그리고 공구점에 가서 곡괭이, 삽, 장돌, 짜구, 흑손, 새끼줄 등을 사왔다. 흠태와 둘이서 말뚝을 박아 큰 방, 작은 방, 부엌 자리에 알맞게 새끼줄로 칸막이를 쳤다. 단속반이 오기 전에 빨리 지어야 했다. 용쇠는 새끼줄을 따라 구덩이를 파고 흠태는 대로변에 있는 건축자재상에 가서 부록, 모래, 시멘트, 자갈 등을 사서 져다 올렸다.

싸리네는 아래 수채 구멍에서 흘러내린 허연 폐수를 양동이에 떠서 여다 올렸다. 많은 사람들이 공사한다고 폐수를 떠 오니 그것도 모자랐다. 떠온 물로 용쇠는 시멘트를 버물러서 구덩이에 집어넣는다. 싸리네도 옆에서 심부름을 하고 거든다. 문제는 시멘트였다. 시멘트가 굳어야 시멘트블럭을 한 단계씩 쌓아올릴 수가 있는데 그러려니 여러 날이 걸린다. 어떤 사람은 마음이 급하니 부채로 부치는 사람도 있었다. 그럴 때 단속반이 오면 큰일이다. 마지막 블럭을 쌓은 다음 시멘트가 굳어지면 천정에 제재목으로 막대기를 걸치고 대들보를 올려 서까래를 걸친다. 거기에 천막을 덮으면 집이 되는 것이었다.

그리고 부엌을 만들고 구들을 놓아 연탄불을 피우면 훌륭한 판잣집이었다. 천막이 비싸니까 어떤 사람들은 박스를 뜯어 마분지로 지붕을 덮고 비가 스며들지 않게 골타르를 바르면 되었다. 이런 집을 학고방이라고 한다. 화장실은 근처 빈 땅에 항아리를 묻고 나무막대기를 네 개 박아 가마니를 타서 빙 둘러치면 화장실이 되었다. 다만 비가 오면 우산을 써야 하는 것이 흠이었다. 용쇠는 시골에 있을 때 집 짓는데 따라 다니면서 목수일도 하고 대패질이나 왕토 일을 많이 해본 경험이 있어 벽이나 구들을 만드는 것은 익숙했다. 마지막으로 흑손으로 벽을 바를 때

"온다!"

또 어떤 사람이 외치니 우닥닥 모두 도망을 간다. 용쇠와 싸리네도 뛰었다. 용쇠는 전에 어영부영 있다가 얻어맞은 경험이 있어 재빨리 뛰었다. 흠태는 옆의 도랑에 엎드렸다. 단속반원들은 몽둥이와 각목을 가지고 와서 사방 두드려 부순다. 얻어맞고 울고불고 고함을 지르고 난장판이다.

조금 있으니 아래에서 어떤 건장한 남자가 양복을 입고 넥타이를 매고 까만 선글라스를 쓰고 뒤따라 올라온다. 폼이 형사 같았다.

"다들 무엇해, 빨리 빨리 움직이지 않고."

"옛!"

단속반은 재빨리 움직인다. 흠태가 들으니 어디서 듣던 목소리 같았다. 키가 크고 건장한 폼이 덕수 같았다.

"덕수가 부산에 와서 언제 오야붕이 되었나?"

의아하게 생각하면서 쳐다보니 자기 집 쪽으로 오는 것이었다. 자세히 보니 틀림없이 덕수였다.

"혹시 덕수 아닙니까?"

신사는 선글라스를 벗고 흠태를 쳐다보더니

"어! 니가 여기 웬일이야."

"덕수가 맞구먼."

흠태가 인사를 하니 덕수는 어색한 표정을 짓는다.

"아부지! 아부지! 덕수가 왔어요. 시골에 있는 덕수말입니다."

고함을 지르니 묘지 뒤에 숨어있던 용쇠와 싸리네가 내려온다.

"아이구, 반갑네, 자네가 여기 웬일이여."

싸리네도

"아이구, 여기서 만나니 반갑데이. 가량포띠 아들이 부산에 있다는 말은 들었는데, 여기서 만나니 고맙구먼."

시골에 있을 때 덕수가 염소를 몰래 잡아먹었다고 가량포댁한테 가서 온갖 욕을 바가지로 해대었는데 사태가 이렇게 되니 역으로 반가웠다. 덕수는 사방 둘러보다가

"흠태 아버지, 요번에는 흠태를 봐서도 봐주는데 앞으로 이런 일을 하면 아니 됩니다."

"그럼, 알겠네."

"우리가 봐주는 줄 알면 구청에서 우리한테 단속권을 주지 않아요."

"그럼 안 되고말고."

"야! 오늘은 이만큼하고 돌아가자."

덕수가 꼬봉들한테 고함을 지르니

"예!"

일행은 빨리 내려간다.

"덕수 고맙데이."

용쇠가 인사를 하니 덕수는 인사도 받지 않고 내려간다.

흠태와 싸리네도 안심했다. 옆에서 집을 짓던 사람들도 흠태 때문에 화를 면하여 몇 번이나 고맙다고 인사를 한다. 용쇠는 오히려 빽이 생긴 것이다. 짓던 집을 걱정 없이 완공하여 식구들이 입주할 수 있었다. 용쇠는 판잣집을 지은 경험으로 범내골에서 왕토일을 하게 되고 딸들도 방직공장에 취직을 하게 되었지만 흠태가 걱정이었다.

구두닦이

흠태는 자기 아버지가 집을 짓는데 도와주고 난 뒤 돈벌이를 하기 위하여 넝마, 껌팔이, 짐꾼, 신문 배달 등을 다해보았지만 여의치 않았다. 학벌이 낮고, 기술도 없어 회사에 취직하기도 어려웠다. 어느 날 아침 잠에서 깨어 무엇을 하나 고민을 하고 있는데 밖에서

"구두! 구두!"

하는 소리가 들린다. 얼른 밖으로 나가보니 어떤 아이가 구두통을 메고 구두 닦으라고 소리를 지르며 다닌다.

"아하! 나도 저런 것을 해봐야겠다."

눈이 번쩍 뜨였다. 구두를 닦으려면 경험이 있어야했다. 아침을 먹고 구두 닦는 것을 배우려고 시내를 돌아다니니 범일동 시장 입구에 구두닦이가 있었다. 흠태는 용기를 내어

"여기에서 심부름해도 될까요?"

구두닦이는 힐긋 쳐다보더니

"필요 없어."

"돈은 안 받고 무료로 해줄 테니까요."

구두닦이는 다시 한 번 쳐다보더니

"그러면 심부름이나 해보아."

"예."

"시장 안에 가서 구두를 모아와."

"예?"

흠태는 무슨 소리인지 몰랐다.

"야! 촌뜨기야!"

구두닦이는 기가 차다는 듯이 흠태를 노려보다가

"시장 안에 가서 구두 닦으라고 외치면 닦는 사람이 있어, 그러면 구두를 수집하여 가지고 와."

훈계하듯 소리를 지른다.

"예, 알겠습니다."

나이가 비슷해보였지만 상전처럼 깍듯이 대했다.

"구두! 구두…"

처음에는 입이 떨어지지 않았으나 한참 돌아다니니 조금 나았다.

"아!"

"예."

"여기 구두 있어, 광택이 나게 반들반들 닦아와."

"예."

어떤 남자가 구두를 벗어준다. 구두는 시장바닥의 흙과 기름 등이 질벅하게 묻어 닦기가 힘들 것 같았다.

"여태 두 켤레 뿐이야."

"부지런히 다니겠습니다."

"하루 100켤레를 못 가져오면 그 차이만큼 변상해야 돼."

"예?"

"이 새끼가! 빨리 가서 수집해와!"

"예."

"구두! 구두!"

빨리 걸으면서 외쳐서 여러 켤레 모았다.

"닦은 구두를 갔다주고 돈을 꼭 받아와야 돼."

"알겠습니다."

흠태는 구두를 수집하러 돌아다닐 동안 먼저 닦은 구두를 몇 켤레 들고 돌려주려 가지고 갔다.

"구두 가져 왔습니다."

"이리 주어."

주인이 구두를 받아들고 신어보더니

"야! 이 새끼가."

구두를 벗어 흠태의 얼굴에 사정없이 던진다.

"아이구! 아이구!"

흠태는 구두 뒤꿈치에 얼굴이 맞아 한동안 눈을 뜰 수가 없었다. 눈에 흙이 들어간 모양이었다.

"내 새 구두는 어쩌고 남의 헌 구두를 가져와. 이자식이, 빨리 가서 내 구두 가져와!"

고함을 지른다. 눈을 비비며 돌아와서 다른 구두를 찾아 다시 갖다주었다. 당황하여 구두 닦은 돈도 받지 못했다.

"구두 닦은 돈은 어찌하였어."

"못 받았습니다."

"이 새끼가! 누구를 속이려고 해!"

구두닦이는 벌컥 일어서서 씩씩거리며 흠태를 때리려고 노려본다. 구두닦이도 패거리가 있었다. 그들도 깡패와 같았다. 흠태는 빨리 시장안의 구두 주인한테 가서

"구두 닦은 돈을 주어야겠는데요."

"뭐야! 이 도둑놈아! 남의 새 구두를 가져가서 헌것을 바꿔치기 하더니 어디다 대고 돈 달라고 해! 너거 주인 오라고 해!"

"돈을 안 주면 저가 물어내야 합니다."

"그것은 네 사정이고."

한참 서서 사정을 해도 돈을 줄 생각을 않는다. 돌아와서

"요번에는 못 받았는데 다음부터는 꼭 받아오겠습니다."

"같이 가자."

구두닦이가 흠태와 같이 그 집에 가서

"구두닦은 값을 주어야겠습니다."

"저 사람 당장 해고해! 그러면 돈을 줄 테니."

"정말 구두 닦은 값을 못주겠다는 말입니까."

깡다구를 부리니 돈을 준다. 그들도 구두닦이가 똘만이라
는 것을 알고 있었다. 그들한테 잘못 건드리면 깡패한테 보
복을 당하기 쉬웠다. 돌아와서

"너 같은 촌뜨기를 옆에 두었다가 망하기 딱 알맞아."

"열심히 하겠습니다."

"필요 없다니까."

흠태는 그 집에서 쫓겨났다. 그 뒤 길거리에서 구두닦이가
구두를 닦는 것을 유심히 살펴보았다. 구두에 성냥불로 그을
리기도 하고 구두에 침을 퉤퉤 뱉어 닦기도 했다. 흠태는 집
에서 구두약과 구두 솔을 사서 헌 구두를 구해서 계속 닦아보
았다. 자꾸 연습을 하니 구두가 반들반들 되었다. 그리하여
범일동 시장에서 멀찍이 떨어진 좌천동 입구에 구두 닦는 자
리를 잡았다. 자리라고 해봐야 구두통과 앉는 의자만 있으면
되었다. 어려운 사람들이 하기에는 딱 맞는 직업이었다. 흠
태는 틈이 나는 대로 이웃가게의 짐도 들어주고 주위청소도

깨끗이 쓸어주니 처음에는 못마땅하던 사람들도 나중에는 다들 좋아했다. 처음에는 손님이 없었으나 열심히 정성껏 하니 손님이 많아졌다. 그리하여 야간 중학교에 입학하게 되었다. 그 뒤 흠태는 야간고등학교를 졸업하고 대학에도 입학했다. 대학에 들어가니 낮에는 학교에서 공부하고 밤에는 가정교사 집에 가서 학생을 가르쳐서 학비가 조달되었다.

나병환자

간사지 건너편 오산리에 나병환자 수용소가 있었다. 나병환자들은 어린 아이를 잡아먹으면 병이 낫는다는 속설이 있어 사람들은 그 앞을 지나가기를 무서워한다. 그런데 끝쑥이 집에서는 사립문을 걸어 잠그고 두문불출하며 울음소리가 그치지 않으니 동네 사람들이 이상했다. 그러다가 세상에 비밀은 없다고 끝쑥이가 문둥병에 걸렸다는 소문이 퍼졌다. 놀란 것은 순철이었다. 형제가 없는 순철은 동창인 끝쑥과 쑥도 캐고 나물도 뜯고 바다에 가서 게도 잡고 동타리도 주웠다. 반대로 끝쑥은 순철보다 덕수를 더 좋아했다.

처녀의 아버지가 한의원을 찾아가고 약초를 캐어 달려 먹이고 백방으로 노력하였지만 불치병인 문둥병은 낫지를 않았다. 소문이 나니 동네 사람들은 빨리 수용소에 보내라고 아우성이었다. 이웃에 전염된다는 것이다. 끝쑥의 아버지는 할 수 없이 사랑하던 딸을 데리고 거류면 오산리 수용소로 갔다. 고려장이나 다름없는 수용소로 딸을 데려가는 아버지의 심정은 천길 낭떠러지에 떨어지는 것 같았다. 차라리 딸 대신 자기가 나병에 걸렸으면 낫겠다고 생각했다.

구만에서 거류면까지는 30리가 넘었다. 딸을 데리고 30리를 걸어가 간다는 것은 100리보다 더 멀고 고통스러웠다. 지옥보다 더한 곳을 찾아간다는 것은 죽기보다 힘들었다. 끝쑥은 옷을 싼 보자기를 가슴에 안고 아버지가 가는 대로 따라갔다. 자기 때문에 부모가 동네 사람들한테 구박받고 모욕당하는 것이 싫었다. 간사지에는 썰물이 되어 물이 폭포수같이 우렁찬 소리를 내며 빠져 나가고 있었다. 수용소에 도착하니 문둥이들이 떼를 지어 나와서 깍듯이 맞이한다. 다들 얼굴이 흉측하여 보기에도 섬뜩했다. 끝쑥은 두렵고 겁이 나서 벌벌 떨린다.

"아버지?"

"왜?"

"집에 돌아가면 안 돼요?"

딸이 울면서 얼굴을 숙이고 있으니 아버지는 딸이 불쌍하여 견딜 수가 없었다. 더구나 동네사람들이 싫어하니 돌아갈 수도 없었다.

"이 세상에 태어나서 잘못한일 없건만 왜 너한테 이런 천벌이 내렸는지 알 수 없구나."

차라리 딸과 함께 죽고 싶은 심정이었다. 나병환자들도 한때는 평범한 가족으로 사랑받고 살았던 사람들이었다. 귀한 남편, 귀한 아내, 귀한 자식들이었다. 나병촌에 가는 환자는 이 세상과 인연을 끊고 완전히 지옥으로 가는 것과 같았다. 가족도 일가친척도 만날 수 없고 부부간의 인연을 끊고 새로 배필을 만나서 새로운 세계에서 그들만의 고립된 생활을 해야 되었다.

조금 있으니 혼례식을 치른다고 닭을 잡고 술을 사오고 부산하게 움직였다. 홀아비 문둥병자들이 많기 때문에 당일 짝을 지어주어야 했다. 그렇지 않으면 밤새 무슨 일이 일어날지 알 수 없었다. 마당에 멍석을 깔고 촌장이 손나팔을 분다. 그러자 나병환자들이 각자 자기 바가지를 가지고 마당에 모여들었다. 촌장이 무슨 말을 하자 남자문둥이들은 바가지 안에 자기 이름을 써서 멍석 위에 쭈욱 엎어놓는다. 그리고 빙둘러섰다. 딸은 문둥이와 결혼식을 거절하였지만 짝을 지어주는 것이 나병촌의 법도라고 했다. 더구나 나병촌에는 남자 문둥이가 여자보다 훨씬 많아 짝을 못 이루는 홀아비가 상당히 많았다. 딸은 무명 띠로 눈을 가리고 앞으로 나가서 엎어 놓은 바가지를 잡으면 안에 이름이 쓰여 있는 나병환자가 자기 남편이 되는 것이었다. 끝쑥의 아버지는 부모의 마음에 젊고 병세가 다소 약한 환자를 사위로 삼고 싶었다. 긴장감이 돌았다. 다들 숨을 죽이고 딸의 행동을 쳐다본다. 여자가 눈을 가린 채 앞으로 나가서 머뭇거리다가 어떤 바가지를 잡아 뒤집었다. 그러자 환호성이 터진다. 그러더니 어떤 나병 환자가 손뼉을 치며 앞으로 나가 딸을 껴안는다. 짝이 된 것이다. 꽹과리를 치고 잔치분위기였다. 끝쑥의 아버지가 사윗 감을 보니 차마 눈뜨고 볼 수 없는 디문둥이였다. 아버지는 충격을 받고 그 자리에 쓰러졌다. 주위의 문둥이들이 다가와서 부축하며 위로를 한다. 잔치가 시작되어 술을 권하지만 쳐다보기도 싫었다. 얼른 거기를 떠나고 싶었다. 딸을 문둥이 소굴에 두고 돌아오려니 하늘이 무너지고 땅이 꺼질 것 같았다. 아버지는 간사지에 오다가 시퍼런 물에 몸을 던져 자결을 하고 말았다.

그날 저녁, 끝쑥은 몰래 탈출을 했다. 거기서 디문둥이와 같이 사느니 차라리 간사지에서 빠져 죽는 것이 나을 것 같았다. 밤이 되자 문둥이들이 기분이 좋다고 술을 많이 마셔 술에 취해 정신이 없었다. 자기 남편인 디문둥이도 사람들이 주는 술을 마구 마셔서 일찍 잠이 들었다. 그 틈을 타서 끝쑥은 변소에 가는 척하고 몰래 빠져 나왔다. 간사지에 오니 사람들이 낚시를 한다고 여럿이 둑에 나와 있어 자살하기도 힘들었다. 한쪽에는 가마니를 덮어놓고 사람들이 서서 웅성웅성한다. 자기들끼리 하는 말이 어떤 남자가 투신자살을 하였는데 연고자를 몰라서 가마니를 덮어 놨다고 한다. 끝쑥은 자기 아버지가 자결한 줄 모르고 문둥이가 찾으러오기 전에 빨리 읍내 쪽으로 걸어갔다. 거기서 어정어정 하다가 문둥이 무리한테 붙잡히면 큰일이었다. 읍내를 지나 통영 쪽으로 걸어갔다. 고성에서 멀리 떨어져야 문둥이들이 찾아 올 수 없을 것 같았다. 허겁지겁 가면서

"왜 내가 이리되었나?"

한심한 생각이 들었다. 꿈이기를 바랐지만 꿈이 아니었다. 어머니 옆에서 누에 치고 길쌈을 하고 바느질을 배울 때는 좋은 신랑감을 만나서 결혼할 거라고 부푼 꿈이 있었는데 이제는 슬프다 못해 원망만 가득했다. 인생이란 하루아침에 운명이 변한다고 하더니 왜 자기한테 이런 일이 생겼는지 몇 번을 되물어도 풀리지를 않는다. 원한과 좌절감과 슬픔이 한꺼번에 몰려온다. 통영시내에 가니 배가 고팠다. 자기 아버지가 주는 지참금으로 밥을 사먹으러 식당에 들어가니

"나갓! 빨리 나가! 어디라고 함부로 들어와."

주인아주머니가 야단을 친다. 밥을 팔아주러 왔는데 왜 자기를 쫓아내나 순간적으로 착각을 하다가

"아차! 내가 문둥이구나."

스스로 되돌아보고 깜짝 놀랐다.

"문둥이가 들어오면 다른 손님이 안 오는 줄 몰라!"

"미안합니다."

끝쑥은 얼른 식당에서 나왔다. 돈이 있어도 밥을 사먹을 수가 없었다. 길가의 풀빵장사한테 빵을 사먹고

"차라리 얻어먹는 것이 났겠구나."

시장에 가서 깡통과 바가지 그리고 삐쟁이를 두 개 샀다. 깡통은 밥을 얻고 바가지는 반찬을 얻어 담으면 되었다. 삐쟁이는 쌀이나 보리쌀을 주면 각각 넣으려고 했다. 얻어먹는 것도 쉬운 일이 아니었다. 낮이면 동냥하러 다니고 밤이면 판데다리 안에서 누워 잤다. 어느 2층 양옥집 앞에서

"도 도 동냥하러 왔습니다." 소리를 지르니

"오늘은 웬 문둥이가 이리 많이 오노."

어떤 여인이 2층에서 내다본다. 쳐다보니 국민학교 동창 한정순이었다. 끝쑥은 놀라서 동냥도 받지 않고 황급히 골목을 돌아서 뛰쳐나왔다. 정순은 쌀을 한줌 바가지에 담아 1층으로 내려오니 거지가 보이지 않았다.

"이 거지가 동냥은 받지 않고 어디로 갔나?"

현관에 나와 사방 두리번거리다가 안으로 들어간다.

"저 친구 집도 지독히 가난하여 국민학교를 졸업하자마자 일찍이 통영의 어느 뱃사람한테 씨받이로 시집갔다고 소문이 나던데 여기로 시집왔구나."

그때 저 친구를 불쌍하다고 동정을 하였는데 이제 보니 자기가 불쌍했다.

"왜 나한테 이런 천벌이 내려질까."

거지는 차라리 행복했다.

끝쑥은 탄식을 하며 동네 입구로 나와서 언덕에 앉아 바다를 바라보고 있으니 그 앞을 지나가는 어린이들이 문둥인 줄 알고 겁이 나서 재빨리 달아난다.

"누가 나를 바다에 밀어버려 주면 고마울 텐데."

자살을 하려 해도 용기가 나지 않는다.

끝쑥은 한숨을 쉬며 어느 식당에 가서 밥을 얻으려는데 식당아주머니가 돈을 1원을 깡통에 던져주면서

"저런 사람은 소록도에 가면 무료로 병을 나수어 준다고 하는데 왜 이런 곳에 다니는지 모르겠네."

질책을 한다. 끝쑥은 깜짝 놀라

"소록도예?"

"그래!"

"소록도가 어디 있습니까?"

"여수에 있대."

끝쑥은 부두가에 가서 여수로 가는 배를 탔다. 수건을 뒤집어쓰고 계단 밑에 앉아 있으니 문둥이인 줄 아무도 모른다. 여수에 도착하니 고흥으로 가야 된다고 한다. 고흥에 가니 또 녹동에 가야된다고 한다. 녹동에서 소록도로 가는 배를 탔다. 소록도에 도착하니 나병환자라고 다 받아주는 것이 아니었다. 빽이 있어야 하고 보건소의 의뢰가 있어야 했다. 끝쑥은 병원 원장한테 울면서 자기의 어려운 사정을 이야기

했다. 원장도 처음에는 난색을 표하더니 젊은 처녀가 불쌍하게 보였던지 입원을 허락해준다. 자기를 담당한 외국인 여자 선교사는 친절했다. 같은 여자로서 항상 위로 해주고 희망을 이야기 해주었다. 끝쑥은 간사지의 문둥병 소굴보다 소록도가 훨씬 나았다. 결혼을 강요하지도 않았고 주위환경도 훨씬 좋았다. 수녀와 바닷가에 나가서 머나먼 수평선을 바라보며 마음을 비우고 물새들이 조잘대는 해변을 거닐면 마음이 포근하고 따뜻해온다.

소록도에는 한하운의 시비가 서있다. 그분도 고향 함경남도에서 병을 나수겠다고 머나먼 소록도까지 걸어갔다고 한다. 기차가 있어도 손님들이 싫어한다고 역무원이 거절하였을 것이다. 머나먼 길을 병에 걸려서 걸어가는 심정은 얼마나 괴로웠을까. 한하운의 끊임없는 집념과 노력을 보면 끝쑥도 희망의 끈이 보이기 시작했다. 천석꾼 만석꾼도 하루 세 끼로 족하고 권력을 휘두른 독재자 히틀러도 죽어서 흙이 되기 마찬가지였다. 끝쑥은 책도 읽고 글도 쓰고 한하운의 시도 읊으며 스스로 마음을 달랬다.

전라도 길

가도 가도 붉은 황톳길
숨 막히는 더위뿐이더라

낯선 친구 만나면
우리들 문둥이끼리 반갑다

천안 삼거리를 지나도
쑤세미 같은 해는 서산에 남았는데

가도 가도 붉은 황톳길
숨 막히는 더위 속으로 절름거리며
가는 길

신을 벗으면
버드나무 밑에서 지까다비를 벗으면
발가락이 또 한 개 없어졌다

앞으로 남은 두 개의 발가락이 잘릴 때까지
가도 가도 천리, 먼 전라도 길

나무장사

순철은 배둔의 고등학교를 졸업하고 군대에 입대할 동안

나무를 하여 배둔장에 내다 팔았다. 대학을 가려고 하여도 어머니가 계란 장사를 하여 겨우 먹고 사는데 등록금이나 하숙비를 당할 형편이 못되었다. 다른 친구들은 돈을 벌로 도시로 나가지만 얼마 있으면 군대에 입대할 때가 되어 도시로 나갈 수가 없었다.

배둔은 인구가 많고 산이 멀어 나무가 부족했다. 장날에 음식점을 하는 사람들도 나무가 필요했다. 개천면은 낙남산맥이 지나가는 길목으로 산이 높고 골이 깊었다. 대부분의 산이 국유지로 주인이 없으니 말리는 사람도 없고 쫓아내는 사람도 없었다. 다만 산이 험하니 나무하기가 힘들었다. 저녁 때가 되면 남녀 할 것 없이 나무를 하여 이고 지고 담티고개에서부터 배둔까지 십오리 길을 한 줄로 내려가는 모습은 사막에서 대상들이 낙타를 타고 모래밭을 지나가는 모습과 같아 한 폭의 예술적이었다. 연탄도 석유도 없던 시대에 나무가 없으면 난방도 못하고 밥도 못해먹었다.

나무시장은 하천변 가축시장 옆에 있었다. 장날이 되면 길가에는 농촌에서 지고 온 나뭇짐들이 쭈욱 늘어서 있다.

"나무 사요―, 싸게 줍니다."

외쳐보지만 지나가는 사람들은 눈도 거들떠보지 않는다. 나무는 대부분 오후 늦게 장이 파할 무렵에야 겨우 팔린다. 배둔 사람들은 나무장사의 생리를 잘 안다. 곡식은 팔리지 않으면 다시 가져갈 수 있지만 나무는 팔리지 않으면 무거워서 다시 지고가지 못한다. 그러니 저녁때가 되면 싸게라도 팔아야 된다. 어떤 때는 아침에 날씨가 맑았다가 오후에 비가 오는 때가 있었다. 그리되면 나무꾼들은 더욱 안달이 난다. 나무는 비를 맞으면 무겁고 축축하여 못쓴다. 그렇다고 다시 무거운 것을 지고 갈 수도 없다. 이럴 때 나무를 사려는 사람들이 나타나서 사정없이 가격을 후려치니 나무장사들은 할 수 없이 헐값에라도 팔아야 된다.

나무시장 옆 공터에는 농촌에서 직접 재배하여 이고 온 채소나 과일, 잡곡 등을 파는 여인들이 있었다. 또 그 옆에는 바다에서 잡아 온 굴이나 바지락 파래 등을 파는 노점상들도 있었다.

배둔에서 5리쯤 가면 당항포가 있고 거기서 배를 타면 동해면이다. 동해면을 육지 사람들은 물건너라고 한다. 동해면에서 장에 가려면 읍내나 배둔으로 와야 되는데 읍내는 거리가 멀어서 배를 타더라도 배둔으로 많이 와서 장을 본다. 당항포에서 배둔으로 들어오는 입구에는 동해면에서 가지고 온 조개나 채소 과일 해산물 등을 판다.

팽숙도 바다에서 직접 잡은 바지락을 이고 와서 팔았다. 시장 안에 중간 상인들한테 도매로 넘길 수 있지만 전문 장사꾼들이 값을 사정없이 후려치니 차라리 변두리에서 소매로 파는 것이 훨씬 나았다. 순철은 나무지게를 받혀놓고 하루 종일 있으면 심심해서 견딜 수가 없었다. 그럴 때면 근처에서 조개를 파는 팽숙이 옆으로 간다.

"아가씨 이것 몽땅 얼마야."

"사지도 않으면서 자꾸 값만 물어요?"

장날마다 옆에서 말을 거는 순철을 보고 팽숙은 퉁명스럽게 대답을 한다.

"값을 알아야 사는지 말든지 하지."

"한 번도 사는 것을 못 보았어요."

순철은 재미삼아 바지락을 만지작거린다. 딸각딸각 하는 바지락소리는 만질수록 감촉이 좋고 재미가 있었다. 조개는 처음 바다에서 갓 잡아 나올 때는 입을 다물어 꿈쩍도 하지 않다가 오래 지나면 차츰 생기가 없어 입을 벌린다. 그러다가 사람들이 건드리면 입을 꼭 다문다. 그런 것은 살아있어도 싱싱한 것이 아니고 한물 간 것이다. 바다를 모르는 사람들은 조개가 움직이면 살아있으니까 싱싱한 줄 알고 산다. 장사꾼들은 모르는 사람들한테 떠넘긴다.

"주무르면 조개가 빨리 죽는데."

팽숙은 걱정스런 표정으로 말을 한다.

"어짜피 삶아서 반찬할건데 죽으면 어때."

"오늘 다 못 파는 수가 있는데."

팽숙은 순철의 기세에 눌려 모기만한 소리로 말을 한다. 순철과 팽숙이가 실랑이를 벌리자

"총각! 그러지 말고 팽숙이와 결혼해, 그러면 색시도 얻고

조개도 실컷 먹고 일거양득이여."

옆에서 채소를 파는 아주머니가 핀잔을 준다.

"아직 나이가 어린데."

"어려도 알 것은 다 알아!"

팽숙은 열댓 살 되어 보이는데 머리를 뒤로 땋아 고무줄로 묶었다. 바닷바람에 탔는지 양쪽 볼이 햇볕에 익어 빨갛고 흰 무명 저고리에 검정색 치마를 입었는데 여러 군데 기워서 못사는 티가 역력했다. 그래도 팽숙은 그런 기색이 없이 옆의 아주머니와 잘 어울렸다. 순철도 고등학교를 졸업하여 머리를 길렀지만 키만 컸지 아직 순박한 티가 났다.

"아가씨가 장사를 하면 시집 못 간데이."

순철이 농담을 하자

"누가 시집을 간대욧!"

팽숙은 화를 내며 택 쏜다.

"아가씨 집이 어디야?"

팽숙이 시무룩하게 말을 하지 않는다.

"삐졌는가베."

"물 건너야."

옆의 아주머니가 대신 말을 하니

"아주머니는 어떻게 알아요?"

"이웃동네니까 알지."

"바다에는 조개가 많이 잡히는가베요?"

126

"매일 조금씩 잡아 갯가에 묻어두었다가 장날에 한꺼번에 파서 가져온대."

"나하고 같네. 나도 매일 나무를 하여 모아두었다가 장날에 좋은 것을 골라 한 짐 지고 오는데."

"그러니까 잘 지내어, 즈거 엄마도 없는데."

"예!"

순철은 깜짝 놀란다.

"엄마가 없어요?"

"사라호 태풍 때 죽었단다."

"아이쿠!"

아주머니는 손가락으로 코를 택 풀더니 치마로 눈물을 훔친다.

"팽숙이가 불쌍한가 봐요?"

"우리 영감도 그때 죽었다네."

"예! 나도 아버지가 안 계시는데."

"총각도 아버지가 없나?"

"6·25 때 인민군에 끌려갔답니다."

"팽숙이 하고 천상 연분이다."

"나는 아직 장가갈 때가 멀었어요."

"누가 지금 가라나, 뜸을 들렸다가 가라말이다."

오후가 되자 세기전 빈터에서 스피커 소리가 울러 퍼진다. 세기전은 일찍 쌀 거래가 끝나니 비어있었다. 스피커에서 유행가와 판소리 육자배기가 흘러나오니 사람들의 애간장을 살살 녹인다. 장을 다 본 사람들은 집으로 가지 않고 풍물패에 구경하러 간다.

순철도 나무를 겨우 팔고 풍물놀이 구경을 갔다. 잘생기고 예쁜 색시가 새로 유행한 나일론 치마저고리를 입고 나와서 춘향가, 심청가를 유창하게 뽑으니 사람들은 넋을 잃고 놀이패에 쏙 빠져 정신을 잃는다. 한참 있으니 팽숙이도 조개를 다 팔았는지 사람들 속에 앉아 있는 것이 보였다.

"저것이 나일론인가?"

유리알처럼 반짝이고 색상과 무늬가 화려한 비단옷을 보고 여인들은 탄복을 한다.

"저런 옷 언제 한 번 입어 보나, 촌사람은 그림에 떡이재."

아주머니들이 부러워한다.

"저런 옷은 도시 한량들이나 입지 촌사람들은 주어도 못 입는다요."

옆에 있는 젊은 여인이 아는 체 한다.

"와 그렇는고?"

"저런 옷은 불 옆에 가면 사르르 녹아버린다요. 그러니 부엌에서 밥하는 촌 여자들이 어떻게 입것소."

색시들은 춤도 추고 만담도 하고, 우스갯소리를 하며 수심가 뱃놀이 등을 목청껏 뽑아대니 사람들은 웃기도 하고 울기도 하며 시간 가는 줄 모른다. 그때였다.

"쓰리꾼 조심하시오!"

어디선가 고함을 지른다. 그러자 사람들은 쌀 팔고 소 팔고 고추 판돈이 제대로 있는지 주머니를 뒤적거린다. 돈에 이상이 없자 다들 안심하고 풍물패에 쏙 빠져든다. 어느 정도 분위기가 무르익자 본격적으로 약장사가 시작된다.

"이 약은 금실이 좋지 않는 남편이 한 봉지만 먹이면 밤에 아내를 잠 못 자게 하고, 이 약은 다리가 아프거나 허리가 아플 때 좋고, 이 약은 천식이나 기침 가래에 좋고, 이 약은 중풍이 있는 사람이나 기력이 없는 사람에 좋고, 이 약은 어린 애들 경기가 있을 때 좋고…"

청산유수같이 선전을 하니 너도나도 주머니에서 돈을 끄집어내어 산다.

그러자 어디선가

"내 돈이 없어졌다―"

비명소리가 들린다. 어떤 사람이 약을 사고 돈을 주려고 주머니에 손을 넣다가 돈이 없어진 것을 알았다. 그러자 사방에서 자기 주머니를 확인한다.

"아이고… 우짜노, 내 돈! 돈이 없어졌다."

사방에서 아우성이다. 쌀판 돈, 베판 돈, 소판 돈, 고추판 돈, 돼지판 돈이 모두 없어졌다.

"이를 우짜노, 아들 학비 주려고 소를 팔았는데, 이를 우짜면 좋노…"

어떤 남자가 고래고래 고함을 지르며 미친 듯이 헤매 다닌다.

"어떤 쎄빠질 놈이 내 돈을 빼 갔노…"

어떤 중년 할머니도 땅바닥에 주저앉아 통곡을 한다. 주위의 사람들도 다들 돈을 쓰리당하여 울고불고 난장판이었다.

"어머! 내 돈, 내 돈이 없어졌다!"

팽숙이도 조개를 팔아 치마 밑 주머니에 넣어둔 돈이 없어진 것을 알았다. 팽숙은 얼굴이 사색이 되어 낭패한 빛이 역력했다. 그날 판 조개 값을 몽땅 털린 것이다. 순철이 돌아보니 팽숙이가 울면서 걸어가고 있었다.

"팽숙아!"

팽숙은 실성한 사람처럼 비틀거리며 걸어간다.

"팽숙아!"

옷깃을 붙잡아도 뿌리치며 돌아보지도 않고 가버린다. 사방 울고불고 하지만 소용이 없었다. 쓰리꾼은 벌써 한탕하고 달아난 뒤였다. 마산에서 왔다고 하고 진주에서 왔다고 하지만 약장사와 한패라는 말이 돌았다.

수류탄

6·25전쟁은 군대에 가서 전사하는 사람도 많았지만 억울

하게 죽은 사람도 부지기수였다.

산두골댁은 장날마다 장에 간다. 상품의 시세도 알아보고 구지레한 농산물을 싸게 사서 부산에 가지고 가면 돈이 되었다. 풋감도 익혀서 홍시를 만들어 부산에 가져가면 두 배가 남는다. 또 미꾸라지, 송사리, 붕어, 민물새우, 우렁이 등 논에서 잡은 토종 고기도 부산에 가져가면 불티나게 팔린다. 산두골댁이 이것저것 기웃거리는데

"언니 장에 왔나."

돌아보니 진전면에 시집간 시누이였다.

"아이구, 이렇게 무거운 것을 업고 상에 오나! 진전면에서 여기까지 길이 얼마고."

산두골댁은 시누이 윤숙을 보고 소리를 지른다.

"무거워도 할 수 있나."

윤숙이가 장에 오니 조용하던 시장바닥이 갑자기 소란스러워진다. 산두골댁 앞에는 가녀린 여인이 뚱뚱한 아이를 업고 시장바구니를 들고 엉거주춤 서있다. 산두골댁은 연달아 고함을 지른다.

"고놈의 망할 집안이 남편도 없는 며느리를 못 잡아먹어서 늙을 막에 첩사니라니."

"남이 들으면 흉을 보겠다."

"흉을 보았으면 봤지, 영감이 첩사니를 얻어 자식을 낳았으면 키워놓고 죽든지."

"조용히 이야기해라."

"너거 새 시어머니가 몇 살이고?"

산두골댁은 더욱 큰 소리로 말을 한다.

"나보다 나이가 적다."

"끌끌, 나이가 젊은 것이 시어미라고 며느리를 부려먹어, 집구석 잘되어간다."

"부려먹기는, 애기를 못 키우니까 내가 대신 키우지."

"어떤 사이인데 그리 날리를 치요?"

같이 부산에 다니면서 장사를 하는 아주머니가 옆에서 묻는다.

"시누이요. 시아버지가 늙을 막에 대를 잇는다고 첩을 얻어 아들을 나았다 안쿠요."

"업고 있는 것이 시동생인가?"

"그렇소."

"즈거 엄마가 안 키우고 왜 형수가 키우나?"

"즈거 에미는 얼간인데 애기를 키울 수 있소."

"쯔쯔쯔, 우째서 얼간이한테 장가를 갔노."

"본처가 살았는데 늙은 영감한테 누가 시집오겠소, 그러니 시집도 못간 노처녀한테 새 장가를 들었더니 얼간이라오."

"본처가 있는데 뭣하러 또 장가를 갔소?"

"우리 시매서(시누 남편)가 죽었소, 삼대독자가 자식도 없이 죽으니 대를 잇는다고 시아버지가 늙을 막에 새로 장가를 갔다오, 그러니까 내가 열이 받쳐서 소리를 지르지 않소."

"시집에 사람이 없나? 왜 형수가 시동생을 업고 장에 오노."

"모두다 병신만 남았는데 누가 돌볼 사람이 있소, 집구석
도! 잘 산다고 하여 시집을 보냈더니 7남매의 맏며느리에다
가 층층시하 시할아버지, 중풍 든 시어머니, 절름발이 시아
버지, 갖출 것은 다 갖추었다오. 거기다가 얼간이 새 시어머
니가 저능아를 낳았으니 내가 기가차서 말이 안 나와요."

"중신애비가 나쁘지."

옆에 있던 사람들도 중매쟁이를 욕을 한다.

"어찌 그런데 시집을 보냈소?"

"돈이 있소! 못살다보니 딸을 시집은 보내야겠고 돈이 없어
서 걱정만 하고 있는데 총각 집에서 상돈(신부집의 결혼 부담을
덜어주기 위하여 신랑집에서 혼수 가져올 때 돈을 보내는 풍습)을
미리 준다고 하여 우리 시어머니가 허락을 안 해버렸소."

"지금 그런 이야기를 하면 뭣하노."

시누이가 나무란다.

"남편조차 없는 집에 사대봉제사에 6남매를 지남시키려니
눈 코 뜰 새가 없는데 시아버지가 새 장가까지 간다고 설치니
일이 얼마나 많았소, 기가 막혀 눈물조차 나오지 않소."

윤숙은 업고 있는 시동생을 달래느라 애기를 흔든다. 애기
는 비만하여 엉덩이가 처진다. 윤숙도 힘이 드는지 저자 바
구니에서 수건을 끄집어내어 땀을 닦는다.

"자꾸 먹이지 말아라, 자꾸 먹이니까 살이 쪄서 맷돌 같잖아."

"지가 자꾸 먹으려고 안 하나."

"미쳤다. 끌끌끌…"

"더운데 바쁜 일이 있나, 애기를 업고 장에 오노."

"내일이 짐서방 제사다."

"여름이가?"

"여름에 안 죽었나."

"아이구, 니가 시집가서 잘살 줄 알았는데 이리되었노!"

산두골댁은 기가차서 탄식을 한다.

"아직 새파랗는데 우째서 벌써 남편이 죽었소?"

주위에 있던 사람들이 묻는다.

"산에 소 먹이러 갔다가 수류탄을 주웠다오. 처음에는 수류탄인줄 모르고 무슨 쇳덩어리같이 묵직하여 엿 바꾸어 먹는다고 돌팍에 두드리다가 그만 터져서…"

"아이구, 끔찍해라! 군대에 가면 수류탄을 다 아는데, 요즈음 수류탄 모르는 사람이 있나."

"삼대독자가 되어 군대에 안 갔다오, 그러니 그만."

"재혼 안했소?"

"재혼이 뭐고."

"왜, 이 좋은 세상에 재혼을 안 하고 그랬소?"

"우리 시어머니가 캐캐 묵은 구시대 어른이 되어 여자가 재혼하면 집안 망신이라고 한사코 반대를 하여 그냥 있었소."

"아이구, 쯔쯔쯔, 안 되었다."

옆에 있는 사람들은 자기 일 인 것처럼 안타까워한다. 윤숙은 등에 업은 애기를 재우려고 자꾸 흔든다.

"니가 종갓집 며느리가 되어 밤낮 일하면서 시동생까지 키운다고 밥이나 제대로 먹는지 모르겠다."

"밥을 먹었으니까 여태까지 살았지."

윤숙은 웃는다. 그때서야 산두골댁도 따라서 웃는다.

"여자 팔자 알 수 없다고 하더니 이리될 줄 어찌 알겠노."

산두골댁은 주머니에서 지전 몇 잎을 끄집어내더니

"이것 짐서방 제사에 생선이나 한 마리 사다 써라."

윤숙의 손에 돈을 쥐어준다.

"괜찮다. 나도 돈 있다."

"올케가 주니 받아라."

산두골댁은 시누이의 손에 억지로 돈을 쥐어준다. 윤숙은 못이기는 체 받으면서

"고맙다."

"쯧쯧, 저런 사람도 산다."

옆에 있던 사람들이 혀를 찬다.

"너라도 시집을 가서 잘 살줄 알았는데 그놈의 전쟁 때문에 니 팔자 내 팔자가 왜 이리 되었노."

산두골댁은 치마를 들어 눈물을 닦는다.

물망초

순철은 배둔장날이 되어 일찍 일어났다. 어머니도 벌써 일어났는지 부엌에서 솥뚜껑 소리가 들린다. 희미한 실안개가 산허리를 스쳐지나가더니 빨간 진달래가 동네 앞산에 활짝 피어 아롱거린다.

"짹짹, 조잘조잘…"

마당에 걸쳐놓은 가잇대에 참새들이 모여 앉아 짝을 지으려고 노래를 부른다. 봄에 알을 낳으려는 것이다.

"까악 까악!"

저만치 떨어져 있는 감나무에서 까마귀가 앉아 울고 있다.

"후여! 후여!, 돼 돼…"

순철은 까마귀를 쫓고 침을 뱉었다.

아침을 먹고 묶어둔 나무를 한 짐을 지고 배둔장으로 갔다. 밥집에서 아침국밥을 끓이려고 일찍부터 땔감을 찾는 경우가 있었다. 배둔까지는 십 리가 넘었다. 아주머니들은 일찍 와서 자리를 깔고 채소를 손질하고 있었다. 여느 때 같으면 팽숙도 일찍 와서 손님 맞을 준비를 할 텐데 그날따라 보이지 않았다.

순철은 나무를 하천 둑에 받쳐놓고 평소와 같이 노점상이 있는 쪽으로 갔다. 장날이면 항상 팽숙이를 만나는 것이 유일한 취미였다.

"안녕하십니까."

아주머니들한테 인사를 했다. 평소에는 반갑게 맞이하던 아주머니들이 대답을 하지 않는다.

"오늘 팽숙이 안 나왔어요?"

다들 싸우고 난 뒤의 표정처럼 씨무룩했다.

"팽숙이 안 나왔어요?" 재차 묻자

"여태 몰랐나?"

옆에 있는 아주머니가 투명스럽게 대답을 한다.

"뭘요?"

"팽숙이가 몸을 팔았다 안쿠나."

"몸을 팔다니요?"

갑자기 이상한 예감이 든다.

"몸을 팔다니요?"

"간사지 둑이 완공되었는데 거기 처녀를 묻는다 안쿠나."

"처녀를 묻다니요?"

아주머니들도 심기가 좋지 않은지 말을 하지 않으려 한다.

"왜 처녀를 묻는 고요?"

"처녀를 둑에 묻어야 둑이 튼튼해진단다."

"그런데 팽숙이가 왜 거기 묻힙니까?"

순철은 입이 마른다.

"그러니 내가 빨리 팽숙이한테 장가가라고 했잖아!"

팽숙의 이웃동네에 산다는 아주머니 툭 쏜다. 순철은 현기증이 난다.

"내가 아직 군대도 가지 않았는데 벌써 장가를 갈 수 있나요, 그러지 말고 자세히 이야기 해보셔요."

"간사지에 묻힐 처녀를 구했는데 팽숙이가 지원을 했단다."

"왜 지원했는고요?"

"자기 아버지가 간이 안 좋아 병원에 입원했단다, 아버지 병을 나수려고 몸을 팔았다 안쿠나."

순철은 갑자기 몸이 굳어지고 얼굴에 경련이 일어난다.

"팽숙이 사는 동네가 어딥니까?"

"알면 뭣해!"

"찾아가서 말리려고요."

"지금 찾아가봐야 소용이 없어. 집에도 없을 거야."

순철은 나무지게를 놔두고 당항포로 달렸다. 부둣가에 도착한 순철은 어디로 가야 할지 난감했다. 바다에는 배도 사람도 보이지 않고 시퍼런 물결만 출렁거렸다. 순철은 부둣가를 이리저리 헤매다가

"팽숙아, 팽숙아…"

바다를 바라보고 불렀지만 파도소리만 철썩 철썩 들린다. 순철은 팽숙이가 불쌍해서 견딜 수가 없었다.

"팽숙이 그렇게 어려웠다면 내가 진즉 도와주었을 것인데, 내가 얼마나 팽숙을 괴롭혔던가."

혼자서 둑에서 우두커니 앉아있으니 눈물이 핑 돈다.

고성의 독립운동

구만면은 산으로 빙 둘러 싸인 분지로 산기슭에 수십 가구씩 씨족을 이루며 옹기종기 살고 있었다. 고성에는 읍내 다음으로 들판이 넓고 토지가 비옥하여 잘사는 집이 많았다. 지리적으로도 진주, 함안, 창원과 인접해있고 반성으로 가면 기차역이 있어 마산과 부산, 서울로 통한다. 학문을 장려하여 선비정신이 강하고 전통을 존중하고 예절을 중요시했다. 남이라도 잘하는 것은 칭찬하고 잘못하는 것은 흉을 보며 서로 가문과 체통과 위신을 잃지 않으려고 애를 쓴다. 독립운동도 각 집안의 문장들을 중심으로 고성에서 제일 먼저 일어났다.

낙남산맥의 줄기가 필봉산, 필두봉, 적산, 함안의 여항산을 거쳐 김해 신어산까지 이어지고 각 골짜기에서 내려오는 물은 용당 앞에 모여 배둔으로 내려간다. 이를 궁내천이라고 한다.

궁내천은 동네에서 약간 떨어져 있으나 아이들은 겨울이면 썰매를 타고 여름이면 멱을 감고 물고기도 잡고 논길을 따라 뛰어다니면서 잠자리를 잡는 놀이터였다. 어른들은 명절 때면 궁내천변에 모여 그네타기, 연날리기, 씨름대회, 줄 달리기 등을 하여 구만면 사람들의 친목과 화합으로 우의를 돈독히 한다.

서울에서 독립운동이 일어났다는 소문이 시골에까지 전달
되자 일제에 억눌리고 지내던 구만면 선비들이 들고 일어나
서 1919년 3월 30일 궁내천 하천변에 모여 독립운동의 햇
불을 들었다. 그날은 배둔장날이었다. 사람들은 궁내천에 모
여 독립선언서를 낭독하고 만세삼창을 한 뒤 태극기를 앞세우
고 만세를 부르며 기세등등하게 배둔장으로 향했다. 배둔에는
마암면, 회화면, 동해면 창원군 진전면 사람들이 은밀히 모여
구만면에서 내려오는 독립운동원들을 기다리고 있었다.

> 임란(壬亂) 때 쫓겨 간 왜인들
> 을사(乙巳)년에 일본인으로 변하여 다시 왔다
> 서양의 동침(東侵)으로 세상은 격변해도
> 삼백년 세월동안 조선은 의구(依舊)로다
> 반갑다, 하이 하이 조선사람 좋은 사람

　　1592년 임진왜란 때 조선을 집어먹으려다 이순신장군의
뛰어난 전략으로 욕망을 이루지 못하고 쫓겨 간 왜인들이 국
호를 일본으로 바꾸고 삼백년 동안 발전을 거듭하여 1905년
을사조약으로 그 뜻을 이루었으니 얼마나 기쁘고 감격하였겠
는가. 우리나라는 왜란과 호란을 겪고도 정신을 차리지 못하
고 남인이다, 북인이다, 노론이다, 소론이다 하면서 당쟁만
일삼고 상대편을 모함하고 귀양 보내고 죽이는데 세월만 보

내다가 또다시 왜놈들한테 나라를 빼앗기게 되었다. 왜놈들은 그동안 서양문물과 기술을 받아들여 끊임없이 연구하고 발전시켜 부국강병에 힘을 쓴 결과 국력이 크게 신장하여 선진국과 대등한 위치에 있었다.

나라를 빼앗은 일본은 조선의 백성들한테 온갖 구실을 붙여 수탈을 일삼았다. 징용과 징집, 성씨 개명, 우리말과 우리글의 통제, 황국신민과 내선일체의 교육 강화, 농지 강탈, 식량공출, 삭발령, 부역동원, 사상검열, 동태감시, 불만자 색출 등 온갖 것을 강요하고 감시를 했다.

고종의 장례식 때 한양에서 독립운동이 일어났다는 소문이 전국에 퍼지자 구만면을 기폭으로 고성에도 독립운동이 일어났다. 주민들은 3월 30일 궁내천에 모였다. 주동 인물은 허재기, 최낙종, 최정원, 이정수, 우태선, 최낙희, 문태룡(문기식), 구영서, 서찬실, 김갑록, 김동기 김해제 등 많은 선비들이 참여했다(독립운동 자료에 의함).

그들은 독립선언서를 한문학자 이종용한테 부탁하여 간략하게 작성하여 이것을 필사본 하여 12개 리, 동에 비밀히 배포하고 태극기를 제작했다. 군중들은 궁내천에 모여 최정원이 독립선언서를 낭독하고 허재기가 공약 3장을 지킬 것을 굳게 선서했다. 주동의 선창에 의거 군중들의 독립함성은 동네와 산야를 제압했다. 매달 양력 5일과 10일은 배둔장날이었다(현재는 4일과 9일). 3월 30일 군중들은 태극기를 앞세우고 십리 떨어진 배둔장으로 향했다. 배둔장은 동부고성의 6개 면(구만면, 개천면, 영호면, 마암면, 회화면, 동해면, 진전면)을 관장하는 큰 장이었다. 군중들의 시위대가 배둔으로 향한다는 정보를 입수한 일본 헌병들은 총과 칼을 들고 중간에 진을 치고 대기하고 있었다. 시위대열 선봉이 일본헌병과 마주치게 되자 일본헌병대장은 큰 말을 타고 시위대 가운데로 쏜살같이 돌진하니 미처 피하지 못한 사람들이 말발굽에 밟혀 다치는 사람이 수두룩했다. 이들의 난폭에 격분한 군중들은 헌병을 포위하여 크게 꾸짖고 나팔수가 헌병대장이 탄 말의 귀에 대고 크게 불으니 말이 놀라 날뛰어 도망가니 헌병대장은 말 위에서 놀라 어쩔 줄을 모르고 쩔쩔 매었다.

간신히 말을 진정시킨 헌병대장은 격분하여 최정원의 가슴에 총부리를 대자 최정원은 태연히 가슴을 열고 쏘라고 했다. 일본헌병은 늠름한 기백에 눌러 더 이상 제지를 하지 못했다. 군중들은 일본헌병의 경계선을 뚫고 배둔에 도착하자 미리 연락을 받은 서찬실, 김갑록, 김동기 등이 군중들과 더불어 태극기를 들고 마중 나와 있었다. 이같이 양진영이 합세하니 그 인원이 7백 명이 넘었는데 시골 장으로서는 큰 인원이었다. 주민들은 배둔장내를 돌아다니면서 독립만세를 부르고 저녁에 낙오자 없이 모두 궁내천으로 돌아와서 자진해산했다.

그 뒤에 헌병들은 동네마다 다니면서 만세 부른 사람들을 색출하기 시작했다. 검거된 사람들은 경찰서에 끌려가서 갖은 고문으로 초죽음이 되었다. 그들은 동조자를 부르라고 매일 모진 고문을 가하니 팔다리가 부러지고 온몸이 피투성이가 되어 일어나지 못할 정도로 만신창이가 되었다. 구만면 효대에 사는 문태용(문기식)은 나의 당숙으로 그때 독립운동을 하다가 고성경찰서에 끌려가서 얻어맞고 손톱과 발톱까지 뽑혀서 초죽음이 되었다. 아들 면회를 간 나의 종조부는 그 모습을 보고 충격을 받아 집으로 오면서 발걸음이 떨어지지 않아 30리 길을 밤새도록 왔다고 한다. 1월의 추운날씨에 장시간 오면서 급성폐렴에 걸려 며칠 만에 돌아가셨다고 한다. 고문을 받은 사람들은 대부분 마산 교도소에서 재판을 받고 1년 내지 3년을 복역했다.

(사단법인 3·1동지회 발간 실록에 의함)

일제 때는 호적상 이름, 집에서 부르는 이름, 일본 이름이 있었고, 또 어른들은 이름 외에 자(字)가 있고 또 호(號)가 있었다. 그리하여 독립운동사에 나오는 이름과 실제 호적 이름이 다른 경우가 많았다.

독립만세를 부른 사람들은 그 한 사람으로 그치는 것이 아니었다. 그 가족은 말할 것 없고 일가친척까지 감시를 당했다. 저의 부친은 문태룡(문기식)과 사촌이었다. 친척이 사는 마암면 초곡까지 일본 순사들이 수시로 찾아와서 동태를 살피고 감시를 했다. 순사들이 오면 무엇이든지 트집이 잡히고 걸리게 되어 있었다. 술 단속, 담배 조사, 모심기(가로 세로) 위반, 논에 잡초(피) 발견, 모자란 공출 닦달, 목화 재배 등 온 갖 것을 단속하다가 소나무 가지라도 하나 발견되면 사정없 이 주재소에 끌려가서 뺨을 때리고 벌금을 물리었다.

독립운동가들은 옥고를 치른 뒤에도 일본순사의 감시와 강 압적인 언사에 견디지를 못하여 고국을 떠나야 했다. 그들은 당항포에서 배를 타고 부산으로 가서 기차로 만주로 가든지 차라리 연락선을 타고 일본으로 들어갔다.

국내에 사는 사람들도 고달프기는 마찬가지였다. 공출을 내지 못하면 밤낮 순사들이 찾아 와서 숨겨둔 벼를 찾아낸다 고 들쑤셨다. 벼만 공출하는 것이 아니었다. 보리, 잡곡, 목 화, 담배, 송진, 참깨, 쇠붙이, 놋그릇, 풀씨 등 온갖 것을 다 거두어갔다. 심지어 쇠붙이가 모자라니 밥그릇과 수저, 화 로와 부손, 문고리까지 뽑아갔다. 집집마다 나무로 밥그릇 을 만들고 대를 깎아 수저를 다듬었다. 가을이 끝나고 농한 기에는 부역을 나가야 했다. 부역을 나갈 때는 점심도 주지 않고 각자 점심을 싸오도록 했다. 형편이 나은 사람들은 보 리밥이라고 한 주먹 싸서 가지만 어려운 사람들은 그것도 못 했다. 집에 있을 때는 아침 저녁 하루 두 끼만 먹고 견뎠는데 부역을 나가니 하루 종일 고된 노역에 쓰러지는 사람도 많았다. 일본 순사는 칼을 차고 회초리를 들고 감시를 했다. 그러다가 얼쩡거리거나 허리를 펴면 회초리로 사정없이 후려치니 허기지고 기운이 없어도 일을 하여야 했다. 도로를 개설하고 자갈을 깔고 연못을 파고 제방을 쌓고 다리를 놓는다. 저녁에는 남녀노소 없이 학교강당에 모아놓고 내선일체, 환국신민, 천황에 대한 충성, 동방예배, 학도병 동원, 물자동원 등 교육을 받아야 했다. 교육은 초저녁에 시작하여 새벽에 끝이 났다. 매일이다시피 했다.

누님의 등

누님은 열일곱 나는 한 살
부모님은 황국신민 교육받으러 가서
새벽이 되어도 돌아오지를 않고
나는 밤새도록 울어 누님의 등을 적셨다네
깊은 산속 뻐꾸기도 울고
둥우리 안의 닭도 울고
누님도 울어
동네는 눈물로 가득 하였다네

삼월삼짇날

삼월삼짇날이 다가왔다. 강남 갔던 제비가 돌아오고 죽은 나무에 잎이 돋고, 고목나무에 꽃이 핀다. 마른 개울에 물이 흐르고 새들도 짝을 지어 지지배배 거리는 일 년 중의 좋은 날로 길재라고 했다. 집집마다 기둥에 입춘대길(立春大吉)이라 글을 써서 붙이고 '향낭각시원거천리'라는 색다른 문장을 사방 붙여 노래기가 못 들어오게 했다. 그러나 순철은 밤새도록 잠을 설치고 아침 일찍 일어났다. 그날이 팽숙이 둑에 묻히는 날이었다. 날씨는 화창 했다. 동네 사람들은 아침부터 김밥을 싸고 쑥떡을 만들고 구경 간다고 야단이었다. 여태 농촌에는 구경다운 구경은 없었는데 처녀를 생매장한다고 하니 큰 구경거리였다.

"이 세상에 그런 효녀가 있었다니. 끌끌끌."

"그렇고 말고."

어려운 환경에 죽으러 가는 사람이 있는 반면 그것을 구경하러 가는 사람도 있었다. 이미 둑 가운데에 구덩이를 파놓았다는 소문이 돌기도 했다. 거기에 큰항아리를 넣고 처녀가 들어가면 뚜껑을 덮고 흙으로 덮는다고 했다.

순철은 아침을 먹고 부지런히 걸었다. 구만면에서 간사지까지는 30리 거리였다. 순철은 길을 가면서도 어떻게 하면 팽숙을 구할까 궁리에 잠겼다. 여차하면 팽숙을 납치하여 업고 뛸 생각이었다. 간사지에 도착하니 벌써 장사꾼들이 길가에 좌판을 벌려 자리싸움을 하고 있었다.

조금 있으니 두호에서 농악이 와서 사물놀이를 시작했다. 깃발을 휘날리며 상모(象毛)를 돌리고 소고를 치며 벅수를 넘으니 사람들은 둘러서서 재미있다고 손뼉을 치고 환호했다. 한쪽에서는 생매장을 당해야하는 불행한 인생이 기다리는데 한쪽에서는 신이 나서 춤을 추고 흥을 돋우니 희비(喜悲)가 엇갈렸다. 그사이 사람들은 발 디딜 틈이 없이 모여들어 둑에 가득 찼다.

순철은 풍물도 눈에 보이지 않았다. 오직 팽숙의 생각뿐이었다. 어디서 왔는지 화랭이와 무당이 와서 씻김굿을 한다. 성주님과 용왕님께 제물을 바치고 빌어야 홍수나 태풍에도 둑이 끄떡없다고 했다. 희고, 붉고, 푸르고, 노랗고, 검은 오색 천이 바람에 나부끼고 북소리, 징소리, 갱사소리가 둑을 가득 매웠다.

"불쌍하고 불쌍하다 천상에 살던 옥녀

상제에 밉보여서

인간세상 내려올 때

선남선녀 배필로 만나 백년해로 하랬는데

기구한 운명이라 어릴 때 에미 죽고

애비마저 불성하니

어린 몸 팔아서 애비 병 나수려고

인당수에 몸을 팔아 저승에 가거들랑

불쌍타 여기시어 부디 상제께서 거두어 주옵소서."

"차수무당이 왔구나, 이런 일은 큰 무당이 와야제."

사람들은 큰 무당이 왔다고 칭찬을 한다.

"세살 때 죽은 애기가 혼이 붙어 명도라고 소문이 났데이."

"그렇고말고 족집게처럼 딱 들어맞힌다 안 쿠나."

"저런 일에 한 번 오면 돈을 꽤 많이 받을 거다."

"공짜로 해준다 안쿠나."

사람들은 기다리는 동안 굿을 보며 재미가 있어 한다. 그런
데 열두 시가 다 되어도 팽숙이 나타나지 않는다. 사람들은 지
루하고 배가 고파 땡볕에 앉아 싸고 온 음식을 먹고 있었다.

"저것 아니가?"

어떤 사람이 고함을 지르자 둑에 앉아 있던 사람들이 일제
히 일어섰다. 저 멀리 마암면 쪽에서 가마가 하나 오고 있었
다. 뒤에는 사람들이 여럿이 따라온다. 사람들은 먹던 음식
을 재빠르게 치우고 일어섰다. 가마가 둑 언저리에 도착하자
사람들은 양쪽으로 쫙 서서 가운데 길을 비켰다. 그러자 가
마는 둑을 지나 거류면 쪽으로 가버린다. 가마꾼한테 물어보
니 구만면에서 거류면으로 시집간다고 한다. 사람들은 실망
했다. 왜 이리 나타나지 않을가, 사람들은 안달했다. 사람들
은 다시 앉아 먹던 음식을 끄집어내어 먹고 있었다. 한참 있
으니 거류면 쪽에서 검은 승용차가 한 대가 나타났다.

"저기 온다, 저 차다!"

또 어떤 사람이 고함을 지르니 사람들은 모두 일어서서 그 차를 바라보았다.

"그러모 그렇지, 처녀가 동해면에 산다고 하니 그쪽에서 오는 것이 맞을 기다."

사람들은 기대에 저버리지 않으려고 애를 쓴다. 차는 천천히 오다가 간사지 쪽으로 방향을 돌렸다.

"맞다!"

길이 좋지 않아 그런지 승용차는 아주 천천히 간사지 둑으로 들어온다.

"설마 거짓말을 하려고."

또 사람들은 긍정적으로 생각하려고 애를 쓴다.

"차 안에 여러 사람이 탔는가베."

"세상에 둘도 없는 효녀인데 그냥 있겠나, 면장이라도 오 것지."

"오고 말고, 군수가 와도 올끼다."

승용차는 천천히 들어오더니 둑을 건너 마암면 쪽으로 가 버린다. 사람들은 또 실망하며 이제는 욕을 퍼부었다.

"누가 이런 헛소문을 퍼뜨렸노, 바쁜 사람 일도 못하게."

"간척지 만든다고 여러 사람을 물에 빠져 죽게 하더니 또 헛소문을 퍼뜨려."

"글쎄 말이다. 나무다리에 떨어져 죽은 사람이 얼마고."

사람들은 흥분했다. 그래도 사람들은 돌아갈 줄 모른다. 쉽게 기대를 저버리려고 하지 않는다. 그 사이 바다는 밀물에서 썰물로 바뀌었다. 그러자 수문을 열기 시작했다. 며칠 전에 내린 비로 간척지 안에 물이 가득 차서 썰물 때 물을 빼야 했다. 수문을 열자 물은 천둥처럼 우렁찬 소리를 내며 폭포수처럼 쏟아져 나온다. 그것만 해도 구경거리가 된다고 했다. 난간을 잡고 수문을 쳐다보고 있던 사람들은 어지럽다고 주저앉는다. 그때 또

"저기 뭣고? 저기 온다!"

또 어떤 사람이 고함을 지른다. 그러자 둑에 앉은 사람들은 일제히 일어서서 어디에 오는지 두리번거린다. 바다 저 아래쪽에서 오색천을 단 배가 발동기를 통통거리고 이쪽으로 오고 있었다.

"그러모 그렇지, 이렇게 많은 사람들을 모아놓고 거짓말을 하모 안 되재."

"내 말이 안 맞나."

"맞다, 희대의 효녀가 산채로 파묻힌다고 하니 우리가 얼마나 기다렸노."

배가 차츰 가까이 올수록 오색 천은 더욱 바람에 펄럭거렸고 배 안에는 몇 명이 탔는지 울긋불긋 옷을 입은 사람도 보였다. 그러자 무당은 내려놓았던 북과 캥사를 들고 다시 굿을 하기 시작했다.

오는구나, 오는구나,

저승사자 오는구나,

안타깝다, 이팔청춘 꽃 봉우리 꺾어지니

애달프다, 가는 인생 한 번 가면 언제 오나…

배가 가까이 오더니 폭포수같이 쏟아지는 물살에 배가 바로올라오지 못하고 그 자리에서 계속 맴돈다. 그러자 선장이 배를 산 밑 굽도리에 대려고 옆으로 돌리는 순간 배가 물살에 기우뚱 하더니 옆으로 전복되어 버렸다.

"저, 저, 저런… 저런…"

"와!"

둑에 서서 구경하던 사람들은 놀라서 일제히 비명을 지른다.

"저런! 우짜노!"

사람들은 자기 일처럼 놀라며 발을 동동 구른다. 순철은 수문 쪽으로 뛰었다. 배가 전복 된 곳을 가려면 수문을 지나서 산모퉁이를 돌아가야 되었다. 사람들도 우루루 몰려간다.

"호르르…"

그러자 경비병이 호루라기를 불며 막아선다.

"사람이 빠져죽어요!"

"무턱대고 달려들면 같이 빠져 죽어."

"죽어도 좋으니 비키시오."

"뭐, 이런 사람이 있노."

수문장이 고함을 지르며 제지한다. 한참 밀고 당기다가 수문장이 순철을 확 밀어버리니 순철은 뒤로 나자빠진다. 순철은 땅바닥에 주저앉아

"팽숙아!"

소리를 지른다. 그사이 배는 빠진 사람들을 건져 당항포 쪽으로 달아난다. 배둔으로 가는 것 같았다.

"사람이 죽었나?"

구경하던 사람들이 자기들끼리 묻는다.

"축 늘어진 것을 보니 죽은 것 같은데."

"쯔쯔, 불쌍하다."

"그렇고말고."

사람들은 동정을 한다.

"그라모 그렇지 우리 같은 촌사람한테 무슨 팔자가 좋다고 구경을 하겠노."

"그렇소, 운이 없는 것은 물에 빠진 사람이 아니고 우리라고."

옆에 있던 사람도 소리를 지른다.

"불쌍한 것, 용왕님이 미리 데려 갔것재."

"하ー 모, 둑에서 산채로 묻히는 것보다 차라리 물에 빠져 죽는 것이 백번 났지. 산채로 항아리에 넣어봐, 그 꼴을 우찌 보겠노."

사람들은 헤어지면서 한마디씩 한다. 어떤 아주머니가 허

겁지겁 빨리 간다.

"자구실띠! 자구실띠!"

뒤에서 어떤 아주머니가 부른다.

"야아…"

자구실댁이 허겁지겁 가다가 뒤로 돌아보며 대답을 한다.

"뭣 한다고 그리 빨리 가요, 이왕 구경을 못했으니 천천히 같이 갑시다."

"아이구! 오늘 우리 시아버지 제사요, 가서 떡도 찌고 전도 부치고 나물도 무치고 할 일이 많소, 우리 남편이 못가라고 하는 것을 그냥 두고 왔는데 구경도 못하고 남편한테 야단맞을 기요."

자구실댁은 걸음을 재촉한다.

"나보다 났네."

어떤 할머니도 허리가 꾸부정하여 막대기를 짚고 허둥지둥 걸어간다. 가다가 신발이 벗겨지니 얼른 주워들고 맨발로 걷는다. 옆에서 보던 아주머니가

"천천히 가이소, 가다가 넘어지겠소."

"내가 빨리 가야 될 일이 있소."

"오늘은 다 바쁜 사람들만 왔는가베."

"아침에 우리 며느리가 애기를 낳는다고 진통을 하는 것을 보고 왔소, 아들이 가지 말라고 말리는 것을 그냥 두고 왔는데 애기를 낳았는지 어떤지 모르겠소, 구경도 못하고 아들한

테 야단맞을 일을 생각하니 걱정이요."

"젠—엔—장!"

중년 남자가 얼굴이 벌겋게 달아올라 쌍소리를 하면서 걸어간다.

"그 집에서는 왜 그래요?"

"못자리를 한다고 논에 물을 대어놓고 왔는데 구경도 못하고 일도 못하고 내가 미쳤지."

투덜거린다.

"둑 한번 잘 밟았다."

"그게 무슨 소리요?"

"많은 사람들이 와서 둑을 밟았는데 둑이 튼튼하지 않겠소."

사람들은 툴툴대며 좁은 논두렁길을 빽빽이 걸어간다.

4부

영도다리
구치소
주먹세계
우남장
원양어업

영도다리

순철은 팽숙이가 물에 빠져 죽자 마음이 심란하여 고향에 있을 수가 없었다.

"부산에 가서 취직 할 데가 있는지 알아보겠습니다."

어머니한테 이야기 하니

"부산은 위험하니 조심하여라."

도시에 있으면서 팽숙이에 대한 충격을 떨쳐버릴 것 같았다. 태평호는 여느 때나 마찬가지로 사람들로 가득 찼다. 부산에 도착하니 거리에는 사람들이 많아 어리둥절했다. 용두산공원에 올라가니 집이 산 중턱까지 있고 크고 무거운 배가 바다에 두둥실 떠있으니 신기했다. 덕수한테 들은 이야기가 생생했다. 덕수는 어디에서 무엇을 할까 만나보고 싶었다.

'사람들은 왜 저런 높은 곳에 살까?'

의아했다.

'높은 데는 전망이 좋고 구경거리가 많으니 사람들이 산 중턱에 몰려 사는구나.'

혼자 생각하며 밤이 되어 영도다리 밑으로 갔다. 이슬을 피할 수 있을 것 같았다. 다리 밑에는 점치는 집이 쭈욱 있었다. 밤이 깊어가니 거지, 넝마꾼, 앵벌이, 날치기, 지게꾼들이 모여들었다. 지게꾼을 보니 자기도 지게꾼을 하고 싶었다. 시골에 있을 때 나무장사한다고 지게를 많이 지고 다녀서 정이 들었다.

다음날, 건축자재상에 가서 지게를 하나 샀다. 어깨에 딱 맞았다.

'어디로 가야하나?'

그래도 낯이 익고 장사꾼들이 많이 왕래하는 자갈치 시장 옆 남항부로 갔다. 태평호에서 내릴 때 보니 여수, 통영, 거제, 고성, 삼천포, 울산, 포항 등에서 오는 배가 남항부두에 다들 정박했다. 자기가 남항부두에 내릴 때도 지게꾼들이 몰려와서 짐을 지고 가는 것을 보았다. 순철은 자갈치 시장 한쪽에 지게를 받쳐놓고 여객선이 도착하기를 기다리고 있었다.

"보소! 보소!"

등치 큰 청년 몇 명이 어깨를 거들먹거리며 다가온다.

"형씨, 어디서 왔소?"

삐딱하게 서서 말을 건넨다.

"시골에서 왔습니다."

"시골? 여기는 우리구역이니 다른 데로 가소."

"지게꾼도 구역이 있소?"

순철은 이해가 되지 않았다.

"이 새끼가 말이 많아, 한 번 가라고 하면 갈 것이지!"

껄렁패 중 한 놈이 순철의 턱밑에 다가와서 얼굴을 아래 위로 훑어보더니 아랫배를 사정없이 친다.

"악!"

순철은 순간적으로 비명을 지르며 허리를 굽히다가 곧 일어서며 학교에서 배운 태권도로 깡패 몇 명을 거꾸러뜨렸다. 순철은 판덕수가 마산에 가서 유도와 권투를 배워 시골에 와서 위력을 발휘하는 것을 보고 자기도 고등학교 때 체육부에 들어가서 유도와 태권도를 배웠다. 그러자 동료깡패들이 어디서 쇠파이프를 가지고 와서 사정없이 후려 팬다.

얼마를 맞았는지 쓰러졌다가 정신을 차려보니 남항부두 옆 창고 뒤였다. 의식을 잃으니 깡패들이 끌고 가서 한쪽에 팽개친 것이었다. 몸이 만신창이가 되었는지 사방이 아팠다. 옆의 사람들이 있었지만 아무도 말려주는 사람이 없었다. 순철은 간신히 땅을 짚고 일어서서 소변 볼 곳을 찾았다. 그동안 오줌이 차여있었다.

"공중변소가 어디 있습니까?"

인근 아저씨한테 물어보니

"저기 건물 뒤에 있어."

급한 김에 빨리 들어가려고 하니 입구에서

"돈 내고 들어가." 버럭 고함을 지른다.

"얼마요?"

"1원이야."

소변을 보고 나오니

"젊은이 거울 한 번 봐!"

공중변소 주인이 이상했는지 조그만 손거울을 준다. 거울을 들여다보니 얼굴이 피투성이가 되어있고 부어서 자기도 알아보지 못할 지경이었다. 얼굴을 씻으려도 물이 없었다. 가게사람한테 신문지를 얻어 얼굴을 문질러 닦고 밖으로 나오니 지게가 없어졌다. 한참 돌아다니니 어떤 아주머니가

"저기 있는 지게가 총각 것 아니어."

"맞습니다."

한쪽에 처박혀 있었다. 지게를 도난당하지 않는 것만 해도 다행이었다.

"총각, 여기서 지게꾼을 하지 말고 다른 데로 가서 해, 여기는 경찰도 힘을 쓰지 못하는 곳이야."

"마땅한 곳이 있어야지요."

"저 앞에 버스정류장에 가봐, 그런 곳에는 짐을 지우는 사람들이 별로 없으니까 텃세가 없어. 여기는 여객선이 드나드니 황금구역이야."

불쌍하게 보였던지 동정을 한다. 지게를 지고 남포동 앞 시내버스정류장에 갔다. 암만해도 깡패들을 피하는 것이 나을 것 같았다. 길가의 전봇대에 지게를 받쳐놓고 기대어 앉아 있으니 비참한 생각이 들었다. 다른 친구들도 다 부산으로 갔는데 그들은 어디에서 무엇을 하는지 궁금했다.

덕수와 흠태도 부산으로 갔고 다른 친구들도 부산으로 간 사람이 많은데 여태 고향으로 되돌아오는 친구가 없는 것을 보니 다들 밥벌이를 하는 것 같았다. 한참 앉아 있으니 잠이

스르르 온다.

"지게꾼… 지게꾼…"

어디서 여자 목소리가 들렸다. 순철은 놀라서 두리번거리니 어떤 아주머니가 손짓을 한다. 화장을 짙게 하고 비단옷을 입은 것이 귀부인 같았다.

"이것 영도다리까지 지고 가자."

"예."

순철은 지게를 받치고 나무상자를 들어 얹었다. 묵직했다.

"거기까지 얼마야?"

"얼마를 받아야 하나?" 머뭇거리니

"여기 삼백 원이야."

큰돈이었다.

"다리를 들기 전에 빨리 건너야 돼."

"예, 알겠습니다."

영도다리는 일제 때인 1934년 11월 23일 개통되었다. 개통할 때는 큰 명물이 되어 전국에서 5만 명이 구경을 왔다고 한다. 그런 다리가 아침 열 시, 열두 시, 오후 세 시에 들었다 놓는다. 순철은 부산에 와서 처음으로 돈을 버니 기분이 좋았다. 깡패한테 맞은 것도 잊어버리고 짐을 지고 빨리 걸었다.

열두시가 가까워지자 다리를 든다는 사이렌이 울렸다. 사람들은 서로 빨리 건너려고 혼잡을 이루었다. 자동차, 자전거, 리어카, 소달구지, 지게꾼 등 사람들이 뒤엉켜서 야단이었다. 순철은 무거운 짐을 지고 요리조리 사람들 사이를 비키면서 빨리 건넜다. 숨이 가프고 얼굴에서 땀이 났다. 뒤를 돌아보니 아주머니는 보이지 않는다.

"나보고 빨리 가자고 하더니 아직 건너지 않았나?"

순철은 다리를 건너 지게를 지고 서서 기다리고 있었다. 다리를 드니 돛을 높이 단 배가 이쪽에서 저쪽으로 저쪽에서 이쪽으로 발동기를 통통거리며 빨리 지나간다. 사람들은 배가 지나가는 것을 보려고 다리모퉁이에서 바다를 쳐다보고 있었다. 한참 있다가 다리가 다시 놓이자 못 건너고 기다렸던 사람들이 우르르 건넌다.

순철은 사람들 속에 아주머니를 찾았으나 보이지 않았다.

"어디로 갔나?"

한참 기다려도 아주머니가 나타나지 않자 할 수 없이 짐을 지고 도로 모퉁이에 있는 파출소로 갔다. 그래야 주인한테 짐을 찾아 줄 것 같았다. 짐을 지고 파출소에 들어가니 거기도 난장판이었다. 안에는 범인들이 잡혀 와서 취조를 받느라 부산했다. 경찰들은 밖에서 범인들을 계속 끌고 들어온다. 대낮부터 술에 취해 소란을 피우는 사람, 가해자와 피해자가 붙들려서 서로 싸우는 사람, 순경한테 대어드는 사람, 아무데나 소변을 보는 사람, 바닥에 드러눕는 사람 등 가지가지였다. 지하실에서 범인을 취조하는지 비명소리가 들린다. 취조하는 순경은 눈에 핏발이 서있고 날카로워보였다.

"뭐얏!"

"순철을 보고 날카롭게 묻는다.

"어떤 아주머니가 영도다리까지 지고가자고 하여 지고 왔더니 아주머니가 보이지 않아서…"

"그 안에 뭐가 있어."

"모르겠습니다."

"내려서 상자를 열어봐."

순경은 강압적이었다. 순철은 지게를 벽에 기대고 상자를 내려 끈을 풀어서 여는 순간 얼굴이 새파랗게 질린다.

"앗!"

상자 안에 죽은 아이가 들어있었다. 순경은 말을 하지 않고 순식간에 순철의 팔을 뒤로 돌려 수갑을 채운다. 그리고 지하실로 끌고 간다.

"야!, 바른말 안하면 죽는 줄 알아. 이것 누가 시켰어!"

"시킨 것이 아닙니다."

"그러면 어떻게 지고 왔어?"

"어떤 아주머니가…"

순경이 주먹으로 아구통을 갈기니 눈에서 불빛이 번쩍한다. 입에서 피가 난다.

"바른 말 안 하면 죽어!"

"정말 모릅니다."

"얼마를 받았어?"

"삼백 원 받았습니다."

"이 새끼."

"악!"

순경이 또 아구통을 돌린다.

"오십 원이면 충분한데 삼백 원을 주면 뭔가 이상할 게 아냐!"

"저는 몰랐습니다."

"이것 봐라, 맛 좀 볼래!"

순철은 수갑이 차인 채로 엎어지고 넘어지고 처박히고 한 없이 얻어맞았다.

"일어나."

순경은 순철을 끌어 세운다. 코에서 피가 펑펑 쏟아진다.

"이 새끼, 깡이 세어!"

"정말 몰랐습니다."

그러자 이파리 2개짜리가 다른 범인을 끌고 지하로 내려온다.

"요번에도 지난번처럼 유아를 유기한 일이 생겼습니다."

이파리 하나가 이파리 두 개한테 보고를 하니

"적당히 조서를 작성하여 본서에 넘겨."

"본서에서 나무랄 텐데요."

"자꾸 범인들이 잡혀오는데 어떻게 다 감당을 하겠어. 나도 집에 들어 간지 일주일이 넘었어."

순경은 혼자 조서를 작성한다.

"이봐, 읽어보고 지장을 찍어."

순철은 조서를 읽어보니

"나는 남포동에서 어떤 아주머니가 돈을 3백 원 주면서 어린아이 시신을 몰래 버려달라고 부탁하여 그것을 지고 영도다리를 건너와서 버리려다가 경찰한테 붙들렸습니다."

"그런 것이 아닙니다."

"뭐야! 죽고 싶어."

"한 번만 봐주십시오."

"이 새끼가, 고춧가루 좀 먹어볼래!"

순경이 험상 궂은 얼굴로 때리려고 한다. 순철은 겁이 나서

"지장을 찍겠습니다."

"억울하면 본서에 가서 제대로 이야기 하면 돼!"

구치소

다음날, 순철은 경찰서로 이송되었다. 경찰은 조서를 한 번 훑어보더니 순철을 힐긋 쳐다보고 구치소에 쳐 넣어버린다. 순철은 기가 찼다. 말도 한번 못하고 죄인이 되었으니 억울했다.

"똑바로 앉지 못해!"

구치소 감시자가 들여다보고 소리를 지른다. 구치소에는

잡범들이 가득 찼다. 좀도둑, 깡패, 날치기, 쓰리꾼, 강도, 불량배 등 온갖 사람들이 잡혀 와서 쭈구리고 앉아 있었다.

순철도 한쪽에 쪼그리고 앉아 있으니 자기가 왜 이리되었나, 기가 막힌다. 한참 있으니

"어–"

어제 자갈치 시장에서 자기한테 주먹질을 한 깡패가 구치소에 들어온다.

"그러면 그렇지."

순철은 고소하다는 생각이 들었다. 깡패는 순철을 힐끔 쳐다보더니 한쪽 구석에 앉는다. 조금 있더니

"야– 새끼야, 지게꾼 하는 주제에 여기에는 왜 들어왔어!"

그는 갑자기 당당해진다. 사람들은 순철이가 지게꾼이라고 하니 다시 쳐다본다.

"누굴 보고 새끼라고 해!"

순철도 맞대응했다.

"하룻강아지 범 무서운 줄 모른다더니, 이것 봐라!"

"보면 어쩔래."

"밖에서 만나면 죽여 버릴 테야."

"여기서 죽여 봐!"

"어이, 조용히 해! 여기서 떠들면 다 같이 징벌이야."

먼저 들어온 고참이 군기를 잡는다. 구치소는 비좁아서 다들 촘촘히 앉았다. 온갖 잡범들이 들어오니 그들한테는 곰팡

이 썩는 냄새가 난다. 한참 있으니

"김주묵!"

당직 순경이 자갈치 깡패를 부른다.

"예!"

"나와! 석방이야."

"야하!"

다들 감동을 한다. 깡패는 순철 앞에서 어깨를 한 번 들썩이며 몸을 흔들며 나간다.

"저 정도는 되어야 하는데!"

수감자들은 깡패를 부러워한다. 순철은 울화통이 터져 일어나서 주먹을 쥐고 바닥을 쥐어박았다.

"어이, 그러지 말어! 여기서 그래봐야 맨발로 바위차기야."

옆에 사람이 말린다.

"저 사람이 자갈치 주먹이지?"

어떤 불량배가 옆에 사람 보고 묻는다.

"맞아."

"자갈치 오야붕은 꼬봉들을 철저히 보호한다면서?"

"그럼, 의리가 대단한데이."

불량배들이 한마디씩 한다.

"그래야 충성을 하지, 우리 오야붕은 면회 한번 안 온다구."

"자갈치 오야붕이 누군데?"

옆에 있는 수감자가 묻는다.

"판덕수라고 하던데."

"판덕수예?"

순철이 민감한 반응을 보인다.

"아는 사람이야?"

"고향친구 같은데?"

"그러면 왜 여기 앉아있어, 빨리 손을 안 쓰고."

"어디 있는지 알아야지."

"남포동호텔이 자기들 아지트야."

덕수는 부산에 와서 처음에는 범일동에서 무허가 건물 단속을 하다가 차츰 세력을 키워서 자갈치시장의 오야붕이 되어 자기 영역을 확실히 확보했다. 아침이 되자 범법자들이 경찰서 강당으로 끌려갔다. 한참 있으니 순회판사가 온다.

"모두 일어서."

인솔 순경이 구령을 한다. 판사가 자리에 앉자

"모두 앉아."

구령에 따라 움직였다. 다들 염라대왕 앞에 선 죄인처럼 정적이 감돌았다. 판결은 일사천리로 진행되었다. 몇 사람을 부른 다음

"차순철!"

"예."

"구류 일주일, 탁 탁 탁."

순철은 어이가 없었다. 조서 내용이 맞는지, 무엇 때문에

그랬는지, 억울함은 없는지, 물어보지 않고 이름을 부르고 얼굴 한 번 쳐다보고 선고를 한다.

'무슨 이런 재판이 있어.'

즉결선고를 받은 사람은 줄줄이 수갑을 차고 다시 구치소로 행했다.

주먹세계

순철은 일주일 동안 구류생활을 마치고 구치소의 문을 나서는 날 입구에는 마중 나온 사람들이 상당히 많았다. 두부를 먹는 사람, 소금을 뿌리는 사람, 부적을 붙이는 사람, 가지가지였다. 한쪽에 보니 구치소에서 만났던 깡패 김주묵도 몇몇 동료들과 서있었다. 그들도 조직원이 석방되는 모양이었다.

"어이, 깡다구."

김주묵이 악수를 청한다. 순철도 엉겁결에 악수를 했다.

"깡다구, 지난번에 미안했어."

"뭐."

순철도 아무렇지 않은 듯이 대답했다.

"그때 내가 미안해서 차 한 잔 사고 싶은데 저기 다방에 가자."

그들은 겸손한 체했다. 순철도 구치소에서 나왔지만 마땅히 갈 곳도 없고 하여 순순히 응했다. 그들을 따라 지하로 가니 갑자기 돌변하여 여럿이서 순철의 팔을 낚아채어 뒤로 돌리고 얼굴에 타올을 뒤집어 씌워 어디론가 끌고 갔다. 그러더니 차에 태워 한참 가더니 지하로 끌고 가는 것 같았다. 컴컴한 지하로 내려가자마자 여러 놈이 둘러서서 순철을 사정없이 팬다. 순철은 후회가 되었지만 이미 때는 늦은 것이다. 얼마를 맞았는지 기절을 했다가 눈을 뜨니 어떤 놈이 물을 갖다 준다. 물을 마시고 정신을 차리니 김주묵이 나타났다.

　"형, 이럴 수 있어."

　"야, 우리한테 협조만 하면 좋은 일이 있을 수 있어."

　"협조라니?"

　"우리 조직에 편입하여 함께 일 좀 하자구."

　"나는 시골에 어머니가 계시니 고향으로 돌아가야 해."

　"누구는 부모 없는 사람이 있어, 어디 가서 월급쟁이 하는 것보다 훨씬 나아."

　"나는 이런 일을 안 해봐서 못해."

　"처음에는 다들 적응이 안 되어, 지난번 자갈치시장에서 보니 태권도 솜씨가 보통이 아니더라고, 그래서 우리 오야붕한테 보고 하였더니, 포섭하라고 지령이 내려왔어, 그래서 특별 대우하는 거야."

　주위를 보니까 깡패 소굴인 것 같았다.

"나는 나가서 할 일이 있어."

"여기서 뛰어봐야 손오공의 손아귀라구, 순순히 우리한테 협조하는 것이 신상에 좋을 걸."

그때부터 협박조로 나왔다. 탈출해봐야 탈출할 수가 없었다.

그날부터 혹독한 훈련이 시작되고 위계질서가 엄격했다. 배신하면 바로 죽음이었다. 제일 중요한 것이 의리였다. 의리를 저버리면 인간이 아니었다. 한 달 동안 혹독한 훈련과 적응 기간이 지나고 단지식이 거행된다고 한다.

단지는 새끼손가락을 자르는 것이었다. 손가락을 보면 자기 조직이라는 것을 쉽게 알 수 있도록 하는 것이었다. 순철은 신입 조직원이 아홉 명 정도 더 있는 것을 알았다. 손가락을 자른다고 하니 아랫도리가 떨리고 눈앞이 노랗다. 왜 자기가 이렇게 되었는지 자기도 알지 못했다.

평소에 컴컴하던 넓은 지하 홀에 전등을 화려하게 밝히었다. 백 명이나 되어 보이는 단원들이 새까만 양복을 입고 까만 넥타이를 매고 도열했다. 모두 젊은 청년들이었다. 순철과 아홉 명은 윗도리를 벗어 젖가슴이 드러났다. 단상 앞에는 태극기를 걸어놓았다. 분위기가 엄중했다.

"열중 쉬엇! 차렷!"

몇 번을 연습하고 긴장되어 있는데 오야붕이 대원 몇 명을 거느리고 들어온다. 순철은 소스라치게 놀랐다. 대원을 거느리고 들어오는 사람이 다름 아닌 덕수였다. 구치소에서 김주묵의 오야붕은 의리가 있어 꼬봉들을 끝까지 책임을 진다고 하더니 실제 눈앞에서 보니 대단했다. 그래도 분위기가 엄중하여 아는 체 할 수가 없었다.

애국가가 시작되었다. 그리고 신입대원들에 대한 서약서와 선서가 있었다. 책상을 대원들 앞에 갖다놓고 도끼와 붕대를 가져와서 책상 위에 놓는다. 도끼로 새끼손가락을 자른다고 한다. 긴장되어 벌벌 떨린다. 덕수는 단상에 의젓이 앉아 염라대왕처럼 보였다. 긴장된 속에서 단지식이 거행 되었다. 다들 왼쪽 손을 책상 위에 얹으라고 한다. 뚱뚱하고 등치가 큰 칼잽이가 웃통을 벗고 손도끼를 들고 터벅터벅 걸어 들어온다. 뒤따라 보조원 몇 명이 웃통을 벗고 따라 들어온다. 쭈욱 서더니 호흡을 가다듬고 입구에서부터 단지가 시작된다.

"탁, 아악…, 탁, 아아악…"

왼쪽부터 한 명씩 도끼로 손가락을 자르니 비명소리가 났다. 그때 일제히 박수를 친다. 어떤 사람이 긴장한 나머지 손가락을 자르자마자 쓰러졌다. 그러자 재빨리 들것을 가지고 와서 다른 데로 옮긴다. 순철의 차례가 되었다. 순철은 덕수를 힐끗 쳐다보았다. 국민학교 때 한동네서 숙제를 대신해주었는데 여기서는 염라대왕과 죄인으로 변신하여 덕수의 처분에 따라 움직여야 하니 자기 자신이 처량했다. 시골에 있을 때 어머니가

"니는 덕수를 상대하지 말아라, 그 놈이 얄궂은 놈이다. 그

놈의 애비가 너의 아버지를 고자질했다."

순철은 어머니가 한 말씀이 순간적으로 생각이 났다. 역시 어머니는 선견지명이 있고 똑똑한 여자였다. 순철은 이를 악물고 눈을 감았다.

"탁!"

"악!"

그 뒤로는 정신을 잃고 아무 기억이 없었다.

순철이 정신을 차려 일어나니 온몸이 물에 범벅이 되어있었다. 기절을 하니 차가운 물을 끼얹은 것이었다.

"이 자식, 엄살 부리지 마!"

김주묵이었다.

그 당시 부산은 우범지역이 많았다. 국제시장을 비롯하여 자갈치시장, 범일동 시장, 자유시장, 부암동시장 등은 외래 부정물품이 판을 쳤다. 외국에서 들어오는 밀수품, 미군부대에서 빼내온 야미물건, 수입 금지된 양주나 양담배등도 버젓이 거래되었다. 무엇이든 찾으면 다 있다는 것이었다. 그러니 도둑, 깡패, 강도, 쓰리꾼, 사기꾼, 밀수꾼들이 활개를 친다. 경찰이 있어도 소용없었다. 오히려 깡패가 경찰을 대신하여 상인들을 보호하고 질서를 잡는다.

우남장

　순철은 자기 할머니가 돌아간 줄 모르고 손가락이 잘려서 좌절과 굴욕감에 지하 소파에 누워있었다. 더구나 고향 친구한테 당하고보니 치가 떨려서 적개심에 몸부림 치고 있었지만 인질로 잡혀있는 처지에 어쩔 수가 없었다. 며칠이 지났다. 김 주묵이 와서 자기를 따라가자고 한다. 사형수가 사형장에 끌려가듯 눈을 가리고 차를 타고 한참 가니 어디쯤에서 내려 엘리베이터를 타는 것 같았다. 어느 사무실 앞에 이르자 눈을 싸맨 붕대를 풀었다.

　"똑똑똑."

　"들어와!"

　들어가니 덕수가 있었다. 머리가 쭈뼛 선다. 김주묵은 나가고 덕수와 단둘이 마주쳤다.

　"앉어."

　의자에 살며시 앉으며 붕대를 싼 새끼손가락을 만지니

　"고생 많았지."

　"뭐."

　순철은 덕수가 부산에서 일류대학을 다닌다고 시골에 와서 거드름을 피우더니 결국 깡패 두목이구나. 생각하니 가소로운 생각이 들었다. 그러나 때가 때인 만큼 상전으로 깍듯이 대했다.

"저녁 식사 하러 가자."

순철은 덕수를 따라 지하주차장으로 갔다. 새까만 고급 승용차가 기다리고 있었다. 기사가 내려서 덕수한테 인사를 한다. 순철은 어머니한테 부산에 바람 쏘이러 간다고 하고 왔는데 아들이 깡패소굴에 있는 것을 알면 얼마나 충격을 받을까, 눈물이 날 지경이었다.

차는 용두산공원으로 돌아 대청동으로 갔다. 밤이 되어 어둑한데 커다란 한옥 대문 앞에 다다르자 덕수와 순철을 내려주고 차는 돌아갔다. 대문 앞에서 본 부산항은 휘황찬란했다. 큰 무력선이 달덩이 같은 형광등을 달고 바다에 큰 그림자를 드리우고 있었다. 남항에도 작은 배들의 불빛이 반짝거린다. 고대광실 한옥집에 청사초롱 홍사초롱이 등불을 밝히고 우남장이란 간판이 대문에 커다랗게 걸려있었다.

"우남장이라?" 순철이 입 안에서 중얼거리니

"이승만 대통령 호가 우남이야."

"우리가 대통령 집에 들어가네."

"그렇지, 허허, 촌놈이 출세했어." 대문 안으로 들어가니

"자갈치 회장님이 오셨습니다."

까만 싱글을 입은 젊은 웨이터가 안에 대고 고한다. 그러자 한복을 곱게 입은 마담이 버선발로 쫓아 나온다.

"회장님 오셨습니까."

90도로 깍듯이 절을 한다.

"응, 그동안 잘 있었나."

"그럼요, 맨날 회장님이 오시기를 기다렸지요. 호호호."

"거짓말도 잘하네."

"호호호."

덕수는 당당했다.

"어!"

순철은 마담을 보자 움찔했다. 마담은 순철을 모르는 것 같았다. 남포동 버스정류장에서 상자를 영도다리까지 지고 가자고 한 바로 그 여인이었다.

"지난번 것 잘 처리되었나?"

"그럼요."

"역시 마담이 최고야."

"내가 누군데요, 그런 것 하나쯤 감쪽같이 처리 못하려고요. 호호호."

그 말을 들으니 순철은 치가 떨린다. 그러나 분위기가 그런 것을 따질 여건이 되지 못했다. 30대 초반인 듯한 마담이 20대 중반인 덕수한테 꼼짝을 못한다. 마담이 우리를 방으로 안내한다. 널찍한 방 한쪽에는 가야금과 밴드가 세워져 있고 벽에는 고상한 그림들이 걸려있었다.

"한상 잘 차려와."

"여부가 있겠습니까."

자리에 앉자

"그동안 어떻게 지냈노?"

덕수가 묻는다. 순철은 자초지종 그동안 있었던 이야기를 했다.

"진작 나를 찾아 안 오고."

"어디에 있는지 알아야지."

"지난번에 고생했지."

순철은 말을 하지 않았다.

"앞으로 뭐 하고 싶어?"

"돈을 벌고 싶은데."

덕수는 한참 생각하더니

"니 수영할 줄 아나?"

"알아."

"어디서 배웠어?

"어릴 때 궁내천에서 아이들과 놀면서 배웠어."

"그래가지고 안 될 텐데, 하여간 요즈음은 일본에서 구명 조끼를 제공하니까…"

"학교에서 실습 때 당항포 바다에서 수영을 하였는데 내가 제일 많이 나갔어."

"너 원양 어선을 타고 싶냐?"

"뭣 하는 곳인데?"

"남태평양에서 고기를 잡은 거야."

"그런 것은 한 번도 해보지 않아서."

"거기 가면 힘은 들어도 돈을 많이 번대, 여간 빽이 아니면 들어가기 힘들어."

순철은 돈을 많이 번다는 말에 귀가 송곳해진다.

"그런 곳에 갈 수 있나."

"내가 경찰고위간부한테 부탁을 하면 돼."

"원양 어선 타고 싶어."

순철은 시골의 어머니한테 미리 말을 하지 않는 것이 미안했다.

"그 대신 내가 한 가지 부탁이 있어."

"뭘데?"

"내가 이런데 있다는 것을 고향사람들한테 말하지 말아라."

"알겠다."

"내가 찍어둔 여자가 있어."

그날 저녁 얼마를 마셨는지 눈을 뜨니 낮이었다.

노크소리가 들렸다.

"누구요?"

예쁜 아가씨가 문을 열고 계란과 인삼차를 들고 들어온다.

"회장님이 주라고 합디다."

편지 하나를 내민다. 들여다보니

"원양회사 박 전무를 찾아가거라."

원양어업

 순철은 원양회사 사무실을 찾아갔다. 입구에는 사람들로 벅적거렸다. 순철은 박 전무한테 찾아가니 지원 서류를 내라고 한다. 며칠 뒤에 간단한 필기시험을 보고 신체검사를 한 뒤 면접을 실시했다. 백과 돈으로 결정되는 원양선원은 면접은 요식행위였다. 합격자 발표하는 날 원양어선회사에 가니 벌써 사람들로 가득 찼다. 커다란 종이가 입구 벽에 붙어있었다. 순철은 사람들 틈에서 까치발을 들고 보니 맨 끝에 이름이 붙어있었다. 돈을 잘못 썼다느니 백이 통하지 않았다느니 서로 싸우는 것을 보니 어떤 사람들은 떨어진 것 같았다. 합격자는 일주일 뒤부터 부산 다대포에서 한 달간 교육이 있다고 했다. 그때부터 모든 숙식을 제공한다고 한다.

 교육을 받고 제2부두에서 원양어선을 탔다. 사모아로 떠난다고 했다. 사모아까지는 9,000㎞로 한 달을 걸린다고 한다.

 그동안 우리나라에서 원양어업은 1958년부터 시작되었다. 그러다가 1960년 5·16 쿠데타가 일어나자 군사정부에서는 본격적으로 원양어업을 지원했다. 남태평양에는 참치가 지천이다. 그것을 잡아 일본에 수출하면 큰돈을 벌 수 있다고 했다. 오륙도를 지나 제주도 남쪽으로 나가니 망망대해 절해의 고도에서 들리는 것은 파도소리와 갈매기뿐이었다. 며칠을 지나갔는지 날짜조차 아물아물 하던 때에 안내방송이 나왔다.

"지금 배는 적도 위를 지나고 있습니다."

그러자 배 안에 있던 일행들이 우르르 갑판에 나왔다.

"적도가 어디야?"

선원들은 바다를 내려다보다가 적도가 보이지 않자 하늘을 우러러 본다. 그러나 아는 사람은 없었다.

"적도가 어디 있습니까?"

선장이 갑판 위로 나오자 모두 묻는다.

"적도를 몰라? 적도는 바다에 있는 것이 아니고 지도에 있는 것이여!"

선원들은 비로소 웃었다. 적도라고 하니 다들 붉은 줄이 바다에 있는 줄 알았다. 갑판 위는 따가운 햇살이 얼굴을 할퀴고, 발아래는 거친 파도가 몸을 마구 흔들어 댄다. 강렬한 태양, 이글거리는 얼굴, 흑인이 따로 없었다. 다들 시커멓게 변했다. 순철은 바다라고 하면 인근 당항포에 가봤지만 망망대해에 이렇게 파도가 거친 바다는 처음이었다. 한 달 가까이 되어서 사모아에 도착했다. 다들 기진맥진했다. 뱃멀미를 하는 사람도 많았다.

사모아에서 며칠 휴식을 취한 다음 고기잡이배는 또 남쪽으로 한참 내려갔다. 그리고 어느 망망대해에 다다르자 어군탐지기로 고기가 많이 있는 것이 탐지되었다. 배를 정박시키고 고기잡이준비를 했다. 고기를 잡아 국내에 싣고 오는 것이 아니고 현지에서 일본회사에 판다고 했다. 참치를 잡으면 무전으로 일본회사에 연락을 하면 일본 냉동선이 사모아에 와서 고기를 인수해간다고 했다. 일본에는 이미 냉동선이 있었다. 대금은 사모아에 있는 일본은행에서 지급하는데 본인의 희망에 따라 국내에서 받을 수도 있었다.

"돈을 벌어 고향에 돌아가서 논밭을 사고 떵떵거리고 살아야지."

그런 희망이 있으니 어려움도 견딜 수 있었다.

참치는 그물로 잡는 것이 아니라 낚시로 잡는 채낚기 어종이었다. 순철은 뱃전에 앉아 낚싯줄을 계속 잡아당겼다. 조그만 것이 걸리었다. 큰 것은 돼지만 했다. 한 달이 지났다. 배는 더 멀리 나갔다. 한창 고기를 잡고 있는데 멀리서 하얀 파도가 다가오는 것이 보였다. 그런 파도는 가까이 올수록 산더미로 변한다. 요번에 오는 파도는 하얀 물줄기가 옆으로 길게 늘어서 오는 것이 심상치 않았다.

남태평양의 파도는 북반구와 달랐다. 남극의 찬 해류와 적도의 더운 해류가 만나니 해류가 소용돌이치면서 거치게 몰려온다. 거기에 말려들면 제아무리 큰 배도 빨려 들어가게 된다. 선장이 방송을 한다.

"고기 잡는 것을 중지하고 대기하라."

선장은 경험이 많아 파도를 보면 어떤 파도인지 감이 잡히는 것이었다. 선원들은 낚시를 거두고 사태를 주시하고 있었다. 그런데 일차적으로 큰 파도가 뱃전을 때렸다. 배가 한쪽으로 기우뚱 하자 선원들은 모두 갑판 위에 쓰러졌다.

"엎드려! 엎드려!"

계속 방송이 들린다. 조금 잠잠하여 일어나려니 또 다른 파도가 덮쳤다. 십자 파도였다. 선장이 다급히 외쳤다.

"구명조끼 착용하라! 구명조끼 착용하라!"

다들 엎어질 듯 자빠질 듯 구면조끼를 찾아 헤매었다. 순철은 갑판에 매달려있는 구명조끼를 떼어 신속히 입었다. 그러자 배에 물이 들어오기 시작했다. 배 밑창에 금이 갔다고 했다. 선원들은 우왕좌왕했다. 선장은 급히 사모아에 구조 무전을 보냈다. 선원들은 밑창을 막으려고 야단이었다. 그러나 일직선으로 갈라진 밑창을 막을 수는 없었다. 배가 한쪽으로 기울어지기 시작했다.

"퇴선! 퇴선!"

선장의 다급한 목소리가 스피커에서 계속 울러 나왔다. 배가 침몰하면 큰 배는 300m, 작은 배에서는 적어도 100m 이상을 이탈하여야 안전하다고 한다.

그렇지 않으면 배가 가라앉을 때 사람도 배와 같이 물속으로 빨려 들어가게 된다고 한다. 순철은 구명조끼를 입고 재빨리 갑판에서 뛰어내렸다. 정신없이 헤엄을 쳤다. 한참 가다가 뒤돌아보니 배는 거대한 물기둥을 일으키며 바다 속으로 곤두박질쳤다. 그 사이 미처 퇴선을 못한 선원들이 공중에 치솟으며 바다에 같이 빨려 들어갔다.

정부에서는 경제개발로 외화가 부족하자 원양어업의 중요성을 인식하고 정책적으로 지원하니 너도나도 원양어업에 뛰어들었다. 원양어업은 우리만 하는 것이 아니었다. 일본, 대만, 싱가포르, 인도네시아 등지에서 많은 선박이 와서 참치잡이를 하고 있었다. 더구나 일본은 최신 시설과 첨단 장비로 오래전부터 원양어업을 하여 경험이 많았다. 원양어업은 사모아 인근에서 조업을 하는 것이 아니었다. 사모아는 어업 전진기지이고 거기서 남쪽으로 수백 킬로 떨어진 곳으로 조업을 나가고 있었다.

순철은 이를 악물고 헤엄을 쳤지만 기운이 빠지기 시작했다. 그나마 구명조끼를 입고 있으니 다소 나았다. 조끼도 오래있으면 물이 스며드는 것이다. 한참 헤엄을 쳐가니 멀리 수평선에 섬인지 육지인지 어스름이 무엇인가 보였다. 있는 힘을 다하여 헤엄을 쳤다. 그리고 육지에 닿자마자 정신을 잃었다. 얼마를 지났는지 눈을 뜨니 백사장이었다. 몸이 따갑고 가려워서 참을 수가 없었다. 고개를 들고 보니 온몸에 게, 가재, 딱정벌레 등 온갖 바다해충이 달라붙어 피를 빨고 있었다. 구명조끼는 떨어져 나가고 옷도 벗겨져서 팬티만 입고 있었다. 옆에서 씩씩거리는 소리가 나서 목을 돌려보니

"악!"

그만 큰일 날 뻔했다. 커다란 코브라가 바로 옆에서 똬리를

틀고 목을 빼어 이쪽으로 덤비려고 노려보고 있었다. 움직이면 물을 태세였다. 뱀은 움직이지 않고 가만있으면 공격하지 않는다고 다대포에서 배웠다. 온몸이 가렵고 따가워서 죽을 지경이었다. 한참 누워있으니 뱀은 순철이 죽은 줄 알고 슬그머니 다리를 타고 저쪽으로 기어간다. 재빨리 일어나서 벌레를 떼어내고 사정없이 다리와 몸을 긁었다. 그러자 피가 흘러 내렸다. 조금 있으니 피 냄새를 맡고 곤충이 떼를 지어 날아와서 달라붙었다. 손으로 뿌리치며 한쪽으로 도망을 가도 곤충은 피 냄새를 맡고 계속 따라오면서 달라붙었다. 순철은 급한 처지에 바닷물 속으로 뛰어 들어갔다. 거기서 보니 구명조끼가 파도에 밀려서 백사장 한쪽에 뒹굴고 있었다. 짠 물속에 들어가니 긁은 데가 따갑더니 차츰 괜찮아졌다. 한참 있다가 백사장에 나와서 팬티를 말리면서 수평선을 바라보니 망망대해에 햇볕만 쨍쨍했다.

섬은 언제 파도가 덮쳤느냐 싶을 정도로 너무 조용했다. 무인도가 아닌지 두려운 생각이 들었다. 헤엄을 쳐서 올 때는 희망이 있었으나 막상 도착하니 겁이 나기 시작했다. 학교 때 재미나게 읽은 로빈슨 크루소 생각이 났다. 얼마를 굶었는지 배가 고프기 시작했다. 밀림 안으로 들어가니 야생 바나나가 열려있었다.

순철은 어떻게 해서도 섬을 탈출해야 되겠다고 생각했다. 우선 여기가 섬인지 육지인지, 사람이 사는 곳인지 알아보아야 했다. 안으로 들어가려니 온갖 밀림과 가시가 뒤엉켜 있었다. 다시 나와 해변을 걷는 것이 나을 것 같았다. 해변은 백사장이 넓게 펼쳐져서 안전했다. 해변을 한참 걸어가니 숲속에서 어떤 사람이 보였다. 너무 반가워서

"어어…"

소리를 지르니 그 사람은 안으로 들어가 버린다. 순철은 일단 안심했다. 무인도가 아니라는 것만 확실했다. 그 사람이 들어간 곳을 계속 따라 들어가니 마을이 나타났다. 그때 장정 수십 명이 달려 나와 순철을 결박한다.

"놔요, 놔요."

그들은 자기들 끼리 무어라고 지껄였다. 끌려가서 마을에 도착하니 거기 있는 사람들 대부분이 장애인이었다. 한쪽 눈이 없는 사람, 다리를 절룩거리는 사람, 팔이 비틀어진 사람, 코가 뭉개진 사람, 귀가 없는 사람, 흡사 나병환자 같았다. 더구나 아이들은 대부분 장애자였다. 순철은 겁이 덜컹 났다. 옛날 동남아시아 밀림 속에는 식인종이 있었다는 이야기를 들었다. 혹시 나병수용소가 아닌가 생각도 되었다. 우리나라에도 소록도에 나병수용소가 있다는 것을 들었었다. 순철은 탈출하려고 하였지만 그들은 칡넝쿨로 결박했다. 탈출해봐야 망망대해였다. 고분고분 그들의 행동대로 따르는 것이 오히려 안전 할 것 같았다. 그들은 순철을 통나무 우리로 쳐 넣어버린다. 거기는 여러 사람들이 잡혀 와서 수용되어

있었다.

백인이 한 명 있고 대부분 동남아시아 인 것 같았다. 그들은 기진맥진하여 초죽음이 되어 있었다. 순철은 도대체 여기가 뭐하는 곳인지 궁금했다. 사람들은 실의에 빠져 맥이 풀어져 있었다. 그들이 칡덩굴로 사립문을 꽁꽁 묶고 자리를 뜨자 순철은 정신을 차리고

"헬로!"

백인보고 인사를 했다. 그들은 멀거니 쳐다보기만 했다.

"차이나?"

옆에 있는 사람 보고 물었다.

"노, 재팬!"

한 청년이 힘없이 대답을 한다.

"오케이."

순철은 일본사람이 있으니 반가웠다. 세계 어느 곳이든 일본의 영향역이 미치지 않는 데가 없었다.

"하우두유두!"

고등학교에서 배운 영어로 의사소통을 해보려 했다.

"잉글랜드?"

백인보고 물었다.

"노, 도이취."

"오, 도이취."

순철은 일본사람한테 여기가 어딘지 물었다. 일본인은 우

리나라 말을 약간 할 줄 알았다. 우리나라에 어학연수를 와서 2년 동안 공부를 했다고 한다. 일본인은 어족자원 연구를 위하여 보트를 타고 멀리까지 나갔다가 파도를 만나 난파되어 여기까지 오게 되었다고 했다. 그는 여기에 잡혀오면 빠져나가지 못한다며 울먹였다. 며칠 전에 백인 한 명이 처형을 당했다고 한다. 순철은 그 말을 듣고 겁이 났다. 돈 벌로 왔다가 개죽음을 당할 것 같았다. 독일인도 언제 잡혀왔는지 기진맥진하여 실의에 빠져 있었다. 그는 일본말을 할 줄 알았다. 독일 지질학자인데 남태평양의 바다 밑에 광물자원 연구를 하는 사람이라고 했다. 독일인도 영어를 할 줄 알았다. 잠수정을 타고 물밑을 샅샅이 조사를 하였는데 잠수정이 고장을 일으켜서 구명보트를 타고 탈출한 것이 여기까지 오게 되었다고 했다.

그는 프랑스의 드골대통령을 욕을 하며 발작을 일으켰다. 여기 사람들이 장애자가 된 것은 프랑스에서 남태평양에 핵실험을 하여 방사선에 오염되어 장애자가 생겼다고 했다. 그래서 이곳 주민들은 외지인을 보면 증오감에 불타서 잡히기만 하면 무조건 죽인다고 했다. 그 중에서도 백인들을 더 증오한다고 했다. 순철은 기가 찼다. 드골 때문에 왜 다른 나라 사람들이 피해를 보아야 되는지 이해가 되지 않았다. 조금 있으니 장정 여러 명이 창을 들고 와서 일행을 끌어내었다. 순철도 끌려 나갔다.

"노노노."

끌려 나가는 사람들은 비명을 지르며 몸부림친다. 순철도 묶여있는 넝쿨을 풀려고 힘을 주어 팔을 비틀지만 워낙 칡이 질겨 풀어지지를 않는다. 더구나 독일인은 계속 몸부림치며 고함을 지른다. 원주민들은 자기들끼리 소리를 지르는데 무슨 말인지 알아들을 수가 없었다. 넓은 마당 한 가운데 통나무로 만든 벤치가 놓여있고 주위에는 남녀노소 어린아이들까지 수백 명이 나와서 손뼉을 치고 노래를 불렀다. 먼저 독일인을 마당 한가운데로 끌어내었다. 독일인은 고함을 지르며 몸부림쳤다. 조금 있다가 그들은 북을 울리며 춤을 춘다. 완전히 미개한 원시인 같았다. 한창 분위기가 달아오르자 장정들이 나무막대기를 두 개 가지고 와서 강제로 백인의 입을 벌려 그 속에 끼여 넣어 입을 다물지 못하도록 했다. 순철은 무엇 하려고 그러는지 두려움에 떨렸다. 조금 있으니. 또 다른 장정들이 자루 안에 무엇인가 가지고 왔다. 그 안에서 구무럭거리는 것이 구렁이 같았다. 그러자 독일인은 더욱 고함을 지르며 몸부림 쳤다. 자루를 가지고 온 장정들은 자루 입구를 백인의 입에 갖다 대고 손으로 구렁이의 목을 잡아 머리를 강제로 백인의 입 안에 밀어 넣는 것이었다. 백인은 머리를 흔들며 목을 돌리자 장정들은 백인의 머리칼을 휘어잡고 움직이지 못하게 결박한다. 구렁이는 입 안으로 들어가지 않으려고 머리를 쳐들고 계속 밖으로 나오려하자, 장정들은 구렁이의 목을 꽉 잡고 머리를 백인의 입 안에 넣고 자루 안의 몸통을 계속 주무르니 뱀도 빠져나갈 구멍을 찾지 못하고 백인의 목구멍으로 들어가고 있었다. 백인은 괴로워서 몸부림치며 발버둥쳤지만 구렁이는 창자 속으로 쥐구멍 들어가듯 미끄러져 들어갔다. 백인은 배가 불룩 튀어나오더니 창자가 터졌는지 숨이 막혔는지 몸을 떨고 경련을 일으키다가 숨을 거두었다. 순철은 그것을 보고 너무 비참하여 몸서리 쳐졌다. 인간은 왜 이렇게 잔인할까, 치가 떨렸다.

옛날 로마시대에는 콜로세움에서 굶주린 사자와 죄수가 맨주먹으로 싸우게 하여 뜯어 먹히게 하는 형벌도 있었고 중세에는 바이킹들이 굶주린 표범의 우리에 포로를 집어넣어 산채로 뜯어먹게 한 형벌도 있었다. 옛날부터 동물을 이용하여 형벌을 가한 역사적인 사실은 있었지만 구렁이를 이용하여 사람을 죽이는 풍습은 처음 보는 것이었다. 원주민들은 둘러서서 웃고 떠들고 하는 것을 보니 그들은 이런 제도가 상식으로 되어있는 것 같았다. 그들은 외지인을 보기만하면 저런 방식으로 처형을 하여 프랑스에 대한 적개심을 불태운다고 일본인이 이야기한다.

행사가 끝나고 나머지 일행은 다시 끌려와서 우리 속에 처넣었다. 다음 날에는 또 다른 사람을 처형할 목적이었다. 옆에 있던 일본인 청년이 공포감에 두려워서 몸을 떨며 계속 울고 있었다. 다음은 자기 차례라고 했다. 거기에 사는 원주민들은 문화인을 제일 싫어하기 때문에 백인이 없으면 다음은 일본인 차례라는 것이다. 일본은 세계 어느 나라와도 적이 없기 때문에 자기가 잡혀왔을 때 일본인이라고 하면 봐줄 줄 알았는데 이제 보니 그것이 큰 실수였다고 한다. 잘사는 나라는 장차 핵실험을 할 것이기 때문에 미리 보복을 하는 것이다. 순철도 겁이 났다. 키가 크고 얼굴이 희어서 백인과 비슷했다. 일본인 다음에는 자기 차례 같았다.

밖에는 불을 피우고 계속 북을 울리고 춤을 추고 떠드는 소리가 요란했다. 죽은 백인을 나무 가지로 태우는 것 같았다. 한참 있으니 갑자기 하늘에서 헬리콥터 소리가 들렸다. 원양어선회사에서 조난자를 구출하려고 헬리콥터를 띄운 것 같았다. 연기가 나자 헬리콥터에서 보고 온 것이다. 그러자 원주민들은 폭음을 일으키는 헬리콥터 소리에 놀라서 모두 숲속으로 숨어 버렸다. 순철은 있는 힘을 다하여 묶인 칡덩굴을 힘껏 잡아당기고 몸을 비틀었다. 생사의 갈림길에서 죽을힘을 다하여 몸을 비트니 "뚝" 소리를 내며 칡덩굴이 끊어졌다. 순철은 밖으로 뛰어나와 팬티를 벗어 헬리콥터를 보고 흔들었다. 헬리콥터는 몇 바퀴 돌더니 마당의 중앙에 비틀거리며 착륙했다. 순철은 뛰어가서 구조대원에 안겼다. 그리고 우리에 갇혀 있는 사람들을 손짓했다. 그러자 구조대원들은 신속히 달려가서 묶인 사람들의 칡넝쿨을 끊고 사람들을 데리고 나왔다. 그리하여 모두 구사일생으로 목숨을 구했다.

사모아에 돌아오자 일본인은 프랑스를 국제사회에 고발하겠다고 했다. 일본인은 순철을 고맙다고 연신 인사를 한다. 순철은 구사일생으로 살아났지만 자기가 근무하던 회사가 이 사건으로 파산하여 고국으로 돌아와야 했다. 순철은 그 일본인과 일본 구조선을 타고 나가사키에 왔다가 부산으로 돌아왔다. 부산항에 도착하니 제2부두에는 원양선원을 모집한다는 광고가 대문짝하게 붙어있고 청년들은 일확천금의 꿈꾸며 구름떼처럼 몰려들고 있다.

5부

배둔 앞바다
마로니에 사랑
중신애비
납치사건
범내골
생명
고성의 부자들
전통혼례

배둔 앞바다

순철은 당항포 부두에 내려서 집에까지 걸어오니 토끼 용궁에 갔다 온 기분이었다.

"엄마! 엄마!"

"아이구, 이놈아 어디 있다가 이제 오나!"

산두골댁이 계란을 부산에 상자에 세어 담다가 순철을 보고 반가워서 울려고 한다.

"아이구, 니가 없을 동안 집안에 큰 변화가 있었다. 니를 얼마나 기다렸는 줄 아나."

"할머니는?"

"이놈아! 할머니가 돌아가셨다."

"예!"

순철은 깜짝 놀랐다.

"어쩌다가 돌아가셨어요?"

"니가 갈 때는 건강하였는데. 심장병인 것 같더라. 며칠 가슴을 앓다가 돌아가셨다. 니도 없고 동네사람들은 부역하러 가고 사람들이 있어야제, 혼자 이리 뛰고 저리 뛰어 겨우 너거 고모한테 연락이 되었다."

순철은 죄책감에 마루에 걸터앉아 눈물을 흘렸다.

"앞으로 도시는 나가지 않을 겁니다. 고향에 살면서 열심히 하겠습니다."

"그래, 마음을 잘 먹었다."

그 뒤 순철은 열심히 일을 했다. 농사짓는 것이 힘들다 해도 고기 잡는 것보다는 나았다. 햇볕이 강렬하게 내리쪼이는 적도 부근에서 따가운 햇살을 받으며 눈이 아프도록 바다를 바라보고 있으면 눈알이 튀어 나올 정도였다.

어머니는 계란 장사를 하다가 쌀장사를 시작했다. 순철은 어머니를 도우면서 틈틈이 비육우를 길러 목돈도 마련했다. 가을되면 풋감을 사서 따뜻한 물에 익혔다가 부산에 내다 팔면 두 배가 남았다. 가마니도 치고 새끼도 꼬고 장사 일을 돌보며 부지런히 일을 했다.

"저 집에는 모자간에 돈벌이 한다고 재미가 많구려."

동네 사람들이 농담을 한다. 순철은 돌아와서 어머니한테 원양어선을 탔다는 말은 하지 않았다. 그저 부산에 있으니 어머니 생각이 나서 왔다고 했다. 송충이는 솔잎을 먹으라고 자기는 도시가 생리에 맞지 않았다. 도시가 좋다고 떠난 사람들은 무엇 때문에 고향을 등지고 떠나는지 이해가 되지 않았다.

산들산들 봄바람이 남쪽에서 불어오면 양지바른 언덕에는 민들레가 노오랗게 피고 개울물 쫄쫄대는 산속에는 뻐꾸기가 봄의 노래를 부른다. 비가온 뒤의 실록은 햇살을 받아 반짝반짝 빛이 나고 싱그러운 대지는 인간과 자연이 살기에 최적의 환경을 제공했다.

"껄끄렁, 껄끄렁…"

떡갈나무 밑의 장끼는 봄날의 생리를 견디지 못하여 까투리를 부르고 노오란 장다리꽃 밭에는 벌 나비들이 부지런히 날아다니면서 꿀을 모은다. 자연의 순수함이 진리요 철학이요 음악이고 시였다. 보잘것없는 동물도 자연의 향기를 감내하기 어려운데 인간이야 어찌 자연의 혜택을 마다하겠는가. 사계절이 있기에 우리나라는 더욱 아름답고 풍요롭다. 가을이 되면 청자색을 띤 들국화가 개울을 따라 지천으로 피어있고 개암, 도토리, 산머루, 으름, 망개, 까치밥과 온갖 이름 모른 열매들이 제 나름대로 햇살을 받아 빨갛게 익어가는 모습은 자연의 위대함에 눈물겹도록 감동스러웠다. 자연에도 질서가 있고 정서가 있고 철학이 있고 사랑이 있었다.

동녘하늘에 먼동이 트면 고기 잡는 배들은 예일목을 지나 거제 앞 바다로 나간다. 봄의 멸치는 산에까지 올라간다고 한다. 그만큼 많이 잡혀서 지천이란 듯이다. 알이 통통 배인 멸치는 기름이 번지르르 하다. 머리와 뼈를 추려내고 미나리를 데쳐서 식초를 약간 넣고 무치면 부드럽고 연한 회는 씹을 것도 없이 목구멍을 절로 넘어간다. 인심 좋은 뱃사람들은 멸치 한 상자를 수북이 고상으로 주니 집집마다 멸치젓을 담아 가을의 김치를 준비한다. 그래서 배둔에는 젓갈 장사가 없다고 한다. 다들 집에서 담기 때문이다.

진동 앞 바다에서 예일목이라는 좁은 수로를 지나 당항포

쪽으로 강물처럼 좁다랗게 들어오면 쏙씨라는 동네에 이른
다. 임진왜란 때 왜군이 이순신 장군한테 쫓기어 당항포로
들어와서 통영 앞 바다로 빠져나가려고 하였으나 두호 앞 바
다에서 막히자 이순신 장군한테 전멸했다. 그래서 왜놈이 속
았다고 동네이름을 쏙씨라고 한다.

파도가 없는 바다는 어찌될까. 죽음의 바다일 것이다. 바다
는 거칠다가 온화하고 화를 내다가 미소 짓고 차가운 물과 더
운물을 번갈아 갈아주고 밀물과 썰물이 있으매 기후의 변화
를 일으키고 계절에 따라서 태풍도 불어오고 폭풍을 일으킨
다. 바다는 무서우면서도 온화하고 화를 내면서도 다정하다.

"나물 먹고 물 마시고 팔을 베고 누웠으니 대장부 살림살이
이만하면 족하도다."

순철은 학교에서 배운 옛 명현들의 시를 가슴에 새기며 농
촌에서 사는 것이 재미가 있었다.

"내가 살 곳은 네온사인이 휘황찬란한 도시가 아니라 아담
하고 인정 많은 내 고향 고성이야."

5·16으로 새 정부가 들어서자 농촌에도 새마을 운동이 시
작되었다. 골목길을 넓히고 리어카가 들어가고 집집마다 우
물을 팠다. 꾸불꾸불하던 다락 논은 구획 정리하여 반듯하게
만들고 군데군데 관정을 파서 가뭄에도 물이 마르지 않게 했
다. 초가집은 슬레이트로 바뀌고 남는 짚으로 비육우를 길렀
다. 통일벼가 보급되니 소출이 배가 늘어났다. 전기가 보급

되니 집집마다 텔레비전 냉장고가 들어가고 전화가 가설되니 멀리 있는 자녀들한테도 소식이 자주 온다. 순철은 새마을지도자를 맡아 고향을 위하여 열심히 일을 했다.

당항포 앞 바다는 해산물이 풍부했다. 마암면, 구만면, 회화면에서 내려오는 기름진 거름물이 바다에 들어가면 짠물과 뒤섞여 토양이 부드러워서 씨알 굵은 조개가 거물거물 기어다닌다.

굴, 바지락, 동타리, 소라, 갯고동, 꼬막, 짠부락, 줄조개, 파래, 방게 등이 지천이다.

바다는 사리(초하루와 보름)때는 낮에 물이 빠지고 밤에 들어오고, 조금(음력 8일과 23일)때는 밤에 물이 빠지고 낮에 들어오기 때문에 물때를 잘 맞추어야 된다. 바다는 농촌의 부엌이었다. 아낙네들은 길쌈을 하다가 반찬이 떨어지면 양동이와 소쿠리를 들고 바다로 나간다. 넓고 넓은 바다는 사람들로 가득하다. 줍고, 파고, 뜯고, 건지고 씻는다.

"어기여차… 어기여차…"

고깃배가 그물을 끄는 소리가 멀리서도 들린다.

"뚜뚜뚜… 부웅…"

발동선이 떠나가는 소리도 들린다. 예일목을 지나 진동 앞바다로 나가면 태평양으로 가는 길목이다. 순철은 허리를 펴고 먼 하늘을 바라본다. 머리 위에는 갈매기가 앉을 듯 스쳐지나가고 구절산 중턱에는 백로들이 하얗게 앉아 알을 품는다. 하늘과 바다와 산이 어우러져서 그림인지, 예술인지, 영화인지, 모를 정도로 감동적이다. 순철은 뱃고동소리를 들으며 농촌에 사는 보람을 느낀다. 물이 들어올 무렵 사람들은 무엇이든 한 소쿠리씩 주워 밖으로 끌고나온다. 동타리는 무쇠보다 무겁다. 그것을 삶아 깨어서 조리로 살을 일어 부추와 식초를 넣고 무치면 둘이 먹다가 하나 죽어도 모른다.

또 이웃 삼락에는 염전이 있다. 염전은 여러 단계로 둑을 만들고 맨 위에는 연못을 만든다. 밀물 때 바닷물을 연못에 가두어 두었다가 차츰 아래로 단계 별로 계단으로 흘러 보내면 수증기가 증발되어 바닷물의 소금기가 진하게 된다. 그것을 마지막으로 염전에 가두면 뜨거운 해살에 바다 물은 서서히 엉기어 보석보다 찬란한 결정체가 된다. 그것이 소금이다. 소금을 가마니에 담아 창고에 쌓아두면 습기를 머금은 소금이 물기를 뱉어내어 간수가 흘러나온다. 그것을 구덩이를 파서 모아두었다가 누구나 그저 가져가도록 한다. 명절 때가 되면 아무리 가난해도 콩을 갈아 두부를 만든다.

간수를 넣어 만든 두부는 저절로 간이 맞아 간장과 양념을 넣지 않아도 구수하고 달착지근하여 감칠맛이 있다. 양념을 하면 오히려 두부의 순수한 맛이 없어진다. 순철은 간수를 가져와서 집집마다 나누어 준다.

순철은 고향에 살면서 열심히 일을 하여 얼굴이 구리 빛이 되도록 건강미가 넘쳐흐른다. 순철은 자연과 동화 하면서 도시에서 맛볼 수 없는 삶의 즐거움을 느낀다.

산촌의 밤

섣달그믐 깊은 밤 뒷간에 갈 때
북풍도 차갑게 가슴을 파고 드는데
아득한 하늘에 적막을 깨뜨리는 기러기의 울음소리
세상은 잠이 들어 고요한데 들려오는 쉰 목소리는
바이올린 연주보다 감미로운 자연의 하모니
한 줄로 가다가 두 줄로 짝을 짓고
곡선을 그리다가 일렬로 늘어선다.
가물가물 날아가는 북극 구만리
산촌이 아니면 느낄 수 없는 밤의 예술품
맨 뒤의 한 놈은 무슨 사연 있길래
무리 속에 끼이지 못하고 방황하는가.
낮은 인간의 세계이면 밤은 미물의 세계
북두성이 반짝이는 밤하늘에
또 다른 신비로운 세계가 밤하늘에서 펼쳐지고 있다.

마로니에 사랑

보혜는 대학에 들어갔다고 소문이 났다. 시골에서는 한턱 낸다고 동네 사람들을 모아놓고 조그만 돼지를 한 마리 잡고 막걸리를 여러 통 사왔다.

"딸이 대학에 붙어서 축하합니다."

동네사람들이 인사를 하자

"허! 고맙네."

두치는 겉으로는 웃으면서도 내심으로는 찜찜했다. 그것 도 삼류대학에 간신히 붙었기 때문이다. 그래도 동네사람들을 초대하여 자랑을 하여야 좋은 곳에 중매가 들어올 것이다. 보혜의 가정교사였던 밍호가 수업이 끝나고 캠퍼스를 걸어 나오는데

"오빠—"

뒤에서 소리가 났다. 돌아보니 보혜가 달려온다. 보혜는 아버지가 부산에 전세를 얻어 친척아주머니를 식모로 데리다가 밥을 해주고 빨래도 해주었다. 그리고 가정교사를 물색하여 부산의대에 다니는 학생을 붙여주었다. 그 학생이 유밍호였다.

'공부를 못해서 걱정이었는데 삼류대학이라도 붙었으니 다행이다. 비싼 가정교사비를 받고 대학에 떨어졌으면 체면이 말이 아니었을 긴데.'

혼자서 중얼거린다. 밍호는 보혜를 쳐다보고 웃으며

"처음에는 선생님이라고 하더니, 이제는 당당히 오빠라고 하네?"

"오빠가 부르기가 훨씬 좋아."

"보혜도 대학생이 되니 많이 컸구나."

"오빠는 나를 항상 아이취급 해, 나도 엄연히 사회인이야."

"하하하, 이제 대학교 일학년이면서 나와 맞먹네."

"일학년은 대학생 아니야!"

보혜는 새초롬해진다.

"그런 것이 아니고 벌써 대학생이 되었으니 하는 말이야."

말을 돌린다.

"그런데 오빠는 항상 공부만 해?"

"공부는 평생 하는 거야, 일 하면서 배운다는 말이 있잖아, 더구나 의대는 사람의 생명을 다루는 직업이니까 항상 다른 의사의 경험이나 연구서적 등을 읽고 계속 연구해야 돼."

"앞으로 나는 오빠하고 자주만나고 싶어."

"공부도 하고 실습도 해야 되니 니를 만날 시간이 날지 모르겠다."

밍호는 보혜와 거리를 두려고 했다.

"나를 피하는 것은 아니겠지?"

"내가 보혜를 피할 이유가 있나."

"오빠는 눈이 나빠?"

"왜, 안경을 쓰니 안 좋게 보여?"

"그게 아니고 도수가 상당히 높아 보여."

"매일 책을 보니 사물이 어둠침침하여 안과에 갔더니 난시라고 하더라."

"의사일수록 자기건강은 잘 돌보지 않는다고 하던데."

"어디서 그런 격언을 들었어."

"원래 그렇잖아, 중이 제 머리 못 깎고, 의사는 제 수술 못 한다고."

"보혜는 요즈음 미팅 자주해?"

밍호는 화제를 다른 데로 돌린다.

"미팅은 한 번도 안 해봤어."

"친구들이 소개 시켜준다고 안 해?"

"그런 친구도 있지만 마음이 내키지 않았어. 나는 오빠가 좋아."

"거짓말 말아!"

"아니야, 그런데 오빠가 우리 집에 있을 때 내가 속을 많이 썩였지?"

"왜 지금 그것을 물어?"

"나도 대학에 들어가니까 오빠의 사정을 알 것 같애. 대학은 공부도 해야 되고, 서클도 가입해야 되고, 연극이나 영화도 봐야 되고, 친구도 사귀어야 되고, 봉사활동도 해야 되고 할 일이 상당히 많은데 오빠는 수업이 끝나면 바로 우리 집에 와서 나를 가르친다고 자기 시간을 낼 수 없었잖아."

"야하, 보혜가 이제야 사람이 되는 것 같네. 그런 것 염려 하지 말아라. 식모 아주머니가 빵도 구워주고 간식도 해주니 재미가 있었어."

"그런데 우리 집에 계속 안 있고 왜 나갔어?"

"니가 대학에 들어갔는데 내가 거기 더 있을 필요가 없잖 아. 그리고 현재 있는 대신동은 의대가 가까워서 공부할 시 간이 많아."

"지금 있는 가정교사 집은 잘해주어?"

"보혜 집에 있을 때가 더 나아."

"오빠는 거짓말쟁이야."

"진심이야."

"오빠 가방에는 무엇을 잔뜩 넣고 다녀? 무겁게 보이는데."

"응급치료 기구야."

"그런 것을 왜 가지고 다녀?"

"길에 가다가도 갑자기 환자가 발생하면 의사는 먼저 환자 를 보살펴야 돼."

"오빠는 너무 남을 의식해."

"영국의 간호장교 나이팅게일 있잖아, 아군뿐만 아니라 적 군까지도 치료를 해주어 생명을 구했다고, 우리도 의대를 졸 업하면 나이팅게일 선서를 한대."

"가방이 그렇게 무거워?"

밍호가 들고 있는 팔이 축 늘어져 보인다.

"사람이 들어있어, 보여줄까."

밍호는 가방을 열어 보혜한테 보여준다.

"이이이익…"

보혜는 섬뜩해하며 얼굴을 돌린다.

"사람 뼈다귀는 왜 가지고 다녀?"

"관절을 연구하려면 밤낮없이 뼈를 들여다보고 살펴야 돼."

"식모아주머니가 오빠한테 시체 냄새가 난다고 하더니 그래서 그렇구나."

"마른 뼈다귀가 무슨 냄새가 나겠어, 식모아주머니는 예민한 것 같애."

"나는 오빠를 사랑해."

"그런 말 하지 말어."

"왜, 내가 그렇게 싫어."

"아직 나이가 어리잖아."

밍호는 보혜와 거리를 두려고 애썼다.

"나도 알 것은 다 알아."

그럴수록 보혜는 밍호의 팔을 꼭 껴안는다. 밍호는 보혜의 팔을 뿌리치지 않았다. 몇 년을 가르쳤던 학생인데 그 정도 아량은 베풀어야 된다고 생각했다. 둘은 교문 쪽으로 천천히 걸어 나왔다. 도로에는 자동차가 쏜살같이 달린다. 용두산 공원의 네온사인이 휘황찬란하게 빛난다. 무수한 불빛이 두 사람한테 쏟아진다. 그 불빛에 하늘의 별들은 자기모습을 감추고 광막한 우주로 흘러가고 있었다. 가로수의 나뭇잎이 자꾸 땅으로 떨어진다. 조그만 가스등을 단 포장마차가 길가에 줄을 지어 서서 사람들을 기다린다. 멀리서 뱃고동소리가 들린다. 커다란 무역선이 어디론가 떠나려고 몸부림치며 울부짖고 있었다. 밍호는 레지던트를 졸업하고 군의관으로 군대에도 가야되고 부모도 부양해야 되고 사회에 나가서 자기가 해야 될 일이 무역선만큼이나 무겁고 멀다는 것을 느꼈다.

중신애비

　장날은 시골사람들의 잔치 날이었다. 동네마다 곡식이나 잡곡 등을 이고 지고 장에 가서 판다. 5일 만에 돌아오는 장날이지만 그동안에 있었던 이야기가 입을 통하여 전달되고 초상, 장사, 혼대사 날자가 장날을 통하여 친척한테 전달된다.

　"아이구, 우리 아들 중신 좀 해주소."

　너더렁댁이 장에 가면서 아쉬운 소리를 한다.

　"그 집 아들 나이가 몇 살이요?"

　"스무 다섯 살이요."

　"요즈음 촌에 있으면 장가보내기가 힘들긴데."

　"우찌하겠노."

　너더렁댁은 고추자루를 이고 장에 가면서 탄식을 한다.

농촌에서는 가을추수가 끝나고 한가할 때면 집집마다 아들 딸 결혼을 시키려고 중신애비가 부지런히 다닌다. 결혼한다고 떡하고 떡국 뽑고 국수하고 동네마다 부산하니 농촌에서는 이럴 때가 일 년 중 제일 좋은 때다. 그동안 돈이 없어서 미루어 두었던 공과금을 장만하고 농기구나 신발, 생활용품 등을 곡식을 팔아서 해결한다.

구만면에서 배둔까지는 시오리 길이었다. 장에 가려면 아침부터 준비해야 되었다. 장날은 벅적지끌 하다. 살아가면서 힘든 이야기, 자식 공부시키는 이야기, 아들 딸 결혼이야기, 과부가 애기 밴 이야기, 결혼 날 저녁 신부가 도망간 이야기, 노름하여 논판이야기, 시집가다가 가마가 뒤바뀐 이야기, 신랑이 장가가서 첫날밤에 변소에 빠진 이야기, 상각이 기름진 음식을 먹다가 옷에 설사한 이야기 등등 새로운 이야기가 입에서 입으로 전하여지면서 다들 자지러지게 웃는다. 못살고 못 먹다가 모처럼 상각을 가니 잘 차례 준 산해진미를 먹다보니 배탈이 난 것이었다. 중매는 잘하면 술이 석 잔이요, 못하면 뺨이 석 대라는 말이 있었다. 그만큼 중매는 어려운 것이다. 입담 좋고 능청맞고 거짓말을 반을 하여야 결혼이 성사된다. 통계에 의하면 중매 결혼한 사람이 연애 결혼한 사람보다 이혼율이 적다고 한다.

"수운띠 딸은 혼사를 정했는까요?"

사람들은 장에 가면서 부잣집 딸에 대하여 관심이 많다.

"작년에 마암면에 서울대학에 다니는 총각 집에서 청이 들어왔다고 하던데 아직 말이 없는가베."

"마암면은 부자들이 많아 잘 고르면 좋은 총각이 있을 긴데."

"서울대학 총각이 고시에 합격하지 않았다고 거절했다오."

"눈이 너무 높아도 안 좋다, 적당히 하는 것이 좋지."

"수운양반이 고시에 합격하지 않으면 딸을 시집보내지 않겠다고 하니 탈이제."

"고시합격이 그리 쉽소."

"중신애비를 함안, 진주, 통영 등 사방 보내어 물색을 한다요."

"아이구, 우리 아들하고 했으면 안 좋겠소."

너더렁댁이 말을 한다.

"그 집 아들은 대학을 나왔소?"

옆에 가던 사람들이 묻는다.

"대학은 안 나왔소."

"대학을 나오지 않았는데 그 집에서 혼인을 하겠소."

"대학을 안 나와도 대학 나온 것보다 더 났소."

"아들이 뭐하는데 그렇소."

"군대에 있소."

"군대에 있으면 장교요?"

"장교는 아니고 하사요."

"그 집에서 하사하고 혼인을 하자고 하겠소."

"하사라도 권력이 세요, 장교들도 우리 아들한테는 쩔쩔
맨다요."

"아들이 뭐하는데 쩔쩔매요?"

"뭐라 하더라, 씨 씨 씨아이… 앞에 씨 자가 붙었소."

"그런 말은 처음 듣겠소."

"비밀히 뭐를 한다요, 그러니까 암행어사라고 하지요."

사람들은 시큰둥한다.

수운댁에도 보혜가 대학을 들어가니 사방에서 중매가 들어
왔다. 그러나 마음에 드는 사윗감은 없었다. 두치는 고시에
합격하지 않는 사람은 사위를 삼지 않겠다고 공언을 하고 다
녔다.

"그렇고말고. 그런 집에서 무엇이 아쉬워서 딸을 함부로
주겠나."

사람들은 이구동성으로 수긍을 한다.

"작년에 마암면에 총각하고 혼인을 할 걸 그랬어요."

수운댁이 남편보고 탓을 한다.

"그 총각이 고시에 합격할 줄 어떻게 알았겠소."

"작년에 그렇게 매달렸는데."

"나도 아요, 버스 지나고 손 들면 무슨 소용이 있겠소."

"중신애비를 한 번 더 보내보지요."

"이미 서울의 장관 딸 하고 약혼을 했다더군요."

두치도 후회가 되어서 한숨을 쉰다.

"어르신! 어르신!"

사랑채에서 부르는 소리가 들린다.

"머슴 삼택이입니더."

"무슨 일이냐?"

두치와 수운댁은 기가 쫑긋하여 사랑채에 내다본다.

"전에 재실에 살던 고직이 용쇠 말입니더."

"그래서?"

"그 집 아들 흠태가 요번에 사법고시에 합격했답니더."

"뭐라!"

두치는 화들짝 놀랜다.

"누가 그러하더노?"

"면소재지에 갔더니 거기에 소문이 파다하게 났습디더."

"그놈이 언제 공부를 하였나?"

"부산에 내려가서 구두닦이를 하면서 야간대학에 다녔다고
합니더."

"그놈이 벌써 그리 컸나."

두치는 축담에 주저앉더니 담배를 끄집어내어 입에 문다.
그리고 연기를 후 뿜더니 한숨을 푹 내쉰다. 수운댁도 그 소
식을 듣고 깜짝 놀란다.

"하늘도 눈이 없지, 그런 놈한테 합격을 시키다니."

수운댁은 빈정거린다.

"그것도 다 우리 덕이야. 우리가 나가라고 쫓아내지 않았

으면 촌에서 머슴이나 살지 공부를 하겠어."

"아이고, 아이고, 흠태가 고시에 합격하다니."

산두골댁도 마루에 걸터앉아 통곡을 한다.

"그만하셔요."

순철이가 어머니를 말린다.

"니가 공부를 못했으면 이리 서운하지 않았을 기다. 니를 어떻게 해서도 대학에 보내야 했는데, 이 에미가 잘못했다."

"형편이 어려운데 어쩝니까."

"억울해서 어찌 살고, 아이고, 아이고…"

순철은 한쪽에 가서 우두커니 앉아 실의에 빠진다.

"보혜도 그놈의 자식일 것인데 보혜는 부잣집에 태어나서 호강을 하고 우리 순철은 나한테 태어나서 대학도 못가고."

산두골댁은 혼자서 탄식을 하며 가슴을 친다.

"용쇠 아들 개천에서 용났어."

동네사람들이 모여서 칭찬을 한다.

"용쇠 그 집 아들 재주가 천재인 모양이더라. 전에 국민학교에 졸업할 때 학교 선생이 찾아와서 재주가 아까우니 자기가 입학금을 보태 줄 테니 흠태를 중학교에 보내라고 했단다."

"그래서?"

"싸리네가 입학금만 내어서 될 일이 아니라고 앞으로가 문제라고 거절하였단다."

"맞아 그런 소문이 났었지."

흠태가 고시에 합격했다고 소문이 나니 동네 어른들이 마을회관 앞에 모여 자기 일처럼 이야기를 한다.

"그렇게 말이지. 용쇠가 복이 많은 줄 몰랐네."

"그러니까 사람팔자 알 수 없다고 안 했나."

"종노릇하던 사람이 영감소리 듣게 되었으니 참으로 세상은 모르는 일이여."

"그 사람 근본은 양반이란다."

"양반이 왜 그렇게 되었는고?"

"동학란 때 즈거 선조가 거기에 가담했다가 도망을 왔다 안쿠나. 전주에 살 때는 양반으로 잘 살았단다."

흠태가 구두닦이를 하여 고시에 합격했다는 소문이 나자 모두들 부러워한다.

납치사건

"엄마! 엄마!"

수운댁이 밤에 잠을 자니까 밖에서 딸의 목소리가 아렴풋이 들렸다.

"꿈인가? 이 밤중에 딸이 올 리가 없는데."

누워서 다시 잠을 청하는데

"엄마!"

"응!"

수운댁은 놀라서 벌떡 일어나서 얼른 방문을 열고 밖에 나가니 보혜가 힘없이 마루에 걸터앉는다.

"아이고 이것아! 밤중에 어쩐 일이고?"

수운댁은 딸의 손을 잡고 마루에 끌어올렸다. 보혜는 발을 절뚝거렸다.

"발을 삐었나?"

수운댁이 먼저 들어와서 방에 불을 켜고 보혜가 방에 들어오자마자 수운댁의 무릎에 엎드려 훌쩍 거린다.

"말을 해봐라! 다리를 왜 다쳤노?"

그러고 보니 팔에 붕대를 감고 있었다.

"많이 다쳤구나, 와 그랬노?"

수운댁은 안절부절못한다.

"덕 덕 덕수가!"

"뭐? 덕수가 어쨌단 말이고?"

"덕수한테 납치되어서."

"납치되다니? 어서 말을 해봐라!"

수운댁은 더욱 안절부절못한다.

"보면 몰라, 결혼하자는 거지."

"뭐라! 그래서 우쨌노?"

"붙잡혔어."

"붙잡히다니, 그래서 어찌 되었나!"

수운댁은 응분하여 고함을 지른다.

"엉, 엉 엉…"

"몸을 더럽혔단 말이가."

"어어엉! 어어엉!"

보혜는 더 큰 소리로 운다.

"이일을 우짜노! 아이쿠, 우짜면 좋노. 내가 그놈을 찢어놓아도 시원찮을 긴대. 그놈이 우리하고 무슨 원수가 졌다고."

수운댁은 딸이 불쌍해 보인다.

"그런데 다치기는 왜 다쳤노?"

"2층에서 뛰어 내리다가"

"뭐라! 니가 2층에서 뛰어 내렸단 말이가."

수운댁은 더욱 놀란다.

"으으응 으으응…"

"그래서?"

"뛰어내리다가 부하들한테 잡혔어."

"뭐라! 그놈을 그만, 내가 우째도 그놈의 원수를 갚을고."

수운댁은 분에 못이겨 이를 악물고 벌벌 떤다.

두치가 사랑방에서 소변이 하고 싶어 뒷간에 가니 안방에 불이 켜져 있었다. 아내가 잠을 설치나 싶어 방문 앞에 가니 도란도란 이야기 소리가 들린다. 누가 왔나 하여 귀를 기우리니 보혜와 엄마의 말소리였다.

"덕수가 우리 집하고 무슨 원수가 졌길래 이러노."

"뭐라!"

그 말에 두치는 왈칵 방문을 열고 들어간다.

"덕수가 어쨌다구, 이야기 해봐라!"

두치는 화가 치밀어 공중으로 치솟을 것 같았다.

"이 애가 잘못한 것이 아니라 덕수 그놈이 납치를 했다 안쿠오."

"납치?"

"결혼하자고 한대요."

"결혼! 내가 그 놈을 죽여버릴기다."

두치는 마당에 쫓아 나가더니 사랑방에 가서 엽총을 가지고 나와 화를 못 참고 공중에 대고 "땅, 땅, 땅" 총을 쏜다.

"그놈을 만나기만 하면 쏴 죽여버릴 거야."

동네는 밤중에 난데없는 총소리가 나서 소동이 벌어졌다. 다음날 아침 노숙댁이 보리쌀을 씻으러 우물가에 가니 동네 여인들도 보리쌀을 씻으러 나왔다. 아침이 되면 여인들은 보리쌀을 가지고 우물가에 와서 깨끗이 씻어 솥에 안친다. 그리고 삶은 보리쌀을 일부는 저녁에 하려고 소쿠리에 담아 선반에 얹어놓고 나머지는 다시 물을 부어 밥을 짓는다. 그러면 보리밥이라도 부드럽고 고소해진다. 여인들은 밤중에 총소리가 나니 궁금하여

"수운댁에 무슨 일이 있었소?"

"어제저녁 난리가 났었소."

"와, 무슨 일로?"

"덕수가 보혜를 납치했나 봐요."

"누구, 덕수?"

"그렇다 쿠네요."

"건달한테 납치되면 우찌되노."

"하하하."

"우짜긴, 결혼해야지."

아주머니들이 한 마디씩 하며 남의 일이라 웃는다.

"힘들어 만든 떡을 개한테 준다더니 애지중지 기른 딸을 건달한테 빼앗기다니, 얼마나 원통할고."

노숙댁은 씻어 온 보리쌀을 삶아 쌀을 얹어 아침밥을 하니

"아이쿠, 우리 집이 왜 이렇게 운이 없을꼬…"

수운댁은 방에서 훌쩍거린다.

"작년에 마암면의 하씨 집에서 사돈 삼자고 그렇게 안달하던 것을, 그때 해야 되는데. 고시에 합격하지 않았다고 거절하였더니. 이런 우사가 어디 있노."

수운댁은 울고 또 운다.

범내골

"내일 부산에 좀 다녀오겠습니다."

214

수운댁이 두치를 보고 아뢴다.

"부산에 가서 어쩌려고?"

"싸리네 아들이 고시에 합격했다니 사위가 될지 알아봐야지요."

"체면이 있지 하인 아들하고…"

두치는 고함을 지른다.

"하인 하인 하지 말아요, 이제는 사정이 달라졌어요. 우리 보혜를 그냥 있을 거요."

"제– 엔– 장!"

두치는 어처구니가 없다는 듯이 쌍소리를 한다. 옛날에 떵떵거리고 산 위세가 아직도 남아있었다.

"하씨 집 아들도 그러다가 놓치지 않았습니까."

수운댁이 남편한테 대어든다. 다음날 수운댁은 부랴부랴 주소를 물색하여 태평호를 탔다. 용쇠 내외를 만나서 사돈을 맺자고 다짐할 할 참이었다.

"옛날 우리 덕으로 먹고 살았으니 거절하지는 못할 거야. 하인하고 사돈 삼는다고 동네사람들이 흉을 볼지 모르지만 고시에 합격하면 출세 길이 열리는데 딸을 생각해서도 체면이 무슨 소용이 있어."

수운댁은 당당했다. 부산에 내려 우선 동사무소를 찾아갔다.

"여기 범내골이라는 데가 있습니까?"

"저 위에 공동묘지가 있는데 거기 가서 물어보세요."

"공동묘지에도 사람이 살아요?"

"판잣집이 띄엄띄엄 있어요."

"아이구, 그런 데를 어떻게 찾아가나."

수운댁은 치마를 걷어 올리고 물어물어 골짜기로 올라갔다. 하수구에서 폐수가 쏟아져 내려와서 냄새가 지독했다.

"아유! 이런데 사람들이 어찌 사나! 우리 보혜는 좋은 동네에 집을 한 채 사주어야지."

수운댁은 범내골 중턱까지 올라가느라고 숨이 턱밑에까지 찼다. 화려한 한복을 입은 귀부인이 올라오니 동네사람들은 구경한다고 내다본다.

"여보게, 싸리네 집이 어딘지 아는가?"

어떤 아주머니를 보고 물으니

"체, 옷 잘 입었다고 반말이야."

대답도 하지 않고 휙 들어 가버린다.

"도시 년들은 본데가 없어." 혼자 생각하며

"용쇠라는 사람 알아요?" 어떤 남자보고 물으니

"성이 뭡니까?"

"전용쇠라고 합니다."

"전 씨면 바로 저 뒷집 인 것 같은데."

찾아가니 골목 뒤의 판잣집이었다. 숨을 들이 키고 노크를 한다.

"누구 있나?"

대답이 없다. 다시 노크를 한다.

"안에 누구 있나?"

고함을 지른다. 방에서 문이 빙긋이 열리더니 싸리네가 내다본다.

"아이구, 마님이 어쩐 일입니까?"

갑자기 옛날 상전이 찾아오니 놀란다. 옛날 같으면 상대도 안할 사람이 산꼭대기까지 찾아왔으니 틀림없이 심상치 않는 일로 찾아왔을 거라고 생각했다. 용쇠도 집에 있었다.

"내가 염치불문하고 찾아왔네."

"아이구, 집이 누추하여 앉을 자리가 못되는데요."

싸리네는 방안에 흩어진 잡동사니를 치우고 마른 걸레로 방바닥을 훔친다.

"그동안 두치 어른도 잘 계시구요?"

용쇠는 두치가 자기보다 나이가 적지만 어른이라고 한다.

"잘 있네."

"그런데 연락도 없이 이 누추한 곳을 어떻게 찾아왔습니까?"

"볼일이 있으니까 왔겠지."

수운댁은 고압적이었다.

"물을 한 그릇 가져오게나."

수운댁은 꼭대기 올라온다고 목이 말랐다.

싸리네가 재빨리 부엌에 가서 물을 한 그릇 가져온다. 물을 벌떡 벌떡 마시더니

"아이구, 물에 웬 비누냄새가 나노?"

"비누요? 우리는 모르겠는데요."

"여기 물이 안 좋구먼. 해치 냄새도 나고."

"저 아래 내려가서 음료수를 사올까요?"

"괜찮네."

물을 마시고 잠시 숨을 돌리더니

"나, 단도직입적으로 말 하겠네, 흠태가 고시에 합격했다면서?"

"예, 어찌 알았습니까?"

"시골에 소문이 났네."

용쇠는 희색이 만면했다. 고향에 소문이 났으니 이보다 더 좋을 수가 없었다. 용쇠는 갑자기 의기양양해졌다.

"우리, 싸리네 하고 사돈을 삼고 싶네."

"예!"

싸리네와 용쇠는 깜짝 놀란다.

"왜 그리 놀라나."

"천부당만부당 합니다. 우리가 어찌 마님하고 사돈이 되겠습니까."

"옛날 일은 제쳐두고 아들이 고시에 합격했다니 꼭 사돈을 삼고 싶네."

용쇠는 몸 둘 바를 몰라 한다.

"그런데 이런데서 어떻게 사나."

"아직 형편이 어려워서…"

"잘되면 우리가 집을 하나 장만해 줄지 모르겠다."

"예!"

용쇠는 더욱 놀란다.

"흠태는 어디 갔나?"

"아침에 도서관에 갔다가 친구들 만난다고 하던데 언제 올지 모르겠습니다."

"기다릴 것도 없네, 용쇠가 결말을 내게."

"그래도 흠태한테 물어봐야 겠습니다."

"자식 혼인은 부모가 정하지 않나, 바로 사성을 써주면 내가 가지고 가면 될 걸세."

"그래도 요즈음 세상에…"

"자식한테 그런 권한도 없나."

"저는 글도 모릅니다요."

"글이야 대서소에 가서 부탁하면 되지 않겠어."

"조금 기다려 주십시오, 곧 올지 모르니까요."

용쇠는 혹시 흠태가 늦게 와서 수운댁이 여기서 하룻밤을 잔다고 하면 어쩌나 속으로 걱정이 되었다.

"입 다실 것이 아무것도 없습니다."

"물 한 그릇 더 가져오게."

싸리네가 재빨리 밖에 나가더니 아래에 내려가서 음료수를 사온다. 조금 있으니 "삐거덕" 문이 열리더니 흠태가 들어온다.

"흠태 오나?"

용쇠가 묻는다.

"예."

흠태는 수운댁을 보더니 눈이 휙 돌아간다.

"마님한테 인사 하거라."

"오셨어요."

"오냐."

용쇠는 흠태를 데리고 밖으로 나간다. 밖에서 싸우는 소리
가 난다.

"보혜한테는 절대로 장가가지 않을 겁니다."

"그래도 두치를 생각하여 그러면 안 된다."

"아버지는 속도 없어요, 그렇게 부려먹다가 나중에 쫓아내
고, 보혜 그 애도 못되었어요."

완강히 거부한다. 용쇠가 애걸복걸 설득하였지만 소용이
없었다. 용쇠는 이 기회에 두치하고 사돈을 맺으면 그동안
하인이라고 괄시받았던 고향사람들한테 목에 힘도 주고 자기
의 체면도 높아질 것 같아 사돈을 맺고 싶었지만 흠태가 완강
히 거부하니 난감했다. 용쇠가 들어오면서

"저애가 애인이 있답니다."

"애인이 있어도 아직 사성을 주지 않았으니 우리 보혜하고
결혼하면 되지 않겠나."

"나는 보혜하고 결혼할 생각이 없습니다."

"뭐라! 니가 우리한테 그럴 수 있나."

수운댁이 화를 낸다.

"보혜는 싫습니다."

"어릴 때부터 같이 잘 지내지 않았나."

수운댁은 얼굴이 씰룩씰룩하며 흥분한다. 흠태도 과거 뺨 맞고 괄시받은 것을 생각하면 모골이 송연한데 억지로 참았다.

"그때하고 달라요."

"배은망덕 하는구나, 자식을 어떻게 저리 교육시켰나."

수운댁은 용쇠한테 화를 낸다.

"흠태야! 마님한테 그러면 못쓴다."

용쇠가 나무란다.

"그래 보자, 니 아니라도 사윗감이 얼마든지 있다."

수운댁은 일어나서 몸을 흔들며 나가더니

"꽝!"

문을 세게 닫아버린다. 용쇠가 따라 나가며

"마님, 저놈이 버릇이 없어 그러니 용서해주십시오."

"멀리까지 찾아 온 나를 이렇게 대할 수 있나."

고함을 지른다.

"죄송합니다, 요즈음 젊은 것들은…"

수운댁은 화가 나서 돌아간다.

생명

몇 달이 지났다.

"욱, 욱!"

수운댁이 마음이 심란하여 방에 누워있다가 딸이 구토하는 것을 보고 놀라서 벌떡 일어앉는다.

"너, 와 그렇노?"

"욱, 우욱… 악"

"와 그라노, 말을 해봐라!"

"임신인가봐."

"뭐라! 누구 애기냐?"

"덕수 때문에…"

"뭣이 어째."

수운댁은 그 말에 충격을 받아서 경기를 일으키다가 뒤로 넘어진다.

"엄마! 엄마! 엄마…"

대답이 없자 보혜는 마루에 나와 사랑채를 보고

"아부지, 아부지…"

두치를 부른다. 이때 식모 노숙댁도 무슨 일인가 하여 옆방에서 급히 나온다. 두치는 마당으로 들어오자 노숙댁은 얼른 부엌으로 가서 물을 떠온다. 두치도 급히 안방으로 들어간다.

"너거 엄마가 와이렀노?"

"엄마! 정신 좀 차려봐라!"

보혜는 쓰러져있는 엄마를 일으켜 앉힌다. 노숙댁이 물을 떠오자 두치는 물을 받아 수운댁한테 먹이고 보혜가 팔다리를 주무르자 수운댁이 눈을 슬며시 뜬다.

"엄마…"

보혜가 수운댁을 붙들고 펑펑 운다.

"왜 그러노?"

두치가 안달하여 묻는다.

보혜는 말은 하지 않고 자기 엄마만 붙들고 울고 있다. 충격이 그렇게 클 줄 몰랐다. 한참 있다가 수운댁이 정신을 차리더니

"보혜야! 나를 다시 눕히거라!"

보혜가 어머니를 눕히고 이불을 덮어준다.

"무슨 일이 있었나?"

두치가 보혜를 보고 재차 묻자

"체했는 것 같습니다."

"노숙댁!"

"예."

"꿀물을 한 그릇 타오게."

"예."

수운댁은 꿀물을 마시고 차츰 정신을 차린다. 두치는 수운댁의 배를 계속 주무르니

"이제 됐어요. 그만 두소."

수운댁이 말을 하자

"내일 한의원에 갑시다."

그리고 사랑채로 내려간다.

"내가, 니 때문에 내 명대로 못 살기다."

"엄마 미안해."

"니가 임신한줄 너거 아부지가 알면 우리 집은 쑥대밭 될 기다. 너거 아부지가 얼마나 자존심이 강한 줄 아나, 총 가지고 있는 것 안 봤나."

며칠 뒤, 수운댁은 보혜를 설득하여 마산에 가서 애기를 유산시키려고 했다.

"내, 부산에 좀 갔다 올게요."

수운댁이 일부러 부산에 다녀온다고 두치한테 이야기 하자

"그놈의 부산에는 뭣하러 자꾸 가요."

두치는 고함을 지른다.

"보혜가 짐이 있다고 하여 같이 가서 가지고 올게요."

두치는 문을 휙 닫는다. 병원에 가면서

"엄마, 나 애기 낳고 싶어."

"뭐라!"

수운댁은 왈칵 화를 낸다.

"나는 덕수한테 시집가고 싶어."

"언제는 의사가 좋다고 하더니 또 깡패 그놈을 좋아해!"

고함을 지른다.

"애기가 불쌍해."

"그런 말 입 밖에도 내지 말아라. 그렇잖아도 서울대학에 다니는 하씨 집 총각이 결혼하자고 하는 것을 안 했더니 그 사람이 고시에 합격했다 안쿠나, 그 뒤로 너거 아버지가 얼마나 상심하는지 아나! 지난번 그 총각이 결혼한다고 서울 예식장에 갔다 왔는데 고관대작들과 재벌들이 수천 명이 와서 굉장했다고 하더라. 그 뒤로 너거 아버지가 자존심이 상해서 두문불출이다."

"낙태도 살인이라고 하잖아."

"시끄럽다 이것아, 징역을 살아도 내가 살 테니, 니는 가만히 있어라"

"흑흑흑."

보혜는 수운댁 앞에서 운다.

"누굴 죽는 꼴 보려고 그래!"

수운댁은 화를 벌컥 낸다.

"자식 많은 사람은 어찌 살꼬, 딸 하나라도 이렇게 애간장을 태우고 살얼음 같은데, 휴—"

수운댁은 가슴을 두드린다. 마산 병원에 가서 진찰을 받고 순서를 기다리는데

"수술하려면 시간이 많이 걸릴 텐데 나 화장실 다녀올게."

보혜가 엄마 보고 말을 한다.

"얼른 갔다오너라."

조금 있으니

"엄보혜 씨 수술실로 들어오셔요."

간호사가 부른다.

"보혜야! 보혜야!"

수운댁은 화장실에 가서 딸을 불렀으나 대답이 없었다. 화장실마다 문을 두드리며 열어봤으나 보혜는 이미 도망가고 없었다. 수운댁은 집으로 돌아와서 자초지종 그동안 있었던 일을 남편 두치한테 이야기 했다.

"이것을 만나기만 하면 다리몽둥이를 뿌러뜨릴 거야."

두치는 노발대발한다. 두치는 화를 이기지 못하고 문을 박차고 나간다. 엽총을 가지러 가는 것이었다.

"여보… 여보…"

수운댁은 맨발로 마당에까지 따라가서 두치를 붙든다.

"아이고! 아이고!"

수운댁은 두치의 바짓가랑이를 붙들고 마당에서 통곡을 한다.

"여보, 우리가 그래봐야 동네사람들한테 우사요. 남사스러워서 어찌 살 거요."

"에잇, 자식 키우기가 이렇게 힘들 줄이야!"

두치는 화를 참지 못하여 사랑방으로 내려 가버린다. 며칠 뒤

"편지요!"

"어디서 왔어요?"

"엄보혜한테 왔습니다."

수운댁은 편지를 받아 얼른 뜯어본다.

엄마! 지난번 병원에서 엄마 몰래 도망온데 대하여 미안하
게 생각해요. 나, 애기를 죽이는 것보다 차라리 내가 죽는
것이 나을 것 같아요. 내가 죽으면 애기도 같이 생명이 떨
어지니까 엄마도 좋아할 것 아니요. 정말 미안해요. 안녕.

수운댁은 억장이 무너질 것 같았다.

"이것이 또 무슨 짓을 저지르려고 편지를 보냈나."

수운댁은 편지를 두치한테 가져간다.

"무슨 편지요."

두치가 묻는다.

"보혜가 죽는 다고요! 죽어!"

수운댁은 남편 앞에서 고함을 지른다.

"뭐라!"

두치는 놀란다.

"자식 이기는 부모 없다고 당신이 자꾸 체면만 생각하니 자
식이 죽는다고 하지 않소."

수운댁은 편지를 마당에 내던지고 땅바닥에 주저앉아 운

다. 두치는 땅에 떨어진 편지를 주워 읽어본다.

"이 미친 것이! 덕수 그놈을 만나면 죽여버릴 거야."

두치는 화를 참지 못하여 사랑방에 내려가서 엽총을 가지고 나온다. 수운댁은 두치한테 매달려 총을 빼앗는다.

"여보! 그래봐야 우리 우사요, 동네사람들이 총소리를 듣고 그냥 있겠소, 팔방사방 소문이 나서 체면이 무어가 되겠소."

두치는 수운댁이 사정을 하니 총을 마당에 내던지고 사랑방으로 들어간다.

고성의 부자들

고성에는 부자가 많았다. 그 중에서도 고성읍 덕선리 이완수는 당대에 만석을 하여 당대에 망했다고 한다. 이완수는 진주에 장가를 들었는데 부인이 어둔하여 살림살이가 서툴렀다고 한다. 할 수 없이 이완수는 부인을 친정에 보내려고 했다. 소박인 것이다. 완수가 아내를 데리고 진주로 가서 남강에 도착하니 나룻배는 저쪽으로 건너가고 있었다. 소박을 맞고 남편한테 쫓겨 가는 부인의 심정은 처참하였을 것이다. 배가 돌아올 때까지 나루터에 서서 기다리고 있는데 어떤 노(老) 스님이 그 앞을 지나다가 "만석꾼 부인이 거기 서있군요." 그리고 가버린다.

"만석꾼 부인이라? 누굴 보고 만석꾼 부인이라 하나?"

완수는 사방 둘러보아도 거기에는 자기와 부인 둘뿐이었다.

"이상하다. 만석꾼 부인이라니?"

부인을 쳐다보니 보따리를 안고 서있는 모습이 불쌍하고 처량해보였다. 완수는 생각 끝에 부인을 데리고 다시 집으로 돌아왔다. 그 뒤 완수는 일취월장하여 재산이 불어나서 만석을 했다. 고성에서 유일한 만석꾼은 이완수뿐이다.

사람의 욕심이란 끝이 없는 것. 일본은 한반도, 사할린, 대만까지 영토를 점령하고 만주까지 집어삼킨 뒤 동남아시아로 뻗어나갔다. 필리핀, 인도차이나, 말레이시아, 싱가포르, 인도네시아, 솔로몬제도 등 태평양까지 영토를 넓혔다. 전쟁의 범위가 넓어지자 병력과 군수물자의 수송은 말할 것도 없고 일반 화물과 여객선의 수송에도 배가 모자랄 지경이었다. 그리되니 여객 사업이 큰 호황을 누리었다. 완수도 재산을 담보로 융자를 받아 여객사업을 시작했다. 그런데 일본이 1942년 12월 하와이 진주만을 폭격하여 미국과 전쟁이 벌어지자 선박의 수요가 증가하여 공급이 태부족했다. 일본정부는 할 수 없이 전시물자 총 동원력을 발동하여 이완수의 선박도 전시물자동원령에 의하여 일본군부에 징발되고 말았다.

전쟁은 일본의 패전으로 끝이 났다. 전쟁 때 징발한 민간인 재산은 전쟁이 끝나면 정당한 가격으로 피해를 보상해주도록 되어 있으나 일본은 패망하고 우리나라는 독립을 하여 보상을 받을 길이 막연했다. 그리하여 만석꾼도 망하게 되었다.

마암면 장산리 허부자는 5천 석을 하였지만 8촌까지 재산을 합치면 만 석 정도 되었다. 작은 집들도 천 석, 5백 석, 3백 석 등을 하는 집이 많았다. 사방 십리 안에는 남의 땅을 밟지 않았고 하늘만 빼고 다 자기 것이라고 할 정도로 위세가 대단했다. 일제 때 허순(許㭓) 영감이 별세를 했다. 부자가 돌아갔으니 장례식은 거창하게 치러야 했다. 많은 사람들한테 구경을 시키고 부자의 위세를 뽐내려면 우선 장지부터 멀리 정하여야 했다. 그리하여 동해면 바닷가 매정이라는 곳에 장지를 정했다. 마암면 장산에서 동해면 매정까지는 70리에 가까웠다.

준비하는 데 몇 달이 걸렸다. 장지가 멀어 상두꾼을 두 팀으로 만들어 교대로 메게 했다. 상여를 메는 사람들한테 흰무명 바지저고리와 삼베두건과 행건을 하나씩 주었다. 가난한 사람들한테 옷 한 벌도 큰 재산이었다.

드디어 상여가 출상했다. 꽃상여가 덩그렇게 높이 솟아 위용을 뽐내니 호화의 극치를 이루었다. 오색찬란한 만장이 수백 개가 늘어서서 하늘에 펄럭이고 뒤따르는 사람들이 수만 명이 되어 장관을 이루었다. 100리 밖에서도 구경꾼들이 몰려와서 산이고 들이고 밭이고 언덕이고 인산인해를 이루었다. 시집온 색시나 삼단머리 처녀들도 너울을 둘러쓰고 구경하러 나왔다.

상여는 마암면 두호에서 쏙시 바다를 건너 거류면 가릴리로 들어갔다. 한 달 전부터 일꾼들을 시켜 바다에 징검다리를 놓고 사리와 조금을 미리 알아 썰물 때 상여가 건너도록 했다. 점심은 가릴리에서 준비했다. 거기에 소작농을 관리하는 마름이 있었다.

밥쌀이 150가마, 떡쌀이 150가마였다. 돼지를 몇 마리 잡고 반찬은 읍내 장에서 몇 장을 쓸어들여 준비를 했다. 하룻날 하룻밤을 상여를 메고 갔다.

하일면 학림리 최날백은 날마다 돈 백 원씩 쓴다고 하여 날백이란 별명이 붙었다. 백 원은 그 당시 큰돈이었다. 날백이 돌아가자 고성읍 우산리에 장지를 정했다. 하일면 학림리에서 삼산면을 지나서 고성읍 우산리까지는 40리에 해당되었다. 부잣집일수록 온갖 호사와 사치를 다하여 위세를 뽐내려니 장지를 멀리 정했다. 오광대가 나와서 별신굿을 올리고 농악이 나와 지신을 밟았다. 앞소리꾼이 캥사를 치며 선창을 외치면 상두꾼들은 따라서 상두가를 외치니 외세가 대단했다. 구경꾼들이 인산인해를 이루었다. 대단한 가문이란 소문이 멀리까지 났다.

(위 내용은 어른들한테 들은 것임)

마암면 화산리 수실의 배매담 어른도 천석을 했다. 대 유학자로 동네에 서당을 크게 짓고 후학을 가르쳤다. 글을 배우려 젊은이들이 백리 밖에서도 와서 문하생들이 수백 명이 되었다. 천석꾼에 대 유학자가 되니 덕망과 인품이 대단했다. 그 당시 92세까지 살다가 돌아갔으니 복이 많은 어른이라고 모두 부러워했다. 여름에 돌아갔는데 곧 장례를 치르지 않고 시신을 대문밖에 안치하여 몇 달 동안 아침저녁으로 상석(식사)을 드리고 곡을 했다. 일찍 올베를 심어 가을걷이를 일찍 끝내고 집 앞 들판에서 장례식을 거행했다.

　대유학자로 효도를 다하고 위세를 뽐내려 온갖 예절을 총 동원했다. 여자 상주들은 하늘을 보면 안 된다고 흰 무명천으로 큰 지붕을 만들어 그 안에 여럿이 들어가서 곡을 했다. 앞뒤 두 사람이 들고 길가로 옮기면 여자 상주들도 그 안에서 따라 옮긴다.

　사방에서 남녀 할 것 없이 구경꾼들이 모여들어 인산인해를 이루었다. 평소에는 출산을 하면 부정 탄다고 꺼리던 산모들도 애기를 낳자말자 업고 왔다. 눈도 뜨지 못하는 애기를 포대기를 벗겨 상여를 보여준다고 애를 쓴다. 복 많고 수명이 긴 어른을 보여주면 장차 애기도 복이 많아진다는 것이다.

　여러 사람들이 앞뒤에서 흰 무명베를 끌고 상여를 호위했다. 상여꾼한테도 짚신과 두건과 행건이 제공했다. 산이고 들이고 논이고 밭이고 나무 위에도 구경꾼으로 하얗게 가득 찼다. 소를 잡아 도시락을 준비했다. 작가도 어릴 때 매담 어른의 장례식을 구경하러 갔다. 그 외에도 고성에는 천석꾼들이 여러 집이었다.

마암면 장산리 허씨 고가

전통혼례

수운댁이 부산에 갔다 온 뒤로 덕수와 보혜가 결혼한다는 소문이 파다하게 났다. 흠태를 사위로 삼으려고 하였으나 흠태가 완강히 거부하니 더 이상 덕수와의 결혼을 늦출 수가 없었다. 보혜가 임신을 하였으니 출산하기 전에 결혼식을 마쳐야 했다. 잘못하면 큰 망신이었다. 놀란 것은 순철과 산두골댁이었다. 순철은 덕수가 보혜한테 장가를 간다고 하니 은근히 질투심이 생겼다.

"고향사람들 보고 내가 여기 있다는 말은 하지 말아라. 내가 찍어둔 여자가 있다."

우남장에서 덕수가 한 말을 이제야 알 것 같았다. 결혼준비는 일사천리로 진행되었다. 이제는 사항이 바뀌었다. 깡패라고 욕을 하던 두치가 이제는 덕수를 대단한 인물이라고 자랑을 하고 다닌다.

"덕수 그 사람 옛날 덕수가 아니라네. 알고 보니 사업을 크게 한다네."

두치는 긴 담뱃대를 물고 대감이 된 것처럼 으젓하게 경로당 앞으로 걸어 나오면서 자랑을 한다.

"예?"

동네 사람들은 뜬금없는 소리에 두치를 쳐다본다.

"덕수 그 사람 말이다. 마음을 잡고 사업을 하여 돈을 크게 벌었다는구나."

"무슨 사업을 하는 고요?"

"저ㅡ, 뭐한다더라. 하여간 국제시장에서 사업을 크게 한다네."

"하여간 두치 님의 복입니다."

"글쎄 말이다, 복이라고까지 할 수야 없지만."

두치는 이왕 이리 된 바에야 결혼식을 성대히 하려고 마음을 먹었다. 하씨 집 아들 결혼한다고 서울에 갔더니 고관대 작들이 엄청나게 많이 와서 주눅이 들었는데 자기 딸은 하씨 집 아들과 비교하기 싫었다. 시골에서 전통식으로 하려고 했다. 덕수도 이 기회에 고향에서 부잣집 딸과 결혼한다고 과시하고 싶었다. 고향에서 전통방식으로 예의를 갖추어 그동안의 이미지를 말끔히 씻으려고 했다. 상돈으로 미리 거금을 보내왔다.

"이 사람이 진짜 사업을 크게 하나?"

두치는 놀랐다. 생선이나 고기 등은 배둔장에 가서 몇 장을 쓸어 올렸다. 떡을 찌고, 술을 빚고, 전을 부치고, 한과를 만들고 바느질을 하고 한 달 동안 친척과 동네사람들이 와서 준비를 했다. 일가친척, 친구, 먼 사돈지간에도 연락을 하여 외동딸을 결혼시킨다고 홍보를 했다. 드디어 잔칫날이 되었다.

"순철아, 두치 집에 술 한 두루미를 져다주어라."

산두골댁이 아들 순철을 보고 말을 한다.

"동창이 결혼하는데 어떻게 술을 지고 까요?"

순철은 보혜가 덕수하고 결혼을 한다고 하니 자존심이 상했다.

"보혜가 방안에 있는데 니를 보나."

"덕수도 동창이잖아요."

"그런 사람들은 바빠서 니를 못 본다."

"그래도 체면이 있지요."

"내가 여다 주어도 되는데 몸살이 나서 못가겠다. 수운댁이 그동안 우리한테 잘 했다. 부잣집이 되어 계란도 많이 나온다. 계란을 모았다가 다른 사람 안주고 나한테 준다. 고마움을 잊으면 안 된다."

"이제 우리가 쌀장사를 하니까 그 집에서 계란을 안사와도 되어요."

"은혜를 잊으면 못쓴다."

순철은 어머니의 간청에 체면을 접고 술을 지고 수운댁에 갔다. 남쪽의 봄 날씨는 화창했다. 진달래, 산수유가 산하를 가득 덮고 이름 모를 풀꽃들도 길가에 가득 피었다. 대문 안에도 홍매화, 동백꽃, 자목련이 수줍은 듯 빙긋이 웃고 대문 밖에도 수구꽃이 휘드러지게 피어 담장을 덮었다. 두치는 사위를 본다고 갓을 쓰고 청도포를 입으니 풍채가 당당했다. 수운댁도 비단 치마저고리에 파란 옥가락지를 끼었다.

"신랑이 온다!"

아이들이 먼저 알린다. 넓은 뜰 안마당에 멍석을 깔고 화문석 돗자리를 펼쳤다. 그 위에 대례상(大禮床)이 마련되었다. 주위에는 신선도와 일월도를 수놓은 8폭짜리 병풍을 양쪽에 둘러쳤다. 대례상에는 볏이 빨간 큰 장닭과 암탉을 묶어 얹어놓고 오색이 찬란한 나무오리 한 쌍을 비단보자기에 싸서 옆에 놓았다. 보물처럼 아끼던 청자와 백자 두 쌍을 내어 매화, 소철, 동백, 대나무를 꽂아 사군자의 분위기가 그윽했다.

일가친척 동네사람들이 구경한다고 마루고 축담이고 마당에 가득 들어찼다.

까만 양복을 입고 흰 장갑을 낀 청년들 수십 명이 부산에서 와서 청사초롱 홍사초롱을 들고 양쪽에 도열한다. 다들 신랑의 꼬붕들이었다. 갓을 쓴 촌장이 도포를 입고 홀기(忽記)를 부른다. 촌장은 옛날 면장 하던 사람이었다.

"주인입영서문외(主人入쇼壻門外)…"

꼬마 신동 한 쌍이 꽃을 들고 앞에 서서 신랑을 안내한다.

신랑은 파아란 명주가리개를 양손에 펼쳐들고 다소 수줍은 듯 사랑채에서 안마당으로 찬찬히 걸어 들어온다.

전국의 주먹들도 화환을 보내어 화환이 수백 개가 골목에 진열되었다. 덕수는 십장생이 수놓은 조복(朝服)을 입고 사모관대를 쓰니 훤칠한 키에 의젓하여 장원급제한 이도령 같았다.

"대단한데이."

사람들은 화려한 혼례식에 감동한다. 얼마 전까지만 해도 건달이라고 흉보고 비아냥거리던 사람들이 부잣집 사위가 되자 갑자기 분위기가 바뀌었다. 덕수도 기분이 좋아 연신 싱글벙글한다.

"신랑이 잘생겼다."

"하모, 두치가 얼매나 공을 들였나."

"수운댁도 인심을 많이 썼지."

"그렇고 말고."

사람들은 입이 닳도록 칭찬을 늘어놓는다.

"신부출(新婦出)!"

하얀 명주 한 필이 안방에서부터 마당의 대례상까지 펼쳐 놓는다. 명주는 수운댁이 직접 짰다고 한다. 딸 시집갈 때 쓰려고 장롱 밑에 오래 동안 간직했다가 이날 끄집어내어 펼친 것이었다. 집안 할머니들이 옆에 지켜 서서 아이들이나 강아지가 베를 뛰어넘지 못하도록 단속을 한다. 신부가 얼른 나오지 않는다.

"왜 이리 안 나오노?"

사람들은 애가 타서 재촉한다.

"어떻게 키운 딸인데 함부로 내 줄라고."

"하하하, 곰보가 되어 분칠로 메운다고 그렸는가베."

아주머니들이 농담을 하며 웃는다.

"어릴 때 절름발이가 도졌대."

"하하하."

농담을 하니 대례상에 둘러선 사람들이 자지러지게 웃는다.

신랑 덕수도 따라서 빙그레 웃는다.

"신랑이 웃으면 첫 딸 낳는데이."

그러자 덕수는 더욱 웃는다.

"신부출—"

또 촌장이 큰 소리로 홀기를 부르니 신부가 원앙을 수놓은 활옷을 입고 화려한 족두리를 쓰고 하님 둘이 양편에서 부축하여 버선발로 명주 베를 밟고 천천히 방에서 나온다. 족두리 속으로 살짝 보이는 보혜는 양귀비 보다 더 예뻐 보였다. 순철은 결혼식을 보고 너무 부러웠다. 같은 동네에서 며칠 사이에 태어났지만 한 사람은 고대광실 높은 집에 외동딸로 태어나서 귀엽게 자라 대학까지 나오고 자기는 가난한 집에 태어나서 온갖 고생을 다하다가 보혜의 결혼식에 술독을 지고 와서 보혜를 축하를 해야 되니 사람의 팔자는 태어날 때 정해지는 가보다. 신부가 대례마당에 서자

"신부재배(新婦再拜)!"

촌장이 큰 소리로 외치자 하님 둘이서 신부를 양쪽에서 부축하여 손을 머리에 얹고 큰절을 두 번 한다.

"신랑재배(新郎再拜)!"

신랑이 두 번 절을 한다.

"신부재배(新婦再拜)!"

신부가 다시 두 번 절을 한다.

남자는 두 번, 여자는 네 번 한다고 한다. 우리나라 옛날 전통 그대로였다. 하님이 청주를 부어 신랑 입에 댄 다음 신부 입에 댄다. 나무로 만든 오리 한 쌍을 신랑 품에 안겼다가 다시 신부 품에 안긴다. 신랑대표가 나와서 축사를 했다. 축사를 재미있게 읽으니 모두 자지러지게 웃는다. 축포를 터뜨리고 사진촬영이 있었다. 이 모두가 덕수의 꼬붕들이 준비했

다. 장모가 나와서 사위를 곱다며 등을 세 번 쓰다듬는다. 식이 끝나고 진주에서 국악을 초대하여 춘향가, 심청가, 수심가, 뱃노래 등 전통 가락을 멋지게 뽑으니 하객들은 구경만 하여도 재미가 있어 모두 자기 딸을 시집보내는 것처럼 자랑스러워한다. 앞마당, 옆 마당, 타작마당에는 커다란 상을 늘어놓고 음식을 내었다. 하루 종일 먹고 놀았다.

"어느 자식이 또 있어 아껴두리오."

수운댁의 하소연이었다.

"하하하, 정승 집보다 더 잘 차렸다."

"딸 하나니까 힘껏 장만하였겠지."

"그럼, 죽으면 재산을 가져갈기가, 빈손으로 갈진대 이럴 때 안 쓰고 언제 쓰노."

사람들은 먹으면서도 칭찬이 자자했다.

신랑은 3일 동안 신부 집에 머물면서 노래도 부르고 장난도 치고 신부한테 밥도 떠먹이고 입도 맞추고 재미있게 지내다가 3일째 신랑신부는 하와이로 신혼여행을 떠났다.

6부

불청객

태풍

사자와 코끼리

맞선

거류산의 전설

연변의 우리 민족

쓰리 잘

국회의원 출마

불청객

"아부지! 아부지!"

물건너댁은 새벽에 잠이 깨여 누워있으니 누가 부르는 소리가 났다. 방문을 열고 내다보니 어떤 여인이 들어온다.

"누고? 끝쑥이 아니가?"

물건너댁은 반갑고 놀라서 허겁지겁 맨발로 축담에 내려 달려 나오다가 덥썩 딸을 껴안는다.

"끝쑥아! 니가 죽었는 줄 알았는데 살아있었나. 아이고 끝쑥아, 이것아, 꿈이가, 생시이가, 흑흑흑…"

"니가 보고 싶어서 간사지 문둥이 촌에 갔더니 문둥이들이 무더기로 나와서 딸을 찾아내라고 난리를 쳐서 도망을 왔다. 니가 어디 있다가 이제 오나."

물건너댁은 끝쑥이를 꼭 껴안고 어쩔 줄을 모른다.

"아버지는?"

그날 아버지가 자기를 두고 울면서 떠나는 것이 너무 안쓰러워 집에 오자마자 아버지부터 찾는다.

"너거 아버지는 돌아갔다."

"언제?"

"알려고 하지 말아라, 가슴 아프다. 나중에 이야기 할게, 그나저나 니 병은 어찌되었노?"

"다 나았다."

"참말이가?"

물건너댁은 깜짝 놀란다.

"나았다니까, 요즈음 미국에서 좋은 약이 나와서 그런 병은 치료를 잘하면 낫는 병이라고 하더라."

"아이구, 천만다행이다. 이것아!"

물건너댁은 다시 한 번 끝쑥을 껴안고 운다.

"엄마, 그동안 어떻게 지냈노?"

"니가 간 뒤로는 우리 집이 망쪼가 되었다. 동네 사람들도 우리 집에 오지 않고 우리도 죄인처럼 살고 있었다."

그때 며느리가 옆방에서 나오면서

"작은아씨 아니가."

"올케 그동안 잘 있었나?"

"응, 그런데 아직도 그래가지고 함부로 돌아다니면 안 될 긴데."

불쾌한 반응을 보인다.

"이제 다 나았단다."

물건너댁이 며느리보고 툭 쏜다.

"그래도 동네사람들이 보면 좋아하지 않을 기요."

친정 올케는 씁쓸하게 생각한다.

"그 병이 워낙 모질스런 병이 되어서."

"요즈음 좋은 약이 있어서 옛날 같지 않단다."

물건너댁이 며느리 보기에 미안한지 재차 해명을 한다. 동

네에 끝쑥이가 왔다고 소문이 났다. 순철은 반가워서 물건너 댁으로 뛰어갔다. 사립문에 들어서면서

"끝쑥아! 끝쑥이 왔나?"

끝쑥이 방문을 열고 나온다.

"응, 순철아, 그동안 잘 있었나."

끝쑥도 반가워한다.

순철이 보니 끝쑥은 얼굴이 히긋히긋 해도 괜찮은 것 같았다.

"나았나?"

"응."

"다행이다."

순철은 어릴 때 끝쑥이와 다정했던 생각이 난다. 국민학교 때 일요일이면 끝쑥을 따라다니며 쑥도 캐고 나물도 뜯고 송곳도 먹고 찔레 순도 꺾어 먹었다. 가을에는 끝쑥을 따라 시제 때 떡 얻어 먹으로 산소에 다니기도 하고 산에 가서 도토리를 줍기도 했다. 끝쑥은 순철보다 나이가 두 살 많아서 그런지 어른스러웠다. 방학 때면 순철을 데리고 당항포 앞 바닷가에 가서 게, 파래, 동타리를 줍기도 하고 남의 굴 양식장 근처에 갔다가 주인한테 소쿠리도 망가뜨린 때도 있었다. 그런 끝쑥이 문둥병에 걸려서 나환자촌으로 갔다고 하니 순철은 너무 쓸쓸 하고 외로웠다.

물건너댁은 딸을 데리고 재실로 나왔다. 재실은 싸리네가 부산에 간 뒤로 비어있었다. 집에서 같이 있기에는 며느리가

꺼려했다. 순철은 은밀히 읍내에 있는 보건병원에 가서 나병 환자의 생태에 대하여 알아보았다.

"양성인 환자가 치료를 잘 받으면 음성이 됩니다. 음성이 되면 겉으로는 나병환자처럼 보여도 전념이 되지 않고 일반 사람과 같습니다."

의사의 말이었다.

순철은 끝쑥을 사랑했다. 학교 때는 끝쑥이가 공부도 잘했다. 한동네에서 자라서 같은 반에서 공부를 하고 졸업한 뒤에는 같이 놀러 다녔다. 이제 끝쑥이가 왔으니 외롭지 않고 마음이 편안했다.

가을이 끝나고 농촌에서는 총각처녀를 짝지어주려고 중신애비들이 부지런히 다닌다. 사람들은 욕심이 있기 때문에 아들이나 딸들을 자기 집보다 나은 집에 시집 장가를 보내려고 애를 쓴다. 잘 산다느니, 가문이 좋다느니, 우애가 있다느니, 선비 집안이라느니 따진다. 그러니 중매를 잘하기란 힘든 것이다. 중신애비는 반은 거짓말을 해야 혼사가 이루어진다고 한다. 총각 집에 가서 반을 부풀리고 또, 처녀 집에 가서 반을 부풀리면 나중에 보면 양쪽 다 비슷하게 된다.

"가마 밖의 천량보다 가마 안의 천량이 났다."

옛 성현들의 격언이었다.

가마 밖의 천량은 가져오는 재산을 말하고, 가마 안의 천량은 신부의 됨됨이가 천량 가치가 된다는 말이다. 그러나 사람들은 가마 안의 천량보다 가마 밖의 천량을 탐을 낸다.

"우리 아들 중신 좀 해주이소."

산두골댁은 장사하러 다니면서 그동안 아는 사람을 통하여 아들을 장가보내려고 애를 썼다.

"그 집 아들 군대에 갔다 왔소?"

"군대에 안 갔소."

"요즈음 군대에 안가고 장가보낼 수 있겠소?"

"방위병으로 일 년 근무했소."

"키가 큰데 어찌 방위병이요?"

"3대 독자가 되어 방위병에 해당된다요."

"세상 좋아졌네, 몇 년 전만 해도 기피자를 잡으러 다닌다고 순사가 설치던데."

"띠가 무슨 띠요?"

"소띠요."

"소띠면 개띠와 궁합이 맞는데."

"개띠든지 범띠든지 처녀만 괜찮으면 돼요."

중신애비는 회색 두루마기에 중절모를 쓰고 육갑과 사주보는 책을 낡은 가방에 넣고 다니면서 가는 곳마다 펼쳐보며 궁합을 맞춘다. 며칠이 지나자 중신애비가 왔다. 입맛을 쩍쩍 다시더니

"이 집 아들이 즈거 애비가 없다면서요?"

"뭐욧!"

산두골댁은 가슴이 철렁 내려앉는다.

"누가 그럽디까?"

"사방 소문이 나 있습디다."

"미쳤다. 우리 아들이 나이 몇인데 이제 와서 이러니저러니 해요?"

"성이 뭐요?"

"차씨요."

"차씨가 아니라고 하던데? 참한 처녀가 있기는 있는데 그집에 소개를 했더니 펄펄 뛰어요. 애비 없는 자식한테 중매한다고."

그동안 몰랐던 출생 비밀이 순철이 결혼을 시키려니 홀연히 되살아났다. 애비 없는 자식이라느니, 사생아라느니, 차씨 자손이 아니라느니, 온갖 소문이 나서 숙덕거렸다. 아니라고 싸울 수도 없었다. 그러면 더욱 소문이 나서 난처해질 것이다. 이러다가 다된 밥에 재 뿌리기였다. 설령 순철이 출생의 비밀이 있다 해도 지금 그것을 어영부영 가만있다가는 큰일 날 것 같았다.

"누가 남의 일에 이러쿵저러쿵 하노, 쎄를 뺄 거다."

산두골댁이 억세게 나가니 사람들은 조심을 한다. 그러나 구만면 사람들은 워낙 보수적이고 혈통을 중요하게 생각하여 근본을 모르면 혼인을 하지 않으려 했다.

"아무래도 이 지방에서는 안 되겠소. 먼데 배필이 있는지 알아봐야겠소.”

중신애비는 난처해한다.

산두골댁은 저녁을 먹고 아들 순철 앞에서

“순철아!”

“예.”

“부모가 자식을 공부시키는 것은 의무가 아니라고 해도 자식을 결혼 시키는 것은 부모의 의무라고 했다. 니를 어떻게든지 장가를 보내놓고 내가 죽어야 할긴데.”

저녁을 먹고 모자간에 대화를 나눈다.

“누가 나한테 시집 올려는 사람이 있겠어요.”

순철은 한숨을 쉰다.

“니가 어때서?”

“어려운 형편에 농촌에 시집 와봐야 고생만하고…”

순철은 자기 친구들은 다들 결혼을 했는데 자기만 남은 것 같았다.

“찾아보면 있을 거다.”

“엄마!”

“와.”

“끝쑥이가 어때요?”

“뭐라!”

산두골댁은 소스라치게 놀란다.

“아무리 장가를 못가도 문둥이 하고 결혼을 해!”

"엄마는 항상 끝쑥이 같은 참한 사람이 없다고 칭찬을 하더니 요즈음은 왜 끝쑥이라고 하면 펄쩍뛰어요."

"멀쩡한 사람과 병 걸린 사람과 같냐."

산두골댁은 고함을 지른다.

"엄마! 내가 다 알아봤는데 음성은 괜찮대요."

"그래도 끝쑥은 안 된다."

그 뒤로 산두골댁과 순철은 한동안 서로 말을 하지 않았다.

어머니가 청춘에 홀로되어 지금까지 온갖 고생을 하면서 자기를 보고 살아왔는데 어머니가 싫다고 하면 끝쑥이를 포기하려고 생각했다. 그러다가 산두골댁은 쌀과 계란을 가지고 부산으로 갔다.

태풍

태평호는 하루는 부산으로 가고 다음날은 부산에서 당항포로 오니 배둔의 장사꾼들은 태평호를 이용하여 짭짤하게 장사를 잘한다. 갈 때는 농산물을 비롯하여 고구마 줄거리, 무 말린 것, 호박 우구리, 무 씨레기, 고구마 뺏대기, 박 바가지 등 온갖 농산물을 가져간다. 올 때는 도시에서 생산되는 공산품이나 생필품을 싣고 온다. 그것을 동네마다 이고 다니면서 팔기도 하고 배둔장에 놓고 팔기도 한다. 집집마다 다니면서 팔면 힘은 들어도 이문이 더 많다. 순철도 어머니가 부산에 가는 날이면 당항포까지 짐을 져다주고 오는 날이면 빈 지게를 가져가서 사오는 물건을 지고 온다. 배가 오는 날이면 마중 나온 사람들이 선창가에서 기다린다. 구루마, 자전거, 리어카, 지게가 입구에 가득차서 발 디딜 틈이 없다.

순철은 어머니와 결혼문제로 서로 말을 하지 않다가 어머니가 부산에서 물건을 사서 가져오는 날 오후에 지게를 지고 당항포까지 마중을 갔다. 당항포에 도착하니 바람이 슬슬 불기 시작하더니 차츰 비바람이 되어 거세게 불어온다. 마중 나온 사람들도 걱정을 하기 시작한다.

"배가 부산에서 출항 했는까요?"

사람들이 사무실에 가서 물어보니

"출항했답니다."

비상전화로 연락하니 사무실에서는 알 수 있었다. 바람은 더 거세게 불어와서 부둣가에 쌓아 놓은 빈 상자가 날아가서 바다에 떨어지고 초가지붕도 세찬 바람에 이엉이 걷혀버렸다. 우루루, 쿵쿵, 우장창… 무언가 부서지고 깨어지고 날아가는 소리가 난다. 선창가에 매어놓은 거룻배가 자기들끼리 부딪쳐서 요동친다. 사람들은 삿갓이나 비닐우산을 쓰고 있지만 바람에 다 날아가고 함초롬히 비를 맞았다.

다섯 시가 되면 도착 할 배가 여섯시가 되어도 보이지 않는다. 사람들은 안절부절못하여 자꾸 사무실로 찾아가지만 거기도 더 이상 사태를 알 수가 없었다. 순철도 비를 맞고 눈이 빠지도록 예일목 쪽으로 쳐다보았다. 어스름한 안개 속에 무언가 보이는 것 같았다. 사람들은 처마 밑에서 나와 자세히 쳐다본다. 그러나 안개 속에 나타난 것은 태평호가 아니고 거룻배였다. 거룻배가 엎어질 듯 자빠질 듯 거센 파도 속에 통통거리며 당항포로 다가온다.

"저런 배가 오는 것을 보니 괜찮은 가베."

사람들은 또 사무실로 몰려간다.

"여기는 안방이요. 진해 앞 바다는 엄청나요."

사람들은 또 불안해서 안절부절못한다. 순철은 어머니가 불쌍했다. 청춘에 홀로되어 자기만 보고 살았는데 잘못되면 어쩌나 불안했다. 눈에 핏발이 서고 목이 멨다. 결혼 때문에 서로 다투었지만 배가 오지 않으니 순철은 불안하고 초조했다. 장가를 못가더라도 어머니가 무사하기를 간절히 바랬다.

"왜 이런 날씨에 배를 출항시켰어요."

사람들은 사무실로 달려가서 또 항의를 한다. 그들도 불안한 빛이 역력했다.

"우리가 우찌 알기요, 부산에서 출항시켰는데."

"도시에서는 날씨도 모른단 말이요?"

"아침에 날씨가 안 좋았소, 그러다가 이리되니, 날씨는 귀신도 모른다고 하지 않소."

짐을 싣고 가려고 구루마에 채워놓은 소도 추운지 김을 내뿜으며 벌벌 떤다. 지게도 흠뻑 젖어 축축했다. 다섯 시에 도착할 배가 일곱 시가 되어도 오지 않으니 배가 바다에 좌초되었는지 알 수가 없었다. 사고가 나도 통신이 없으니 다음날에야 알 수가 있었다. 해가 넘어가는지 어둑하기 시작했다. 일곱 시 반이 되니까 멀리 비바람 속에서 어스름히 태평호가 보인다.

"와!"

사람들은 환호성을 울린다. 그러자 사무실에 있던 사람들도 밖으로 뛰쳐나와서 쳐다본다. 순철도 안도의 한숨을 내쉬었다.

"부우… 웅…"

반가운 고동소리가 들린다. 다들 비에 맞았지만 추운 줄을 모른다. 사람들은 비바람을 맞으며 기뻐서 손을 흔든다. 순철도 그렇게 반가울 수가 없었다. 죽은 어머니가 살아서 돌아오는 기분이었다.

"부우… 웅" 배가 고동소리를 한 번 더 울리더니

"덜컹" 부두에 대자

"와!"

모두 환호성을 지른다. 종사자들이 비를 맞고 로프를 가지고 와서 비트에 걸치고 발판을 출입구에 갖다 놓는다. 사람들이 지친 몸으로 짐을 갖고 내려온다. 도시로 돈 벌러 갔던 청년들도 몇이 내린다. 산두골댁도 무거운 짐을 이고 내린다.

"엄마!"

순철은 비에 젖은 몸으로 어머니를 꼭 끌어 앉았다.

"야! 말도 말아라, 죽는 줄 알았다."

산두골댁도 안도의 한숨을 쉰다.

늦게 집에 와서 밥을 지어먹으려니 힘들었다. 배는 고프고 반찬은 해놓은 것이 없고, 이럴 때 며느리가 있었으면 따뜻한 밥을 해놓았을 텐데 아쉬웠다. 순철과 산두골댁은 늦게 밥을 해먹고 마음이 느긋해지자 산두골댁이 말문을 연다.

"내가 너무 욕심을 부렸나 보다. 니를 장가도 보내지 못하고 내가 죽으면 니가 나를 얼마나 원망 할까."

"엄마가 욕심이 많은데 여간하여 색시감을 찾겠어요."

"내가 가만히 생각하니 암만해도 끝쑥이가 나을 것 같다."

"왜 갑자기 그런 말을 해요?"

"니가 끝쑥이를 좋아하는 것 같아서, 하하하…"

"엄마가 알아서 하셔요."

산두골댁은 순철의 출생비밀을 구만면 사람들은 다 알 것 같아서 끝쑥이 같은 허물이 있는 사람이 아니면 순철을 장가 보내기 힘들 것 같았다.

"내일 물건너댁에 가서 이야기 해봐야겠다."

"엄마가 좋다고 하면 따라 하겠어요."

순철은 끝쑥이가 마음에 들었지만 어머니가 문둥병자라고 워낙 반대를 하여 섣불리 나설 수가 없었다.

산두골댁은 다음날 아침을 먹고 뒤뚱뒤뚱 걸음을 걸으며 끝쑥이가 있는 재실로 갔다. 물건너댁도 딸과 같이 살았다.

"어서 오이소, 태풍을 만나서 고생했다면서요."

물건너댁이 소문을 듣고 반가워한다.

"귀신도 모르게 죽을 뻔했소. 하하하."

"그만하게 다행이요. 이리 올라 오이소."

물건너댁은 마른걸레로 마루를 훔치면서 자리를 권한다. 물건너댁도 수운댁처럼 비녀를 꽂았다.

"내가 며느리를 보고 죽어야 할 텐데 태풍이 와서 며느리도 못보고 죽을 뻔했소."

"하하, 부모 마음은 마찬가지입니다."

물건너댁은 부엌에 가더니 매실주를 한잔 떠 온다.

"이리 귀한 것이 어디에서 나왔습니까?"

"금년 봄에 친정아버지 제사에 갔다가 얻어 온 것을 술을 부어 담았소."

산두골댁은 한번 훌쩍 마시더니

"새콤하고 달짝한 것이 맛이 있습니다."

"혹시 쓸데가 있을 까하여 아껴두었소."

산두골댁은 한 모금 더 마시고 그릇을 마루에 놓더니

"저어, 순철이가 끝쑥이를 좋아하는 것 같아서 둘이 혼사를 맺으면 어떨까 하여 찾아왔소."

"아이구, 이를 어쩌나!"

물건너댁은 깜짝 놀란다.

"그제께 사성을 받았소."

"예!"

산두골댁도 놀란다.

"벌써요?"

"영호면에 있는 총각 집에서 혼담이 들어와서 승낙을 했소. 우리 처지에 이것저것 따질 것이 있소, 먼저 하자고 하면 정해야지요."

"그렇다고 그리 빨리요?"

산두골댁도 충격을 받은 것 같다.

"딸의 나이로 봐서 늦었소."

"일이 꼬이려고 하니, 아이구 머리야."

산두골댁은 손을 머리에 짚는다.

"왜 이러요, 산두골댁!"

"술기운이 오르더니 머리가 아프네요. 집에 가서 누워야겠소."

산두골댁은 비틀거리며 집으로 돌아온다.

"순철이 마음에 있다고 할 때 빨리 정해야 했는데, 내가 왜 이리 바보짓을 할까. 그렇잖아도 근본이 없다느니 차씨가 아니라느니 말이 많았는데…"

산두골댁이 비틀거리며 어두운 표정으로 집에 오니 순철이가 눈치를 채고

"그 집에서 안 하겠다고 하지요?"

"인연이 아닌 것 같더라."

순철은 휙 밖으로 나가버린다. 그리고 동네 어귀에 앉아 담배를 연신 피운다.

사자와 코끼리

덕수는 신혼여행을 갔다 와서 조직을 강화하려고 노력했다. 자기가 장악하고 있는 자갈치파가 부산의 주먹세계에서 약체에 해당되어 어떻게 하면 국제시장을 장악 할 수 있을지 노심초사했다. 부산에는 국제시장파, 범일동파, 서면파, 영도파, 서대신동파, 영주동파, 동래파 등 여러 그룹의 깡패 집단이 있는데 그 중에서도 국제시장파가 제일 막강했다. 덕수는 제일 강한 국제시장파를 장악하는 것이 지상목표였다. 국제시장파는 남포동, 광복동, 국제시장을 끼고 있어 자금력이 풍부했다. 거기 있는 상점들은 전국을 상대로 하는 큰 도매상인데다가 매달 일정 금액을 상납하고 있어 타 지역에서도 군침을 삼키었다. 미국에서 수입하는 물품과 미군부대에서 흘러나온 부정물품 뿐만 아니라 일본이나 홍콩, 마카오, 심지어 싱가포르까지 거래를 하여 상권이 상당히 넓었다. 그래서 국제시장은 무엇 빼고는 다 있다고 할 정도로 없는 것이 없었다. 거기는 경찰이나 세관원들도 함부로 건드리지 못한다. 그러니 전국 주먹세계에서 거물들이 군침을 삼키고 일본야쿠자와도 연결이 되어 있다고 한다. 서울의 종로 깡패도 부산의 국제시장 깡패한테는 당하지 못한다고 소문이 났다. 덕수는 그런 국제시장에 눈독을 드리고 있었다.

깡패조직들은 세력 확장을 위하여 끊임없이 상대파와 싸움을 벌여야 했다. 덕수가 자갈치파의 우두머리가 되자 먼저 해병대 출신들을 물색하여 영입하고 조직을 단단히 장악하여 비실대는 영도파를 박살내고 세력을 흡수했다. 이제는 국제시장파만 장악하면 주먹세계의 왕초가 되는 것이다.

국제시장파는 만만한 조직이 아니었다. 그래서 영주동파와 합동으로 작전을 개시하기로 했다. 영주동파의 우두머리 왕파리가 부친상을 당했을 때 덕수는 조직원을 데리고 왕파리 고향 양산에 가서 손님 안내 접대부터 상여를 메고 장지까지 가서 뒤처리를 깔끔하게 해주어 왕파리한테 환심을 샀다.

덕수는 씀씀이가 커서 꼬붕들의 가정생활에도 돈을 아끼지 않고 도와주어 조직원들 사이에 신임이 두터웠다. 시골에서 논 열 마지를 팔아온 것도 조직원을 위하여 다 써버렸다. 그리하여 조직원들이 목숨을 걸고 충성을 다하니 규모는 작아도 세력이 막강해졌다. 이 기회에 국제시장파를 박살내면 자갈치파는 단연 상 위에 올라서게 되었다.

어둠이 깃든 국제시장은 상인들이 하나씩 둘씩 철수하고 골목도 한산했다. 자갈치파는 사전에 국제시장의 철물점을 점거하여 문을 굳게 닫고 열쇠를 단단히 채웠다. 철물점에서 몽둥이나 쇠막대기, 곡괭이 등이 국제시장파 손에 들어가면 큰일이었다. 밤이 되자 자갈치파와 영주동파는 합세하여 작전을 개시했다. 먼저 국제시장파가 사무실로 쓰는 대청동 2층에 가서 거기에 있는 수비병을 똘똘 묶어 꼼짝을 못하도록 했다. 그리고 국제시장에 들어가서 쑥대밭을 만들었다. 칼과 창이 번쩍거리고 몽둥이가 날뛰어 전쟁과 같았다. 고함소리, 비명소리, 죽는 소리, 부서지는 소리, 박살나는 소리, 깨어지고, 흩어지고 짓밟히고 난장판이었다.

경찰은 있는지 없는지 나타나지 않았다. 양쪽에서 사생결단으로 싸우니 미처 퇴근하지 못했던 상인들도 몽둥이에 맞아 기절하는 사람들이 속출했다. 자갈치파는 조직이 철옹성 같았다. 2층으로 연결된 다리에서 자기들 마음대로 날뛰며 국제시장파를 제압했다. 국제시장파는 철물점이 모두 문을 닫았으니 장비를 공급받지 못하여 수세에 몰렸다. 그러자 국제시장파는 범일동파에 긴급 협조를 구했다. 싸움은 밤새도록 이어졌다. 그사이에 범일동파가 도착했다. 싸움이 시가전으로 비화되었다. 자갈치파는 사태가 심상치 않자 서면파에 연락을 취했다. 서면파는 거리가 멀어 오지 못한다고 연락이 왔다. 그래도 자갈치파는 두목 덕수를 중심으로 똘똘 뭉쳐 잘 싸웠다. 영주동파는 전력이 약하여 큰 도움이 되지 못했다.

새벽이 오자 자갈치파는 차츰 사태가 불리했다. 날이 밝아지니 상인들이 하나씩 둘씩 출근하여 싸움은 더 이상 할 수가 없었다. 그때야 경찰이 나타났지만 누가 얼마나 다치고 피해가 얼마인지 알지 못했다. 양쪽 다 상당히 타격이 컸다. 죽기 아니면 살기로 싸웠지만 자갈치파는 겨우 남포동과 광복동만 차지하고 국제시장은 워낙 철옹성 같아서 장악하지 못했다.

그래도 부산의 번화가인 남포동과 광복동을 차지한 것이 큰 수확이었다. 그런 주먹세계에도 한 가지 규칙이 이었다. 절대 총기를 사용해서는 안 된다는 것이다. 총기류는 마음만 먹으면 밀수꾼을 통하여 얼마든지 입수할 수 있었다. 그러나 만약 총기류를 사용하면 이것은 전쟁으로 간주되었다.

"비키시오! 비키시오!"

새벽에 어떤 위급한 환자가 구급대에 실려 종합병원 응급실에 들어왔다. 유밍호가 응급실 담당의사였다. 밍호는 레지던트를 끝내고 군의관으로 군대에 갈 동안 응급실 의사로 있었다. 조금 있으니 한패의 청년들이 들이닥쳐 병원이 떠나갈 듯이 고함을 지른다.

"만약 우리 회장님이 죽기라도 하면 병원을 박살내고 말테야!"

그들은 가운을 입은 밍호의 멱살을 잡고 자기 회장을 살려내야 한다고 흔든다. 청년들이 난장판을 벌리니 분위기가 살벌했다. 다른 환자들과 가족들도 불안해서 벌벌 떨었다. 응급 실장이 나와서 설득을 한다.

"치료를 최대한 빨리 하겠습니다. 여기서 떠들면 다른 환자들한테 지장이 많으니 보호자 한 사람만 남고 다들 돌아가 주십시오."

간신히 사정을 하여 진정되었다. 밍호는 다친 사람이 보혜의 남편인줄 몰랐다. 응급실장이 메스를 잡았다. 밍호는 보조를 했다. 상처는 깊었다. 다섯 시간동안 수술을 하여 오후에 겨우 완료되었다. 환자는 회복실에 보내어졌다. 다음날 또 한패의 깡패가 들이닥쳤다. 병원은 난장판이 나고 많은 사람들이 도망가고 난리였다. 그들은 덕수가 입원한 병실을 밝히라고 병원장을 감금했다. 병원에서는 부랴부랴 덕수를 몰래 다른 병원으로 빼돌린다. 밍호가 얼핏 보니 보혜가 울면서 계단으로 뛰어가는 것이 보였다.

"보혜!"

보혜는 들었는지 못 들었는지 재빨리 구급차에 탄다.

"보혜가 왜 저럴까?"

다른 때 같으면 깡패싸움에 오야붕은 현장에 나타나지 않고 뒤에서 지휘만 하는데 요번에는 상대가 국제시장파가 되어 만만치 않았다. 그래서 덕수가 현장에서 직접 지휘하였기 때문에 상대파의 칼에 찔린 것이다. 덕수는 오랫동안 입원해 있다가 완치되어 퇴원했다.

그러자 요번에는 검찰에서 소환장이 떨어졌다. 검찰은 젊고 깐깐했다. 야무지게 따지고 옭아매는데 덕수는 꼼짝을 못했다. 지금까지 웬만한 사건은 그동안 친분을 쌓은 부장검사를 통하여 해결하였는데 새로 부임한 젊은 검사는 부장검사도 통하지 않았다. 다른 때 같았으면 오야붕은 그 시간에 경찰간부들과 요정에서 술이나 마시며 싸움에 직접 참여하지 않고 사태를 보고받고 하였는데 요번에는 만만한 조직이 아니어서 덕수가 직접 나선 것이 화근이었다. 사건 조서가 거의 끝나고 구치소로 수감되려는데

"혹시 전흠태 검사를 아십니까?"

덕수는 분위기가 심상치 않자 전흠태를 찾았다.

"알아서 무엇해!"

깐깐하고 젊은 검사는 형사를 불러 덕수를 구치소에 집어넣어 버렸다. 검사와 깡패두목은 사자와 코끼리 관계였다. 코끼리가 사자를 어쩌지 못하고 사자도 등치가 큰 코끼리를 함부로 못하는 것이었다. 그 뒤 덕수는 거물급 변호사를 선임하여 무죄로 풀려났다. 꼬봉들이 자기가 그랬다고 나서고 덕수는 그때 사건은 모른다고 주장하니 증거가 불충분한 것이다. 그때의 작전으로 덕수는 남포동과 광복동을 차지했다.

맞선

농촌에 있으니 연애하기도 힘들었다. 농촌에는 보는 눈이 많고 소문도 빨라서 연애하다가 실패하면 다른데 시집도 못

보내고 낭패가 된다. 그래서 부모들도 딸이 연애를 할까 봐 단속을 한다. 그럭저럭 몇 달이 지났다.

"산두골댁!"

쳐다보니 전에 왔던 중매쟁이 아주머니였다.

"어서 오이소."

"집에 있었는가 봐요."

"예."

산두골댁은 마루에 있는 콩 멱서리를 한쪽에 밀어붙이고 자리를 권한다.

"아이구 두꾸메기(멱서리)가 예쁘네요, 누가 만들었소?"

"우리 아들이 만들었소."

"요즈음 사람 아니네, 요즈음 누가 저런 두꾸메기를 만들 겠소."

"우리 아들은 솜씨가 좋아 무엇이든지 잘 만들어요."

중매쟁이는 마루에 걸터앉더니 수건을 끄집어내어 땀을 닦고

"물 한 그릇 주소."

"목이 마른 가베요."

"중신을 하려면 그 집에 가서 입을 다셔야 일이 성사가 된 다요."

산두골댁은 얼른 마루에서 내려와서 물을 한 그릇 떠다 준다.

"좋은 일이 있소?"

"이 집 아들 아직 장가를 안 갔지요?"

"예."

"저어, 개천면에 처녀가 있는데 나이가 좀 많지만 참하다요, 그래서 이 집 아들 하고 짝을 맞추어 볼가 하여 왔소."

"처녀가 몇 살이요?"

"스물다섯 살이요."

"아이구, 나이가 많네요."

"이 집 아들은 나이가 안 많소! 지금 농촌에서 이것저것 가릴 것 있소? 상대방에서 하자고 하면 얼른 해야지요."

"처녀 아버지는 무엇을 하고요?"

"농사짓고 소 키우고 그렇지 농촌에서 할 일이 있소."

"잘 사는까요?"

"농촌에서 잘살면 얼마나 잘 살겠소, 그저 밥이나 먹으면 되었지."

"그래도 못사는 것보다 잘사는 것이 안 났겠소."

"처갓집 잘 살아봐야 소용이 없소, 제가 잘 살아야지."

"그렇기는 그렇소, 요번에는 웬만하면 할라요."

"저 집에는 대충 이야기를 해놓았소. 선을 한 번 보자고 하네요."

"나도 아들 보고 이야기 해봐야 겠소, 선을 보면 어디서 만날 가요."

"요즈음은 집에서 안하고 다방 같은 데서 만난다고 하는데 배둔이 어떻소?"

"우리는 괜찮은데 그쪽에서 개천면이라고 하니 길이 먼데 괜찮을는지요?"

"딸 가진 사람이 좀 멀기로니 어때서요."

"그 집에서는 자식들이 많은가요?"

"자식들이 많은데 다들 결혼시키고 요번에는 막내딸이라요."

"막내요?"

"그렇다요, 막내하고 큰 것 하고 만나면 잘 산다요."

"그런 말이 있기는 한데, 그럼 언제 만날까요."

"배둔장날이 좋을 것 같소. 그래야 장도 보고, 선도 보고, 뽕도 따고, 임도 보고, 하하하, 일이 잘 풀리겠소."

중매쟁이는 입담이 좋았다.

"내가 아들한테 이야기 할 테니 그쪽에는 아지매가 잘 이야기 하소."

다음날이었다.

"순철아, 누가 선을 보자고 하는데 한번 볼래?"

"이제 선보기도 싫어요."

"처녀가 참하단다. 끝쑥이는 인연이 안 되어 그리되었는데, 요번에는 혹시 아냐, 서로 인연이 될런지."

"엄마가 좋다고 하니 일단 선은 볼게요, 요번에 마음에 안 들면 결혼은 단념할래요."

"멀쩡한 사람이 혼자 살 수 있나, 그래도 끝까지 배필을 찾아봐야지."

순철은 이발소에 가서 이발을 하고 면도를 했다. 배둔장날에 엄마와 약속된 별다방에 가니 장날이 되어 그런지 사람들로 가득 찼다. 담배연기가 자욱하여 멀리 앉은 사람은 잘 보이지 않았다. 중매아주머니도 보이지 않았다. 다른 사람도 선을 보는지 마주앉아 인사를 하는 사람도 있다. 한참 있어도 중매쟁이가 오지 않아서 날짜를 잘못 알았나 생각하고 있던 때에 중매쟁이가 허겁지겁 들어온다.

"많이 기다렸지요?"

"와 이제 오요?"

산두골댁이 말을 하니

"짐차가 쌀가마니에 돼지까지 싣고 사람들을 꽉 태우니 무거워서 오다가 자동차에 빵구가 났소."

"큰일 날 뻔하였네."

"운전수와 조수가 내려서 간신히 고쳐서 왔지 그러지 않았으면 못 올 뻔하였소."

"아이구, 그만하기 다행이요."

산두골댁은 아찔한 생각한다. 중매쟁이는 저쪽으로 가서 인사를 하는 것을 보니 처녀도 왔는 모양이었다.

"이리 오이소. 나비가 꽃을 찾아와야지."

중매쟁이가 부른다. 산두골댁과 순철이가 처녀가 있는 자리에 가서 살며시 앉으며

"멀리서 오느라고 수고 많았겠습니다."

산두골댁이 처녀 어머니한테 먼저 인사를 하고 처녀 아버지를 쳐다보는 순간

"억!"

소리를 낸다. 처녀아버지가 키가 커서 얼른 알아볼 수 있었다. 처녀 아버지도

"어!"

따라서 소리를 지른다.

"가자!"

산두골댁이 순철의 옆구리를 찌르며 재촉을 한다.

"왜요?"

순철은 갑자기 엄마가 왜 저러나 당황했다.

"집에 가서 이야기 할게."

산두골댁은 허겁지겁 나온다.

"우리도 가자."

처녀 아버지도 처녀 어머니를 부추기며 일어선다.

"와 그래요?"

"집에 가서 이야기하자."

양쪽에서 동시에 일어나서 나간다.

"와 그래요!"

중매쟁이가 소리를 지른다. 산두골댁은 두말하지 않고 나와서 집으로 온다.

"엄마 왜 그래요?"

순철이 답답해서 물으니

"생각만 해도 치가 떨린다. 그동안 장사하러 다니면서 마주쳐도 그냥 지나쳤는데 요번에 만나니 섬뜩하더라."

"엄마! 그 집하고 안 좋은 일이 있었어요."

"처녀 아버지가 아주 좋지 않는 사람이다."

"왜요?"

"옛날 내가 장사 할 때 개천면에 계란을 사러 갔더니 저 사람이 나를 강탈하려고 억지로 방안에 끌어들여 덮치려던 사람이다."

"예!"

순철은 깜짝 놀란다.

"그러니 어찌 그 사람을 사돈을 삼겠니."

"엄마한테 그랬다면 아주 나쁜 사람인가 봐요."

"그때는 젊은 사람이었는데 대낮부터 술이 취해서 방에 누워있었는 것 같은데 저런 사람 딸과 결혼하면 안 좋다."

처녀 집에서는 "당신이 맨날 그러니 딸을 시집을 못 보내고 노처녀로 늙게 생겼구려." 처녀 엄마는 남편을 나무란다. 처녀는 망신스러운지 방에 들어가서 울고 있었다.

"그 사람 차씨가 아니야."

"차씨가 아니라니요?"

"저거 애비라는 사람은 인민군에 끌려가고 즈거 에미가 어디에서 애기를 배어 왔는지 씨를 모른대.”

“누가 그렇게 말을 해요?”

“옛날부터 소문이 파다하게 났는데 당신만 모르구려.”

“지금은 옛날 일을 따질 필요가 뭐 있어요? 내가 보니 총각이 준수하고 착실해 보이던데.”

“근본도 모르는 놈을 사위로 삼아!”

처녀 아버지는 화를 벌컥 낸다.

“그러다가 딸을 늙히겠어요.”

“시집을 못 보냈으며 못 보냈지 그런 사람 사위 삼기 싫어.”

다음날 중매쟁이가 산두골댁한테 달려온다.

“애써 소개를 시켰더니 이야기도 나누어 보지도 않고 도망가는 데가 어디 있어요!”

중매쟁이는 마당에 들어서면서 산두골댁을 보고 고함을 지른다.

“아이구, 일이 그렇게 되었습니다. 미안해서 어떻게 해요.”

산두골댁은 조용히 말을 한다.

“세상에 허물없는 사람이 어디 있어요, 그럭저럭 살다보면 정이 들고, 허물도 덮이고, 다들 그렇게 사는 게지, 이 집 아들은 무어가 잘났어요.”

중매쟁이는 화가 풀리지 않는지 계속 소리를 지른다.

“마루에 좀 앉으이소.”

산두골댁은 물을 한 그릇 갖다 준다. 중매쟁이는 열을 받아

갈증이 나는지 단숨에 받아 마신다.

"차근차근 이야기 하면 오해가 풀릴 수도 있을 텐데 만나자 마자 뛰쳐나가면 중신하는 사람은 무어가 됩니까!"

"그러니까 내기 미안하다고 안 합니까."

"미안하다고만 하면 됩니까."

산두골댁은 방안에 들어가더니 장롱 속에 있는 신식 나일론 옷감을 한 벌 끄집어내어 와서

"이것 부산 국제시장에서 아들 혼수감을 한다고 샀는데 옷이나 한 벌 해 입으이소."

중매쟁이는 옷감을 받아서 이리저리 뒤적거리더니 무늬가 좋고 고급스럽게 보이는지 못이기는 체 옆구리에 찬다.

"다른데 알아봐 주이소."

"나는 이 집 아들한테 중신을 안 할래요."

중매쟁이는 일어선다.

거류산의 전설

거류산은 고성(固城)의 명산이었다. 해발 570m로 산은 높지 않지만 읍내에서 바라보면 들판에 우뚝 솟아 장엄하게 보였다. 그래서 거류산은 옛날부터 신화와 전설이 깃든 곳이었다.

정상 밑에 옥샘이 있고 옥샘에 물이 마르지 않으면 풍년이

라 했다. 어느 해 가뭄이 심했다. 누가 몰래 수맥에 묘를 썼을 거라고 의심을 했다. 동네 장정들이 모여 괭이나 삽, 곡괭이, 대막대기를 들고 거류산에 올라가서 묘지가 있을 만한 곳은 모조리 파헤쳐 버렸다. 그리고 돼지를 잡아 기우제를 지냈다. 그래서 그런지 기우제를 지낸 삼일 안에 비가 와서 흉년을 면했다고 한다.

아득한 옛날 삼한시대에 딸아이가 부엌에서 아침밥을 짓고 있는데 커다란 산이 남해바다에서 걸어오고 있었다. 놀란 딸이

"엄마… 엄마, 산이 걸어온다…"

엉겁결에 놀라서 고함을 지르며 부지깽이로 부엌문을 두드리니 산이 우뚝 멈춰버렸다. 그래서 산 이름을 걸어산이라고 했다가 거류산으로 이름이 변했다. 거류산은 다른 산과 연결되지 않고 동산처럼 우뚝 솟아 있어 걸어왔다는 전설이 맞는 것 같다. 산이 거기에 멈추지 않고 다른 곳으로 지나갔으면 고성(固城)은 넓은 평야를 이루어 가락국의 수도가 되었을 것인데 딸애가 방정맞게 소리를 지르는 통에 산이 들판 가운데에 멈추어서 고성은 수도가 되지 못하고 대신 김해(金海)가 가락국의 수도가 되었다고 한다.

고성은 옛날 6가야 중에서 소가야였다. 6가야는 금관가야 (김해), 대가야(고령), 소가야(고성), 아랑가야(함안) 성산가야 (성주), 고령가야(진주)이다. 6가야는 서로 경쟁하면서 단합하

고 견제와 균형을 이루었으나 진흥왕 때 신라에 편입되었다. 가락국은 예의를 존중하는 도덕국가였지만 소국으로 군사력이 약하니 힘을 쓰지 못했다. 신라 군사가 소가야에 들어가니 이웃끼리 화목하며 논에 물대기를 서로 사양하고 논두렁에 풀베기를 서로 양보하며 소를 서로 나누어 부리고 두레가 발달하여 서로 도우고 협력하여 화목하게 지내는 것을 보고 화랑의 기본으로 삼았다고 한다.

구만면 용당 앞에도 동산이 있다. 그 산은 옛날에 합천에서 걸어왔다고 한다. 어느 가을에 할아버지가 손자를 업고 동네 앞에서 산보를 하는데

"산세를 내시오, 산세를 내시오…"

동네 아래에서 소리를 지르는 것이 들렸다.

"할아버지, 저 사람이 왜 산세를 내라고 해요?"

"저 산은 옛날에 합천에서 걸어왔단다, 그래서 해마다 산 주인이 와서 산세를 거두어 간단다."

"그러면 산을 떼어가라고 하지요."

할아버지는 손자를 업고 동네 앞에 천천히 내려갔다.

"여보시오 영감, 해마다 멀리 와서 고생을 하는데 차라리 산을 떼어가는 것이 어떻겠소."

영감은 한참 생각하더니 "옳소, 그러면 재로 새끼를 꼬아서 이 산을 묶어주시오. 그러면 내가 산을 끌고 가겠소."

할아버지는 난감했다. 재로서 도저히 새끼를 꼴 수 없었

다. 그러자 등에 업혀있던 손자가 그 말을 듣고 "할아버지가 동네에 다니면서 새끼를 모으셔요, 그리고 새끼로 산을 꽁꽁 묶어놓고 새끼줄을 따라 불을 붙이면 재로 묶어주는 것이 되지 아니겠습니까."

할아버지는 손자의 말이 기특하여 동네에 돌아와서 집집마다 새끼를 모았다. 그리고 장정들을 시켜 새끼로 산을 묶게 하고 새끼를 따라 불을 질렀다. 새끼가 타자 재로 새끼를 꼬아 산을 묶는 것이 되었다. 이렇게 되자 산 주인은 아이의 지혜에 놀라 산을 포기하고 돌아 가버렸다. 그 아이는 커서 가락국의 대신이 되었다고 한다.

구만면 화림리 동산은 옛날부터 명당으로 거기에 묘를 쓰면 자손들이 3정승 6판서가 나는 자리라고 했다. 그런데 한가지 결점이 있었다. 묘를 쓴 사모 날에 큰 상주가 죽는다고 했다. 어느 집에서 하도 가난하여 큰상주가 죽더라도 묘를 쓰겠다고 하여 묘를 썼더니 마침 사모 날에 큰상주가 죽었다. 그러나 그 자손들이 고려 때부터 여태까지 정승이나 판서가 나오지 않았다.

연변의 우리 민족

순철은 어느 날 텔레비전을 보다가 깜짝 놀랐다. 6·25전쟁 때 인민군을 따라서 납북되었다가 탈북했다는 것이다. 북에는 자기와 같이 인민군에 납치되어온 사람들이 상당히 많다고 했다. 순철은 결혼을 하려고 하여도 농촌에 있으니 어렵고 이 기회에 아버지를 찾아봐야겠다고 생각했다. 순철은 차홍수가 의붓아버지라는 것을 동네사람들을 통하여 알았지만 지금 그것을 따질 때가 못 되었다. 어차피 실제 아버지를 모를 바에야 차라리 차홍수를 자기 아버지로 생각하는 것이 훨씬 편했다. 사람들은 순철을 사생아라고 생각하지만 누군들 직접 본 사람이 없으니 순철이 차홍수의 아들이 아니라고 확실하게 말할 수도 없었다. 전쟁으로 멸문하고 비극적인 사람이 얼마나 많으냐. 어머니도 전쟁의 피해자였다. 어머니는 남편이 자상하고 인품이 있으며 훌륭한 분이라고 못 잊어 하는 것을 보면 의붓아버지가 훌륭한 분이라고 생각되었다. 더구나 차홍수가 교육자로서 뼈대 있는 집안이라고 생각하니 자기가 차홍수의 자식이라는 것이 오히려 떳떳했다. 순철은 이 기회에 의붓아버지의 소식이라도 알아 어머니한테 전하는 것이 어머니를 위한 효도라고 생각되었다. 여행사에 수소문하여 백두산 가는 여행사를 알아내었다. 연변에 가서 자기는 백두산 관광을 하지 않고 그곳 주민들한테 북의 소식을 수소문하려고 했다. 어머니한테는 그저 백두산에 여행 간다고 했다.

비행기에서 내려다 본 만주 벌판은 끝이 없었다. 연변에 도착하여 호텔에서 하룻밤을 묵었다. 다음날 아침, 순철은 가

이드에게 배탈이 나서 호텔에 머물러야 되겠다고 했다. 중국에는 물이 좋지 않았다. 모래땅에서 흘러내리는 물은 석회석이 많아서 우리나라 사람들은 배탈이 나는 사람들이 많았기 때문에 가이드는 의심을 하지 않았다.

"여기는 물이 좋지 않아요, 설사약을 준비하였는데 줄 테니 그것을 하루 세 번 먹으셔요."

"미안해서 어떻게요."

"내일도 관광이 있으니까 우선 건강부터 관리를 하셔야 해요."

사람들은 아침 일찍 버스를 타고 백두산으로 출발했다. 일행이 떠난 뒤, 순철은 시내를 돌아다녔다. 거리에는 사람들이 많으나 누가 누구인지 알 수 없었다. 사방 한글 간판이었다. 언론에서 말하는 30만 탈북자는 어디에 숨었는지 감감했다. 뒷골목으로 가니 종로 만두집이란 간판이 붙어있었다. 용기를 내어서 안으로 들어갔다.

"안녕하십니까."

할머니 부부는 힐긋 쳐다본다.

"어서 오십시오."

순철은 주인이 우리말을 하니 반가웠다. 물을 한 컵 마시고 만두를 한 접시를 시켰다. 순철은 만두를 먹으며 대화하기 시작했다.

"장사가 잘 됩니까?"

"겨우 밥은 먹고 있어요."

"연변에 온 지 오래되었습니까?"

"우리 부모님 때 왔습니다."

"만두가 상당히 맛이 있습니다. 한국의 만두와 꼭 같습니다."

"우리 부모님도 만두장사를 하였습니다. 그래서 음식 손맛이 좋았습니다. 그것을 계속 유지하려고 애를 썼습니다."

"대단합니다. 한국에서 언론을 보니 탈북자가 많다고 하던데 요즈음도 탈북자가 있습니까?"

아저씨와 아주머니는 순철을 힐긋 쳐다보며 경계심을 보인다. 그들은 시골에서 올라온 농부처럼 순박하게 보였다.

"나는 한국에서 왔어요. 한국의 언론에서는 탈북자에 대하여 자주 보도를 하여 요즈음은 어떤지 궁금해서 물어보는 것입니다."

순철은 그들을 안심시켰다.

"전에는 탈북자가 많았는데 요즈음은 중국공안들이 워낙 설치니 탈북이 뜸해졌어요."

"중국에서도 너무합니다. 살려고 탈출하는 사람들을 잡아가다니요."

"얼마 전에도 우리 집에 탈북자가 숨어들었는데 하도 불쌍하여 지금도 눈앞에 삼삼합니다."

아저씨가 아내를 힐긋 쳐다본다.

"어떤 사람인데 특별히 불쌍타고 합니까."

"6·25 때 인민군을 따라서 북에 왔나 봐요."

"인민군을 따라 오다니요. 그런 사람들은 구해주는 것도 좋은 일입니다."

"원래 북한 사람이 아니고 남쪽에서 올라간 사람들은 더욱 안 됩니다. 잡히면 죽음입니다."

아저씨는 밖을 내다보며 주위를 살핀다.

"오늘 팔 만두 값은 내가 다 낼 테니 걱정하지 마십시오."

그래도 그들은 조심하며 자꾸 밖을 내다본다.

"나이 팔십이 가까울 겁니다. 북에서 탈출을 하여 우리 집에 숨어들었는데 하도 겁이 나고 가슴이 떨려 내쫓으려고 하였습니다."

"그런 사람을 숨겨주면 처벌을 받습니까?"

"그럼요. 신고 할 수도 없고 안할 수도 없어 난처하였습니다. 그분의 이야기를 들어보니 처지가 너무 딱하여 부엌방 구석에 머물게 하였는데 그만…"

아저씨는 말을 잇지 못한다.

"저는 믿을 만한 사람이니 자세히 이야기해도 괜찮습니다. 사례를 하겠습니다."

아저씨는 순철을 데리고 부엌방으로 들어갔다. 주인은 다리를 약간 절었다.

"그분도 이 방에 머물렀어요. 그분은 순수한 북쪽 주민이 아니고 6·25 때 납북 되었답니다."

"납북요?"

"그랬습니다."

"그분 성함을 압니까."

순철은 다급히 물었다.

"여보! 전에 그 사람 이름이 뭐라고 해?"

아저씨는 방문을 열고 만두를 찌는 아내한테 조심스럽게 묻는다.

"최씨라고 하던 것 같은데."

"차씨 아닙니까?"

순철은 흥분하여 다짜고짜 다시 물었다.

"최씨인지 차씨인지 잘 모르겠습니다. 학교에서 선생을 하다가 인민군에 끌려왔다고 합디다."

"그러면 맞습니다. 저도 아버지가 6·25 때 국민학교 교사를 하다가 인민군에 끌려갔습니다."

순철은 흥분했다. 아주머니는 주방에서 만두를 찌면서 밖을 살핀다.

"오는 팔 만두 값은 제가 다 낼 테니 자세히 이야기를 해주세요."

"여보, 오늘 영업하지 않는다고 써 붙여."

만두를 찌는 아주머니는 남편 말을 듣고 바깥문을 열고 주위를 살피더니 종이를 찾아서 연필로 커다랗게 '휴업 중'이라고 써서 문 밖에 붙인다. 그리고 문을 닫아 안에서 잠가버린다. 그리고 만두 한 접시를 가져온다.

"당신은 밖에 있어. 혹시 손님이 문을 두드릴지 모르니까."

"알갔디요."

"그분은 아직까지 결혼을 하지 않았답니다."

"예!"

순철은 멈칫했다. 아저씨는 말을 끊었다가 다시 정중하게 이야기를 시작했다.

"북에서 결혼을 하라고 하였지만 그분은 끝끝내 거절하였답니다. 남쪽에 자기 아내가 기다리고 있을 거라면서, 언젠가 만나면 같이 살 거라고 하였답니다. 그래서 북한 정부에서는 골수 반동분자라며 그 사람을 함경도 삼수갑산 탄광촌으로 보냈답니다."

"그분이 우리 가족을 알던까요?"

"남쪽에 아내가 있다고 하며 아들이 있었다는 말은 안 합디다."

"고향이 어디라고 합디까?"

"경상도라고 하였습니다."

순철은 흥분을 감추지 못했다.

"그리하여 그분이 어디로 갔습니까?"

순철은 다급히 물었다.

"북으로 다시 끌려갔습니다."

"예!"

순철은 한참 얼굴을 감싸고 머리를 숙이었다. 손에 눈물이 흘러나왔다.

"어쩌다가 그리되었습니까?"

"그분도 너무 양심적이었습니다. 결혼을 하지 않고 혼자 살다보니 자식도 없고 돌봐줄 사람도 없어서 생활이 어려웠나 봅니다. 젊었을 때는 탄광에서 일을 해서 밥은 먹고 지냈는데 나이가 들다보니 일을 못하여 배급도 적었답니다. 그래서 배가고파 굶어죽을 처지였으니까 이웃에 옥수수도 빌리고 감자도 빌려서 먹었답니다. 그것이 쌓여 빚이 되었는데 거기서 빚을 갚을 길이 없으니까 탈북을 하여 장기를 팔 결심을 한 것이지요."

"장기를 팔다니요."

"여기는 그런 것이 많습니다."

"누가 사나요?"

"그야 물론 한국 사람들이지요, 한국 사람들한테 팔면 큰 돈을 받습니다. 그러나 대부분 사람들이 중국의 중간 브로커한테 팔지. 직접 한국의 실수요자를 만나기 어렵기 때문이지요."

"신장 하나를 얼마를 받습니까?"

"중국 사람한테 매매하면 1만 위안(160만 원 정도)를 받는다고 합니다. 그런데 브로커들은 한국 사람들한테는 30만 위안(5천만 원 정도)을 받고 되 판다고 합니다. 30배가 남지요."

"한국 사람들이 장기를 많이 사나요?"

"장기가 있다고 연락하면 한국에서 비행기로 당일 와서 당일 이식을 한답니다."

"누가 그것을 알선합니까?"

"다들 브로커가 있어요."

"비용이 많이 들 텐데요?"

"한국 사람들은 돈이 많지 않습니까, 돈 놔두고 죽으면 무슨 소용이 있습니까."

"장기를 파는 사람들이 많습니까?"

"주로 탈북자들이지요."

"왜 탈북자들이 장기를 팝니까?"

"북에는 돈이 없으니까요, 여기서는 적은 돈지만 북에 가면 큰돈이랍니다."

"중국 사람들도 간혹 장기를 팝니까?"

"중국인은 절대 장기를 팔지 않습니다. 중국인들은 알선만 하고 막대한 차익만 챙깁니다."

순철은 장기매매를 한다는 말은 간혹 들었지만 이렇게까지 광범위하게 이루어지는 줄은 몰랐다.

"중국은 무서운 곳입니다. 밤에 다니면 큰일 납니다. 외국인은 잘못 걸리면 납치되어 장기를 뗀다고 합니다."

순철은 왜 우리 민족이 이렇게까지 되었나, 한숨이 나온다.

"그분도 한국으로 돌아가기 전에 신장을 팔아서 북에서 빌린 돈을 갖고 남쪽으로 가려고 하였습니다. 북에는 돈이 귀하지만 한국만 가면 잘 산다고 하니까요."

"암만 그렇지만"

"신장을 7,000위안(120만 원)에 팔았다고 하더군요."

"그렇게 싸게요?"

"급히 팔려니 싸게 팔았지요. 그리하여 빌린 돈을 일부 갚으려고 북으로 다니면서 장사하는 중국 상인을 물색하다가 신장을 매매한 그 브로커한테 고발을 당하였답니다."

"브로커한테 당하다니요?"

"브로커는 신장을 알선하고 다시 자기한테 신장을 판 사람을 고발한답니다."

"그럴 수가 있습니까!"

순철은 흥분하여 펄떡 뛰었다. 그 바람에 만두 접시가 상에서 떨어졌다.

"세상에 이런 비인간적이고 무법천지가 있습니까!"

가슴이 떨려 말이 나오지 않았다.

"중국 장기매매 업자들은 옛날 마적패들보다 더해요. 탈북자를 만나면 심 봤다고 한답니다. 산삼을 만나는 것보다 더 횡재했다는 것이지요. 장기 떼고, 돈 뺏고, 공안에 고발하면 보상금 받고 그리고 추방을 한답니다."

"왜 고발까지 합니까?"

"북에 끌려가서 총살을 당하든지 수용소에 수감되어야 자기들이 장기 떼고 돈 뺏은 것이 탄로가 나지 않을 것 아닙니까."

"우리나라 영사관에서는 무엇을 합니까, 그런 동포들을 구해주지 않고."

"여기서 선양까지는 2천리도 더 됩니다. 은밀히 일어난 일을 그런 먼 곳에서 어떻게 다 압니까."

"중국당국에서는 인권의 사각지대를 그냥보고 있습니까?"

"초록이 동색이라고 하지 않습니까. 공산주의 국가니까 북한과 한통속입니다. 장기를 떼이든지, 불알을 까이든지, 그들한테 무슨 소용이 있습니까, 끌려가서 처형이 되든지, 수용소로 보내든지, 북으로 추방만 하면 그만인데."

"불알을 까다니요?"

"그것을 조제하여 캡슐에 넣어 정력제로 팔면 불티나게 팔린답니다."

"그런 것을 사는 사람이 있습니까?"

"그것도 한국 사람이지요, 한국 사람들은 정력에 좋다고 하면 사족을 못 쓴답니다."

"휴!-"

순철은 기가 막혀 한숨이 나온다. 언론에서 인육을 캡슐에 넣어 팔다가 잡혔다는 말을 들었지만 여기 와서 직접 들으니 섬뜩했다.

"실제 정력에 효력이 있습니까?"

"옛날 중국황제는 그것으로 홍연환을 제조하여 먹었다는

기록이 있답니다."

"중국 당국에서는 그런 사실을 모릅니까?"

"중국은 무서운 곳입니다. 워낙 땅이 넓고 인구가 많으니 어느 곳에서 무슨 일이 일어나는지 모릅니다. 알아도 탈북민들한테는 모른 체 합니다."

순철은 그분이 자기 아버지 같은 생각이 들어 자꾸 눈물이 난다.

"내가 괜히 말을 하였나 봐요."

"아닙니다. 아저씨가 아니면 누가 그런 사정을 이야기 하겠어요."

"나도 중국 공안에 붙들려가서 얻어맞고 벌금을 물고 나왔습니다."

아저씨는 문을 열고 밖을 살핀다. 홀에는 할머니가 의자에 앉아서 누가 오는지 지키고 있었다.

"탈북한 처지에 빌린 돈은 뒤에 갚아도 되는데."

"북한의 이웃들도 다 생활이 어려웠나 봐요. 그런 처지에 신세를 졌으니 마음이 아팠겠지요. 한국은 빈손으로 가도 살게 해준다니까요."

순철은 다음날 일행들과 함께 관광버스를 타고 두만강으로 구경 갔다. 강물은 도도히 흐르고 있었다. 다들 강변에서 손을 씻고 건너편을 바라보았다. 북쪽의 높은 산들이 우뚝 솟아 있었다. 순철은 강변 언덕에 서서

"아버지!"

큰 소리로 불렀다. 사람들이 쳐다본다.

"아버지가 어디 있는데 여기서 불러요?"

"6·25 때 북으로 끌려갔습니다."

"아이구, 안됐다. 우리 친척도 그때 북으로 끌려갔는데…"

다들 동정을 한다.

두만강

강물은 달려간다

말할 수 없는 아픔을 잊으려고

수없이도 서러웠던 내 조국

오늘도 서러운데

덩거렇게 놓인 다리 언제 한번 건너려나

중간에 버티고 선 해관의 눈빛이 날카롭다

나루터 없는 강변 우짖는 멧새들

이념의 무상함을 아느냐 모르느냐

세월을 안고 흐르는 강물이여

인생도 싣고 가누나

수 만년 흘러 역사는 깊어도

애끓는 사연만 겹겹이 쌓이는데

누구를 붙들고 민족의 아픈 상처를 하소연 할가

빨래하던 아낙들 어디로 갔나
물장구치던 아이들 모두 사라지고
비극의 운명만큼 쓰라렸던 조국의 핏줄
그래도 잊을 수 없는 사람들
손짓도 하고 고함도 질러봤으나
풀죽은 듯 고요한 북녘의 산하들
허전한 가슴 쓸어안고 돌아서려는데
강 건너 숲 속에 묻힌 초소에서
경비병이 망을 보고 있다.

쓰리 잘

보혜는 결혼초기에는 남편이 세력다툼으로 싸움을 하여
무서웠지만 세월이 지남에 따라 그런 것도 몸에 배여 익숙해
졌다.

"찌르릉…"

"엄보혜입니다."

"아이구, 사모님 축하합니다."

"누구셔요?"

"판상철이 담임입니다."

"아이구, 선생님 미안합니다, 요번 달에 찾아뵙는다는 것이 너무 바빠서 늦었습니다."

"그것이 아니고요, 축하전화를 했습니다."

"축하라니요?"

"요번에도 상철이가 전체 일등을 하였어요."

"아이구, 고맙습니다, 선생님이 잘 지도를 해주어서 그렇지요."

"아닙니다, 워낙 성실하고 공부를 잘해서 그렇습니다."

보혜는 아들이 전체 일등을 했다고 하니 가슴이 두근거려 견딜 수가 없었다.

"상철 때문에 우리 반의 평균성적이 올라갔어요."

"다 선생님 덕분입니다."

"반장을 하면서 리더십도 대단하여 아이들을 완전히 장악하고 있습니다."

"고맙습니다. 며칠 내에 한 번 찾아뵙겠습니다."

보혜는 전화를 끊고 가슴이 뿌듯하고 기분이 들떠 있었다.

아들 공부 잘하고, 남편 돈 잘 벌고, 친정 잘 살고, 이보다 더 좋을 수가 없었다. 세상에 보기 드문 쓰리 잘이었다.

처음 아들을 낳았을 때 남편이 하나 더 낳자고 하는 것을 자기는 혼자라도 행복한데 뭣 때문에 또 낳을 거냐고 거부하였더니 지금 생각해도 잘한 것 같았다.

"이 기쁨을 누구한테 자랑을 하나? 동창한테 전화를 해야지."

"명필아!"

"누군데?

"보혜야."

"보혜가 어쩐 일이고?"

"왜 나는 전화를 못하나."

"너같이 잘나가는 사람이 나한테 전화를 하니 이상하지."

"너는 항상 말을 빌빌 꼬아."

"꼬우는 것이 아니야, 솔직히 그렇지 뭐."

"나도 너가 보고 싶었어."

"무슨 일이야?"

보혜는 대답이 궁했다. 차마 아들이 일등을 했다는 말은 입에서 떨어지지 않았다.

"어떻게 지내는지 전화했어."

"나 같은 사람이 좋은 일이 있겠나. 그저 그렇게 지내지."

"다른 친구들은 어떻게 지내노?"

"연락을 안 해봐서 모르겠다."

보혜는 은근히 자랑하려고 전화했다가 말문이 막혔다.

"알겠다. 뒤에 한 번 만나자."

보혜는 전화를 끊었다.

"요번에는 누구한테 전화를 할까? 다들 수준이 낮으니 상대할 친구가 없어."

혼자 중얼거리며 다시 전화를 돌렸다.

"왜 전화를 안 받을까?"

계속 울리다가 전화를 받는다.

"여보셔요."

"기숙아 나야."

"나라니?"

"보혜야. 왜 전화를 빨리 안 받아."

"내가 머리가 아파서 누웠다가 일어났다."

"왜 감기가 걸렸나?"

"우리 애가 말을 안 들어 실컷 때렸더니 마음이 안 좋아."

"요즈음 아이들은 달래야지 때리면 되나."

"중간고사 시험을 봤는데 성적이 형편없어, 화가 치미니까 손부터 먼저 올라가더라고."

자식 때문에 고민하는 친구한테 자식 자랑을 할 수는 없었다.

"다들 그래, 마음을 편하게 가져라."

"너거 애도 그렇나?"

"응."

"너거 애는 공부를 잘 할 줄 알았는데."

"다들 비슷해."

보혜는 전화를 끊는다.

"친구들이 왜 그래."

자랑을 할래도 받아 줄만한 친구가 없었다.

"친정엄마한테 자랑을 해야겠다."

"누고?"

"엄마! 나야."

"니가 뭣 때문에 전화를 했노?"

"상철이가 학교에서 일등을 했대."

"그런 것도 이제 귀에 들어오지 않는다. 너거 아버지는 니 때문에 시름시름 앓다가 어제 병원에 갔다 왔다."

"어디가 아픈데?"

"홧병이래, 혈압이 높고, 당뇨도 심하고, 심장도 좋지 않고…"

"부산에 큰 병원이 있는데 여기오시면 내가 병원에 모시고 갈 텐데."

"죽었으면 죽었지 니 있는 데는 발도 대기 싫단다."

"아버지보고 너무 그리지 말라고 해, 나도 자식이잖아."

언성이 높아진다.

"자식이면 뭣해, 부모 골병이나 들이고."

"뭣 보고 골병이 들었다고 그래!"

고함 소리가 더 커진다.

"너거 아버지가 니를 고시에 합격한 사람한테 시집 못 보낸 것이 천추에 한이 되어 기죽고 살다가 이제 자다가 헛소리까지 한다."

"그런 사람을 구하다가 못 구했잖아. 나보고 왜 그래."

"니가 그놈한테 당하지 않았으면 더 구해봤을 것 아냐."

"자꾸 그러면 나도 친정이 싫어져."

"나도 니가 싫다. 전화 끊어라."

"싫으면 서로 안보면 되겠네."

보혜는 전화를 끊었다. 그리고 엉엉 혼자서 울었다.

국회의원 출마

흠태는 검사생활을 그만두고 국회의원에 출마하려고 했다. 처음 고시에 합격하였을 때는 천하를 얻은 기분으로 하늘을 나를 듯하였으나 조직에 들어가니 거대한 밀림속의 한 그루 나무에 불과했다. 매일 지시가 내려오고 명령에 따라서 움직여야 되니 존재가치가 없었다. 흠태는 후배들한테 승진의 길을 열어준다는 명목으로 사직서를 제출하려 했다. 솔직히 요번에도 검사장 승진에 누락이 되어 자존심이 상했다. 자기는 늦게 고시에 합격하여 고시 동기들보다 나이가 훨씬 많았지만 젊은 검사장들 밑에서 일을 하려니 눈치가 보이고 열등감에 사로잡혀 자존심이 상했다.

검사장에 승진 하려면 정치적인 배경이 있어야 되는데 농촌출신에 돈 없고 빽도 없으니 승진은 요원한 실정이었다. 어렵게 독학으로 공부를 하여 여기까지 온 것 만하여도 눈물겨운 아픔과 뼈를 깎는 노력으로 성취하였는데 돈과 빽으로 좌우되는 현실세계에서 모든 것이 역부족이었다. 고시 동기들은 부유한 집안에서 태어나서 좋은 대학에 나오고 일찍 고시에 합격하여 부잣집에 장가를 갔지만 자기는 독학으로 공부하여 어렵게 살다보니 모든 것이 더디었다. 젊은 고시동기들은 벌써 검사장에 승진하였지만 흠태는 아직 부장검사로 후배들 밑에서 근무하니 퇴물로 취급받았다.

그래서 이 기회에 사직서를 내고 선배 정치인을 만나보려고 했다. 막상 그만 두려니 주위에서 말리는 사람들이 많았다. 더구나 친구들한테 전화가 많았다.

"막강한 권력을 쥐고 있는 검사를 그만두다니 니가 정신 나간 사람 아니냐."

"나도 뜻이 있어. 국회의원에 출마해보려고."

"국회의원? 국회의원은 얼굴마담이야, 실속은 검사보다 못해."

대학동기인데 고시에 몇 번 떨어지고 지금은 어느 중견기업 전무로 있는 친구의 전화였다.

"이권을 보고 국회의원 되려는 것이 아니야. 뭔가 국가에 봉사해보고 싶어서 그래."

"하하하, 정치하는 사람들은 다들 그렇게 말을 해, 니도 꼭 같구나."

"뭔가 사회에 도움이 되어야지."

"니가 검사 생활만 하더니 세상 물정을 잘 모르는 구나, 사표를 내어봐, 그때부터 사람들이 안면을 싹 바꾼다고."

"법대로 살면 되지 안면이 뭐가 필요해."

"아이구, 니가 걱정이야, 사회에 나오면 권모술수가 판을 친다구, 되는 것도 없고 안 되는 것도 없어, 모든 것이 빽과 연줄이 통해야 되는 세상이야."

흠태는 그런 말을 듣고 막상 법복을 벗으려니 마음이 더욱 착잡했다. 그렇다고 더 있어봐야 장래가 없었다. 차라리 변호사 개업을 하는 것이 났다고 생각되었다. 일단 마음을 먹었으니 사표를 내었다. 승진도 하지 못하면서 자리만 지키고 있는 것도 도리가 아니었다. 그렇다고 검사장이 되기는 하늘의 별 따기였다. 그래서 변호사 등록부터 하고 평소에 검사를 그만두고 국회의원에 출마하라고 조언을 하던 여당 중진인사를 찾아갔다.

"나, 자네보고 검사를 그만두라고 말 한적 없네, 국회의원에 출마하면 어떻겠느냐고 물어본 것이네, 자네가 착각을 하였네."

어제 말이 다르고 오늘 말이 달랐다. 입맛이 싹 떨어졌다. 사기당한 사람처럼 배신감이 느껴졌다. 만날 때마다 조언을 하더니 사표를 내고나니 딴소리를 하는 것이었다.

"미안합니다."

더 이상 말할 필요가 없어 일어서려는데

"정치란 자기가 노력하기에 따라 달라요, 전변호사가 공천을 받고 못 받고는 것은 오직 본인한테 달렸어요. 힘을 많이 써야 할 거요."

도대체 어쩌란 말인지 알 수가 없었다. 오랫동안 검사생활을 통하여 원칙만 생각하였는데 무엇을 하라는 것인지 도무지 이해가 되지 않았다. 차라리 안 되면 안 된다고 딱 잘라 말을 하면 포기할 텐데, 되는 것인지, 안 되는 것인지, 애매모호하여 그 속을 알 수가 없었다. 그래서 정치를 그만 둔 선배인 전직 국회의원을 찾아갔다.

"공천을 주겠다고 해서 사표를 제출하였더니 또 경선을 해야 된다고 하여 후회가 막심합니다."

"그것이 정치야, 이왕 말을 탔으면 달려야지, 그렇다고 지금 다시 검사로 돌아갈 수는 없잖아."

"돈도 없고 조직도 없는데 왜 저를 출마하라고 하였는지 모르겠습니다."

"내가 알아보니 요번에 부산에서 여당후보 전체를 당선시키는 것이 당의 전략인 것 같아, 그러려면 부산에 여당바람을 불러일으켜야 되고, 바람을 일으키려면 경선을 해야 된다네, 경선을 하여 바람을 일으켜야 여당이 승산이 있다는 거야, 내가 볼 때 자네가 젊고 참신하니 경선을 하면 승산이 있을 거라고 그러는 것 같애."

"출마를 하면 대표께서 바로 공천을 주는 줄 알았습니다."

"종전에는 국회의원 공천을 당 총재가 하향식으로 하는 제도였으나 이제는 선진국 제도를 모방하여 상향식 공천으로 제도가 바뀌었다네. 우리나라 헌정사상 처음 있는 제도야."

흠태는 난감했다.

이럴 때는 그 지역에서 지명도가 높은 인물이 유력했다. 전 변호사는 정치 초년생으로 지역주민들한테 인지도가 전혀 없었다. 오랜 검사 생활로 외부와 단절된 상태에서 사건을 다루다 보니 지역주민들과 접촉할 기회가 없었다. 그런데 경선 후보에 나설 다른 후보들은 여러 번 지방선거에 출마를 하여 그 지역에서 인지도가 상당히 높았다. 이럴 줄 알았으면 사표를 제출하지 않았을 텐데, 엎질러진 물이었다. 멀리 미국에 있는 친구가 소식을 듣고 전화가 왔다.

"권모술수가 심하고 아싸리판에 뛰어 들어가서 어쩌려는 거야!"

"일이 그렇게 되었어."

"정직하게 살아온 전검사가 정치판에 들어가면 사람 버려!"

"초심을 잃지 않고 열심히 뛰어보려고 해."

"호랑이는 숲속에서 살아야 되고, 낙타는 사막에서 살아야 되고, 고기는 물에서 살아야 된다고, 낙타가 풀을 좋아한다고 밀림에 갔다 봐봐 제대로 살 수 있는지."

"그렇잖아도 마음의 갈등이 심해."

"하여간 잘해봐, 이왕 결심을 하였으면 최선을 다해야지, 승리를 빈다."

야당에서도 손을 내밀었다. 부산에는 서로 여당에 출마하려고 설치니 야당에는 인물난이었다. 경선에 탈락하는 것보다 차라리 야당에 출마하는 것이 나을 것 같았다. 여당에서 경선에 탈락한 뒤에 야당에 가면 변절자라고 낙인찍히게 되어 받아주지 않을 것 같았다.

전변호사는 오랜 고심 끝에 경선을 포기하고 야당에 출마하기로 결심했다. 그러려면 우선 인권변호사로 표방하여야 되었다. 정책부터 달랐다. 갑자기 보수에서 진보로 정체성을 바꾸려니 어색했다. 얼마 전까지 공안 검사로 명성을 날렸는데 이제 정부여당을 비판하는 야당이 되려니 체질이 맞지 않았다. 보수에서 진보로, 친미에서 친북으로, 모든 정책이 변경되었다. 연방제 통일을 주장하고 남북대화, 평화통일, 경제교류, 식량지원, 한민족 공동체결성, 적십자회담 등이 공약에 포함되었다. 주체사상을 강조하고 평등사회를 부르짖었다. 평등사회, 말은 그럴듯했다. 이것이 유권자한테 먹혀들어갈지 의문이다.

"야, 전검사 있잖아, 벌써부터 정치인이 다 되었더라."

친구들 끼리 숙덕거린다.

"엊그제까지만 해도 서슬 시퍼렇던 공안검사가 갑자기 좌경이라니, 정치가 무섭기는 무서워."

"그러니까 정치인은 속을 알 수 없다고 하지 않더냐."

"정말 그렇구나."

친구들이 모이면 흠태를 흉을 본다.

평소에는 터부시 하던 정책이 버젓이 등장했다. 얼토당토 않는 공약이 남발되었다. 노동현장도 찾아다녔다. 분쟁을 부추기고 정책을 비판하고 농성장에 찾아다니면서 같이 농성을 했다. 노조 파업장에 찾아가서 머리도 깎고 단식도 단행했다. 무언가 이름부터 알려야 되었다. 효과가 있었다. 카메라맨이 달려오고 신문에도 반응을 보였다.

"재벌을 타도하자! 노동자가 주인이다! 월급을 50%로 인상하라! 하루 8시간 작업을 지켜라! 보너스 800% 보장하라!"

노동자와 어울려서 밤새도록 농성을 벌리며 구호를 외쳤다. 표를 얻기 위하여서는 할 수 없었다. 파업현장에 찾아다니면서 부추기니 진짜 좌경이 되어간다. 논두렁도 자꾸 다니면 길이 된다는 옛 어른들의 말이 실감났다. 허구한 말도 자꾸 반복하니 진실같이 보이는 것이다.

'아니 땐 굴뚝에 연기 날까.'

때로는 마음에 없는 말도 해야 되었다.

"제아무리 성인군자도 국회의원에 떨어지면 소용이 없어, 그때부터 낙동강 오리알이야."

친구들의 조언이었다. 허위공약이 남발했다.

"골목을 포장해주겠습니다. 다리를 놓겠습니다. 그린벨트를 해제하겠습니다. 경전철을 추진하겠습니다. 노점상을 양성화 하겠습니다. 최저임금을 인상하겠습니다. 노동자를 보호하겠습니다, 하루 8시간 근무를 추진하겠습니다. 남북 노동자대회를 개최하겠습니다. 대학등록금을 면제하겠습니다. 무료

급식을 실시하겠습니다. 재벌들한테 중과세 하겠습니다."

믿거나 말거나 우선 달콤한 공약을 제시했다.

"저사람 미친 것 아니냐."

아는 사람들은 욕을 했다. 그러나 1% 아는 사람보다 99% 모르는 사람이 더 중요했다. 우선 노사분규 현장에 가서 같이 투쟁을 선동했다. 그리고 정부정책에는 무조건 반대했다.

"내가 왜 이리되었나?"

어떤 때는 자신이 변한 것에 대하여 자신이 놀라기도 했다. 새벽부터 일어나서 주민들을 만나고 허리를 굽실거리며 인사를 해야 되었다. 허리가 잘 굽혀지지 않았다. 더구나 검사출신이라고 하니 주민들은 거부반응이 심했다. 검소하고 정직하다는 것을 주민들은 알지 못했다. 벌써 흑색선전이 난무하고 상대를 모함하는 일이 비일비재했다. 사방 지뢰밭이고 철조망이었다. 걸면 걸리지 않는 데가 없었다. 아직 선거기간이 아니니 공식적으로 선거홍보를 할 수가 없었다. 다만 개인적으로 명함을 가지고 다니면서 자기소개로 끝내야 되었다. 가족이나 종사자들도 밖에 나와서 명함이나 팸플릿 등을 나누어 줄 수 없었다. 전부 안 되는 것뿐이었다. 현직 국회의원은 국정 보고대회, 여론수집, 국민애로사항 청취, 정책홍보, 출판기념회 등 각종 대회를 할 수가 있었다. 이는 현직국회의원으로서 업무의 한 부분이라고 했다. 그리고 현직 국회의원은 인지도가 높아서 모르는 사람이 없었다. 전변호사는 아침부터 밤늦게까지 다리가 붓도록 다녔다. 예식장으로, 상 갓집으로, 체육회로, 산악회로, 버스정류장으로, 시장골목으로, 아파트 입구에서, 어른에서부터 아이까지 코가 땅에 닿도록 절을 했다.

도와주겠다고 찾아온 사람들도 많았다. 매일 사람들로 밀어닥쳤다. 커피 한 잔이라도 접대하면 안 된다고 했다. 그래도 우리나라 예의상 찾아오는 사람들을 그냥 보낼 수는 없었다.

사무실은 매일 첩보전 같았다. 사복경찰이 수시로 와서 살피고 선거관리 사무실 직원들도 손님처럼 가장하여 위반사항을 수집했다. 상대방 후보 측에서 첩자를 보내어 위반 사항을 살피니 사무실 분위기가 살얼음판이었다. 만약 그들이 선거에 지면 고발할 건을 미리 확보하는 것이었다.

무료로 자원 봉사하겠다는 사람도 많았다. 어중이떠중이 일없는 사람들이 기웃거리며 일을 도와주겠다고 했다. 그런 사람들을 거절하면 역선전을 하니 다 받아들여야 했다. 그러다보니 누가 첩자이고 누가 아군인지 분간하기 어려웠다. 음모, 조작, 함정, 역선전, 사기꾼이 난무했다. 한번은 전후보가 산악회를 따라서 등산을 갔다. 그런데 상대방에서 은밀히 유권자한테 전화를 하여 전후보가 주민들한테 점심대접을 한다고 어느 식당에 모이라고 한 것이다.

점심때가 되어 많은 주민들이 기대를 하고 식당에 참석했다. 그것을 모르는 전후보는 나타나지 않았다. 그러자 거기

모인 사람들이 기다리다가 감정이 폭발하여 전후보를 욕을 하기 시작했다.

"개○○, 주민들을 뭘로 보고 이러는 거야!"

전후보를 신뢰 없고 나쁜 사람이라고 비난하기 시작했다. 전후보는 산에 갔다 와서 저녁에야 그 사실을 알았지만 엎어진 물이었다.

"찌르릉."

"예, 전후보입니다."

"나, 서변호사야."

"어, 서변호사, 어쩐 일이야?"

사법고시에 같이 합격하여 지방검찰청에서 같이 근무한 동료였는데 몇 년 전에 먼저 퇴직하여 변호사를 개업한 친구였다.

"요즘 잘나가고 있어?"

"말도 마라, 너무 힘들어서 포기하고 싶은 때가 많아."

"정치가 그리 싫나, 쓸개 빼놓고 시작해야 되는 것이 정치라고 하지 않더냐."

"예상은 했는데 막상 시작하니 실크로드야."

"실크로드라니?"

"옛날 대상들이 앞에 닥칠 위험도 모르고 목숨을 걸고 험한 길을 걸어갔다는 실크로드 말이야."

"하하하, 벌써 실크로드 말을 하면 어떡해, 용기를 내어야지."

"자꾸 자신감이 없어져."

"그러지 말고 깡패들을 동원해보는 것이 어때?"

"깡패?"

"요즈음 정치깡패라는 말이 있잖아, 그런 조직은 각 회사의 주주총회나 각 정당의 전당대회 때 동원되어 한몫을 단단히 하고 있어."

"선거 때 그런 깡패가 필요 있나?"

"너는 잘 모르구만, 그들이 얼마나 큰 역할을 하는데, 요인 경호, 질서유지, 박수부대 동원, 바람 잡기, 분위기 전환, 역선전, 안내문 배부 등 그들은 여러 번 선거에 동원되어 경험이 많아서 선거에는 프로급이야."

"그런 깡패가 있나?"

"판덕수라는 사람인데 막강한 조직을 장악하고 영향력이 대단해."

"판덕수!"

전후보는 깜짝 놀랐다.

"왜, 아는 사람인가?"

"아, 아니야."

"그 사람은 이제 자기들끼리 세력을 다투는 그런 깡패가 아니라구, 대형 건설공사의 입찰이나 각 회사의 주주총회 등 큰 행사 때면 사방에서 초대하여 한몫을 단단히 하고 있어."

"그런 깡패를 서변호사가 어떻게 알고 있어?"

"내가 그 깡패의 전속 변호사인데 아주 능력 있고 센스가 빨라."

"깡패들은 어쩐지 꺼림직 해서 같이 손을 잡기 싫어."

보혜의 남편이 되어 싫다고 말할 수는 없었다.

"아이구, 그래가지고 선거에 승산이 있겠나. 깡패를 동원하든지, 돈을 뿌리든지, 위장 전입을 하든지, 선거에는 이기고 봐야 돼, 떨어지면 누가 너를 정직하게 했다고 표창이라도 줄까 봐."

"얼마 전까지만 해도 그들을 잡아넣었는데 그들과 손잡는다는 것은 양심이 허락하지 않아."

"그러니까 정치는 얼굴에 철판 깐다고 안 하더냐."

"알겠다."

"알아서 해, 하여간 승리를 빈다."

덕수가 그런 데까지 손을 뻗치다니. 흠태는 마음이 씁쓸했다.

정부에서는 돈 안 드는 선거를 치른다고 하지만 돈이 없으면 아무것도 할 수가 없었다. 사사건건 돈이고 돈을 미리 주지 않으면 사진이나 명함, 플래카드나 비품 등 홍보물도 구입도 할 수가 없었다. 사무실 임대료도 몇 달치를 미리 달라고 하고 비품도 상당히 비싸게 받았다.

처음 당에서 국회의원에 출마하라고 한 것도 순전히 정치적이었다. 전검사를 나오라고 한 것은 청렴한 검사를 경선에 참여시켜야 경선을 재미있게 이끌 수가 있었다. 어중이떠중이와 경선을 벌려봐야 프로와 아마추어의 싸움으로 결과는 뻔하기 때문에 유권자들이 흥미가 없는 것이었다. 그리되면 부산에서 여당의 바람을 일으키는데 차질을 빚게 되었다. 그래서 깨끗한 전검사를 끌어들이려 하였던 것이다.

전후보는 열심히 뛰었지만 낙선했다. 전통적인 보수적인 체질이 갑자기 진보로 방향을 튼 것이 패인이었다. 정직하고 바르게 살아온 검사가 가시밭에 뛰어들었으니 상처가 큰 것은 말할 것도 없었다. 선거가 끝나고 나니 빚만 남았다. 사방에서 영수증을 내밀었다. 할 수 없이 살던 집을 팔기로 했다.

선거에 탈락하고 아픈 머리를 시킬 겸 제주도에 가서 휴식을 취하는데 검찰에서 출두하라고 통지서가 왔다. 무슨 일인가 알아보니 선거법에 위반했다는 것이었다. 급히 돌아와서 담당검사한테 가니 선거법 위반으로 수십 건의 고발이 들어와 있었다. 전후보는 법정에 서게 되었다.

엊그제 자기도 검사가 되어 많은 피의자를 법정에 세웠는데 이제 위치가 뒤바뀌었다. 음지가 양지 되고 양지가 음지 된다는 말이 실감났다.

흠태는 사는 것에 회의를 느꼈다. 어려운 형편에 몸을 일으켜 고시에 합격하였으나 그때가 제일 행복했다. 그때는 천하를 얻은 기분이었으나 이제는 천하를 잃은 패잔병이 되어 사람들한테 면목이 없었다. 죽고 싶은 생각뿐이었다. 차라리 한두 번 검찰에 출두하고 기소를 하여 빨리 선고를 끝냈으면 덜 창피스러웠을 텐데 여러 번 검찰에 불려나가고 법정에 서게 되니 후배 검사들 보기에 창피스러웠다.

7부

권불십년 세불백년

블라디보스토크

보석상

황혼의 브루스

엄마의 바다

사랑과 이별

임진왜란

공룡엑스포

권불십년 세불백년

두치는 세월이 갈수록 사는 것이 재미가 없고 쓸쓸하기만
했다. 할 일도 없고 찾아오는 사람도 없어 외롭고 우울하기
만 했다. 잘살 때는 군수나 경찰서장이 부임하면 신임인사차
찾아오고 하였는데 이제는 그럼 사람들도 발길을 끊었다. 가
을이 되면 소작료를 받치려고 대문 앞에 인마가 끊이지 않았
고 생일 때는 술과 떡을 지고 찾아오는 사람들이 문전성시를
이루었는데 이제는 씻은 듯이 조용 했다. 시대가 엄청나게
변했다. 일본에서 대학에 다닐 때는 자부심이 충만했다. 희
망이 있고 앞길이 창창했다. 잘사는 집안에 대학까지 다니니
사회에서도 인정받는 엘리트였다. 그때 일본은 승승장구하
여 태평양을 장악하고 동남아시아를 석권하고 있었다.

그동안 동남아시아 여러 나라들은 수백 년 동안 유럽의 식
민지로 신음하다가 유럽이 히틀러한테 점령당하자 이들 나
라들은 군대를 본국으로 이동 배치하여 식민지는 무주공산
이 되었다. 이때 일본이 재빨리 달려들어 동남아시아를 쉽게
점령하니 손 짚고 헤엄치기였다. 매일 승전보가 날아오고 밤
이면 횃불을 들고 거리를 누비며 대일본 천황 만세를 부르며
환희에 벅차있었다. 그때 두치도 거리를 나가서 만세를 불렀
다. 그렇게 승승장구할 줄 알았던 일본이 원자폭탄 한방으로
항복하니 조선은 꿈에도 생각하지 못하였던 해방이 되었다.

두치는 교토에 있는 대학에서 소크라테스의 철학을 공부하다가 해방이 되자 고국으로 돌아왔다. 독립된 조국에서 무언가 할 일이 많을 거라고 기대를 모았다. 그러나 고국은 갑자기 해방이 되니 좌익이다 우익이다 서로 싸우느라 정신이 없었다. 해외에서 활동하던 많은 애국지사들도 부푼 꿈을 안고 해방된 조국을 찾아왔지만 실망스럽기는 마찬가지였다.

'독립!' 얼마나 기다리며 애를 태웠던가. 또 얼마나 많은 사람들이 독립을 부르짖다가 죽어갔던가. 그러나 해방된 조국에서 공통의 적이 사라진 뒤에는 공산주의다, 민주주의다, 옛날의 사색당파가 되살아나듯이 구태가 되살아났다. 국제 사회에서 소련을 등에 업은 김일성과 미국의 지원을 받는 이승만이 남북에서 서로 지도자로 등장하자 남쪽에는 이승만의 민주정권이 북쪽에는 김일성의 공산정부가 들어섰다.

남쪽에서는 새 정부가 들어서서 농지 개혁이 실시되자 지주들은 소작논이 다 떼이고 서민층으로 전락했다. 설상가상으로 6·25전쟁이 터지자 두치는 인민군에 끌려가다 총에 맞자 불구가 되었다.

해방된 조국이 오히려 자기한테는 기쁨이 아니라 망하는 길이 될 줄은 꿈에도 생각하지 못했다. 일반 사람들은 아들딸을 낳고 잘 사는데 두치는 아들이 없으니 손이 끊어졌다. 고시에 합격한 사윗감을 구하려고 애를 썼으나 그것도 여의치 않았다.

"왜 세상이 자꾸 힘들어질까. 살아갈수록 좋은 일은 없고 안 좋은 일만 생기니…"

두치는 당뇨병이 심하여 눈이 침침하여 앞이 잘 보이지 않는다. 잘 먹고 편안하게 지낸 것이 화근이었다.

수운댁도 마찬가지였다. 진주의 부잣집에서 태어나서 고성의 부잣집으로 시집 올 때만 해도 꽃가마를 타고 풍악을 울리면서 동네 앞을 지날 때는 구경 한다고 인산인해를 이루었다. 그러나 전쟁으로 남편이 불구가 되니 사는 것이 재미가 없었다. 얼마 전 노숙댁도 죽었다. 식모애를 구했지만 말동무가 되지 못했다.

"세상이 왜 이리 빨리 변하나."

수운댁은 왕년의 기세는 꺾이고 요즈음은 풀이 죽었다.

두치는 사랑채 마루에서 우두커니 앉아 하늘만 쳐다보다가 지팡이를 짚고 안채로 들어온다. 수운댁도 마루에서 반짇고리를 끄집어내어 돋보기를 쓰고 치마에 단을 달다가 남편이 오자 하던 일을 멈춘다.

"학교에서 운동회 한다고 찬조금을 내라고 통지서가 왔소."

두치가 아내 수운댁을 보고 말을 한다.

"당신이 알아서 내시구려."

두치와 수운댁은 돈 때문에 서로 다투는 일이 많았다. 돈 걱정 없이 살다가 어렵게 되니 궁색해지는 것이었다. 두치가 마루 끝에 걸터앉았지만 수운댁이 반응이 없으니 사랑채로 내려 가버린다. 그동안 돈이 없으면 산두골댁한테 빌렸다. 산두골댁은 장사를 하니 항상 현금이 있었다. 그리하여 빚이 늘어나면 논밭을 팔았다. 논밭은 대부분 산두골댁에서 샀다. 이제 산두골댁보고 돈 빌려달라고 말하기도 미안했다. 수운댁은 마루에서 치마 단을 달고 나서

"지순아!"

식모아이를 부른다.

"예."

"산두골띠가 있는지 가보아라, 집에 있으면 내가 놀러오라고 해라."

"예."

조금 있으니 산두골댁이 온다.

"아이구, 어서 오시유."

수운댁은 산두골댁을 보고 반가워한다.

"집에 있었는가베요?"

"내일 장날이 되어 준비를 한다고."

"그래도 산두골띠는 순철이가 있으니 좋소."

"저것을 대학에 보내야 하는데 그때는 내가 형편이 어려워서 안 보냈더니 두고두고 후회가 되어요."

"아들이 효자인데 알뜰하게 살면 되었지 뭘 바래요."

"그래도 그게 아닙니다."

수운댁은 부엌에 직접 가더니 꿀물을 한 그릇 타온다.

"아이구, 이 귀한 것을 어디서 나왔소."

"고개 너머 번듯골에서 토종꿀이라고 가져온 것을 한 병 샀소."

"수운양반을 안 주고 나를 주요?"

"그래도 산두골띠가 옆에 있으니 궂은일이나 좋은 일이나 의논도 하고 형제처럼 지냈는데 꿀물 한 그릇이 무어가 대단하다고."

산두골댁은 도시에 장사하러 다닌다고 파마를 하였는데 수운댁은 한복을 입고 아직도 비녀를 곱고 있었다.

"다름이 아니고 남들은 우리를 부자라고 하지만 실상은 속 빈 강정이요. 들어갈 돈은 많고 나올 돈은 없고, 산두골띠한테 자꾸 돈 빌려달라고 하기도 미안하고. 그래서 내가 가지고 있는 패물을 영감 몰래 팔아보려고 하는데 값이 얼마나 나가는지 산두골띠가 부산에 가면 시세를 알아봐달라고 오라고 했소."

"나도 그런 것은 취급해보지를 않아서 모르겠는데 무엇을 팔려고 하요?"

수운댁은 방에 들어가더니 장롱에서 패물 상자를 끄집어내어 온다.

뚜껑을 여니

"어이구야!"

산두골댁이 패물을 보고 눈이 휘둥그레 놀란다.

금비녀, 옥가락지, 금반지, 회중금시계, 자수정, 옥잠화, 쪽두리, 은장도, 금붙이 등 여러 가지이다.

"이런 것을 어디에서 구했소?"

"의령의 부잣집에서 독립운동 기금을 마련한다고 은밀히 팔려는 것을 시할아버지께서 몰래 구입하였답니다. 이것을 저의 시어머니가 간직했다가 돌아갈 무렵 나한테 주는 것을 보관했다가 이참에 팔려고 해요."

"이 집 어른은 현명하여 독립운동도 하지 않고 알뜰히 재산을 모았는데 우리 시아버지는 독립운동 한다고 다 팔아치우고 시어머니도 혼자서 고생만하다가…"

산두골댁은 눈가가 붉어진다. "요즈음은 독립운동한 집안을 알아 안 주요."

"죽고 나서 알아주면 뭣해요."

"이러나저러나 해방이 되어 재산이 기울어지기는 마찬가지 아니요."

"이런 것은 아까운데 보혜한테 안 주고 왜 팔려고 합니까."

"돈이 없는 처지에 저런 것을 놔두어야 무슨 소용이 있겠소. 돈이 되면 파는 것이 낫지 않겠소."

"쪽두리도 의령에서 샀습니까?"

"내가 결혼할 때 혼수품으로 보내온 것이요. 서울의 육의전 거리에서 비싼 돈을 주고 샀다고 합디다."

"보기에도 상당히 값어치가 나갈 것 같은데."

"요즈음은 신식결혼을 하니 저런 물건을 찾는 사람이 있을 지 모르겠습니다."

수운댁이 걱정을 하니

"제대로 임자를 만나야 제값을 받을 겁니다.

"몇 년 전에는 정원에 있는 향나무를 팔았소, 3백년을 내려 오는 향나무를 팔려고 하니 우리 영감이 얼마나 서운해 하는 지 내가 보기에도 마음이 아픕디다."

"얼마에 팔았습니까?"

"오래되어 품위가 있고 향내가 그윽하여 논 다섯 마지 값을 준다고 하여 팔았소."

"논 다섯 마지!"

산두골댁이 깜짝 놀란다.

"그렇게 비싼 것도 살 사람이 있는가베요."

"우리 조상이 청나라에 서장관을 따라갔다가 돌아오면서 조그만 모종을 누가 주는 것을 몰래 받아와서 정원에 심었는 데 커다란 나무가 되었습니다. 볼 줄 아는 사람은 귀한 것이 라고 알아줍디다."

"그런 비싼 것을 누가 사갔습니까?"

"부산에서 어느 재벌의 관사에 심을 거라고 합디다."

산두골댁은 두치의 살림이 서서히 기울어져가는 것이 눈에 띄였다.

"보혜는 잘 살아요?"

"딸자식은 다 그런 것 아니요. 제 식구나 챙기지 부모는 죽는지 사는지 모르는 것이 자식이요."

"그래도 사위를 잘 봐서 든든하요."

"솔직히 우리 사위는 인정이 없소, 결혼한 뒤로 처갓집에는 한 번도 안 왔소, 제 부하나 거느리고 목에 힘이나 주지, 장모가 어떻든지 관심도 없소."

"가량포띠한테도 소식이 없는까요?"

"그런 사람이 부모한텐들 어디 잘 하겠소."

"그렇기는 그렇소. 내가 부산에 가면 값을 알아보겠소."

산두골댁이 내일 장날 준비를 한다고 집에 가려고 축담에 내려선다.

"자주 놀러 오이소."

"예."

산두골댁은 대문에 나서면서 한숨을 쉰다.

"권불십년 세불 백년이라고 하더니 수운댁이 저렇게 몰락할 줄 몰랐네."

블라디보스토크

우리나라가 그동안 적대국가로 국교가 단절되었던 러시아와 올림픽을 계기로 국교가 수립하자 극동에 있는 러시아인

들이 우리나라에 많이 오게 되었다. 더구나 부산에는 러시아
의 무역선을 타고 상인이나 취업자 등이 많이 들어와서 남포
동이나 광복동은 백인 여성들이 금발의 머리를 휘날리며 삼
삼오오 다니는 것을 많이 볼 수 있었다. 흠태는 부산지검에
근무할 때 야간업소에서 불법취업을 하는 러시아 여성들을
붙들어서 훈방도 하고 계도도 하고 처벌도 하여 러시아 여성
들은 전검사라고 하면 모르는 사람이 없을 정도로 이름이 나
있었다.

흠태는 선거에 탈락하고 절망과 분노를 해소하기 위하여
블라디보스토크에 여행을 다녀오고 싶었다. 블라디보스토크
는 아시아의 유럽으로 우리나라와 가까이 있으면서 서양의
분위기가 물씬한 천혜의 항구도시이기 때문이다.

여행은 혼자 가는 것 보다 둘이상이 가는 것이 훨씬 재미가
있을 것 같았다. 아내는 교편생활을 하느라고 틈이 없었다.

한참 생각하다가 전화를 걸었다.

"여보세요?"

"나 전변호사야."

"어! 전변호사가 웬일이야."

서변호사의 목소리였다.

"혹시 여행 갈 생각 없나?"

"어디로?"

"블라디보스토크에."

"거기 뭐 하러?"

"전에 중앙아시아를 갔더니 황인종도 아니고 백인종도 아닌 황백인종이 많더라. 키도 크고 체격도 좋고 민족적으로 우월하여 상당히 부러웠어. 그래서 우리나라가 중국과 일본 사이에 끼여 항상 약소민족으로 사느니 차라리 중앙아시아처럼 황백민족이 되어 인종적으로 우수한 민족이 되고 싶어 연구하려고."

"하하, 너, 국회의원에 떨어지더니 정신이 이상하게 된 것 아니냐?"

"이상이라니?"

"그러지 않고는 뜬구름 잡는 이야기를 해!"

"하하, 사람은 언젠가 죽게 되어있어, 죽기 전에 무언가 보람 있는 것을 해보고 싶어."

"백인이 황인종을 얼마나 싫어하는지 알아."

"요즈음 부산에는 러시아인들이 많이 오잖아. 천년을 내다보고 시작하는 거야."

"그들은 장사 속으로 돈벌이 하러왔지 황인종이 좋아서 온 것은 아니야."

"백인들도 흑인과 결혼하는 사람이 더러 있어."

"하하, 그런 것은 특수한 경우야, 수천 년이 지나도 변하기 어려운 것이 인종이야. 지금도 아프리카에는 같은 흑인끼리도 종족싸움이 얼마나 심한 줄 아니."

"중앙아시아에 가보니 국민들이 황백인종으로 되어 있더라구."

"거기는 선사시대부터 인종교류가 많았어."

"첫 숟가락에 배부르랴, 이러다가 우리 민족이 좁은 국토에서 영원히 왜소한 민족으로 될가봐 걱정이야."

"그렇다고 위험한 일을 해!"

"힘든 일이니까 도전해보려고, 콜럼버스도 미지의 세계를 개척하다가 신대륙을 발견하지 않았어."

"허허! 콜럼버스는 황금을 구하러 갔지만 전변호사는 뜬구름 잡으러가는 것 아냐."

서광호변호사와 흠태는 고시에 같이 합격하여 연수원에도 같이 교육을 받았고 지방검찰청에서도 같이 근무를 하여 친한 사이였다.

흠태는 전화를 끊고 여기저기 알아보았으나 동반자가 없어 혼자 여행을 떠나기로 했다. 배낭을 지고 가방을 끌고 비행기에 올랐다.

블라디보스토크의 기차역은 유럽의 바로크 풍으로 아름답고 고풍스러웠다. 도시는 백인들로 가득차서 역시 유럽의 분위기를 느끼게 했다. 처음에는 어디로 가야할지 몰라 사방 돌아다녔다. 마침 한쪽 모퉁이에 울릉도라는 식당이 있어 찾아갔다. 식당 주인은 몇 년 전에 포항에서 왔다고 한다. 흠태는 킹스클럽이라는 대게를 시켜 식사를 하면서 주인과 대화를 했다.

"내가 부산에서 직장에 퇴직하고 인종을 연구하러 왔는데 혹시 중앙아시아에서 귀환한 사람이 있을까요?"

"아, 우즈백에서 귀화한 교민회장 최고르키가 있습니다. 그분은 러시아에 대하여 잘 알고 또 열성적으로 일을 합니다."

"잘되었습니다."

다음날 식당주인으로부터 최고르키를 소개 받았다.

"안녕하십니까."

"안녕하셔요."

최고르키와 서로 인사를 했다.

"나도 몇 년 전에 중앙아시아에 여행을 다녀왔습니다."

"아! 그렇습니까."

그분은 전형적인 황백인종이었다.

"우리 민족이 아닌 것 같습니다."

"저는 한국인 아버지와 백인의 어머니 사이에서 태어났습니다."

"참 반갑습니다."

흠태는 자기가 생각하는 방향으로 일이 진행되는 것 같아 기분이 좋았다. 그 뒤 며칠 동안 최고르키와 여러 번 만나서 연해주의 생활상태, 문화수준, 경제상태, 교육문제, 인종분포, 정치, 경제, 종교, 언어, 기후, 지리, 농업 등과 중앙아시아에서 이주한 우리 민족들의 생활상태 등을 자세히 설명을 들었다.

　그 뒤 최고르키는 러시아 변호사 얄루스키를 소개시켜주었다. 얄루스키는 러시아 사법시험에 합격하여 러시아 외무성에 입사하여 우리나라 대사관 참사관으로 서울에서 근무한 경력이 있다고 한다. 현재는 퇴직하고 연해주에 와서 변호사를 개업하고 있는데 한인동포들을 많이 도와주는 고마운 분이라고 한다. 흠태는 반가웠다. 같은 변호사끼리 통하는 데가 있을 것 같았다. 둘은 안카라식당으로 갔다. 안카라식당은 항구가 내려다보이는 언덕에 자리 잡고 있었다.

　"인사하셔요."

　"얄루스키는 마담을 소개시켜주었다.

　"억!"

　흠태는 마담을 보고 깜짝 놀란다. 흠태가 부산의 검사시절에 성매매를 하다가 잡혀온 여인이 바로 나타샤였다. 나타샤는 흠태를 보고 굉장히 쑥스러워했다.

　"어찌된 일이여?"

　얄루스키가 묻는다.

　"부산에서부터 알고 있었습니다."

　흠태가 대답을 하니

　"하하하, 잘 되었군요."

　얄루스키가 웃는다. 얄루스키변호사는 안카라식당에 단골

인 것 같았다. 조금 있으니 러시아 전통의 보드카로 술상을 차려 가져왔다. 둘은 독한 술에 얼음을 넣어 주거니 받거니 하며 마셨다. 술이 취하니 긴장이 풀어지고 서로 격의 없이 친하게 되었다.

"낮에 보니 일본 사람들이 많이 지나가던데 여기도 일본 사람들이 많이 오는가 보지요?"

흠태가 물었다.

"일본보다 차이나 사람들이 더 많이 옵니다."

"중국도 발전하였으니까 관광을 많이 오는군요."

"관광이 아니라 장사하러 옵니다."

"장사라니요? 어디서 옵니까?"

"연변의 화수분이라는 데가 있는데 거기서 옵니다."

"중국인들이 많이 오면 연해주도 동남아시아처럼 화교가 경제권을 장악하겠네요."

"그래서 걱정을 합니다. 사우스코리아 사람들이 많이 투자를 하면 차이나 사람들을 견제할 수 있을 건데 사우스코리아 기업들이 투자를 안 합니다."

"아마 투자여건이 맞지 않아 그러겠지요."

"투자여건이 아니고 노스코리아 때문에 그러지 않나 생각이 들어요."

"노스코리아라니요?"

"노스코리아가 가까이 있으니 많은 사람들이 블라디보스토크에 옵니다. 그러니 싫다는 것이지요."

"그들은 무엇하러 옵니까?"

"노무자들이지요, 시베리아는 땅은 넓어도 인구가 적습니다. 그러니 인력이 부족하지요."

"그렇다고 우리나라사람들이 블라디보스토크를 싫어하지 않을 겁니다."

실제 우리나라 중소기업이 연해주에 진출하려고 하여도 아직도 공산주의 사상이 남아있어 관료들이 권위주의고 뇌물이 아니면 통하지 않는다는 말을 검사 때 들었다.

"코리아는 많이 발전하지 않았습니까. 2차 대전 후에 독립한 나라 중에 전쟁까지 치르고 경제도 발전하고 어려운 여건에서 민주주의까지 성취하였으니 세계적으로 드문 일입니다."

얄루스키가 칭찬을 한다.

"앞으로는 러시아가 한국보다 더 빠르게 발전할 것입니다."

흠태도 러시아를 추겨 세웠다.

"무엇을 보고 그럽니까?"

"극동에서 유럽까지 광활한 영토에 자원은 무궁무진하니 발전할 여지가 너무도 많습니다. 옛날에는 여건이 어려워서 개발을 못하였지만 요즈음은 장비가 좋고 기술도 발전하여 얼마든지 개발이 가능합니다. 우리가 남북이 통일만 되면 부산에서 모스코바까지 철로가 개통되고 블라디보스토크는 극동의 중심항구로 러시아의 홍콩이 될 수 있습니다."

"하하하, 그렇지만 코리아는 통일이 어려울 것입니다."

"통일이 어렵다니요?"

"러시아뿐만 아니라 차이나, 재팬, 아메리카도 코리아가 통일되는 것을 바라지 않습니다."

"미국에서 바라지 않다니요?"

"미국을 믿지 말라는 말이 있지 않습니까. 미국은 코리아가 분단되어 있기 때문에 엄청난 이익을 누리고 있습니다. 막대한 무기를 팔아먹지요, 군사기지를 제공하지요, 차이나를 견제하지요, 국제사회에서 아메리카 편을 들어주지요, 많은 상품을 사가지요, 통일이 되면 그렇게 고분고분 하겠어요."

"하하하, 정말 그럴지 모르겠군요."

흠태도 수긍이 갔다.

"러시아와 중국은 친한 사이가 아닙니까."

"그렇지 않습니다. 지금은 아메리카(미국)란 강대국이 있으니까 서로 협력하지만 아메리카가 약해지면 러시아와 차이나는 언제든지 적대관계에 놓일 것입니다. 차이나 고사에 오월동주(吳越同舟)라는 말이 있지요."

"중국에서 연해주 개발에 적극적인 것 같은데?"

"연해주가 옛날 청나라 땅이었잖아요, 청나라가 차이나에 흡수되었기 때문에 만주민족은 사라지고 한족 천하가 되었습니다. 그래서 연해주가 옛날 차이나 고유의 영토라고 우깁니다. 사실 연해주는 그 당시 개발되지 않고 버려진 땅이었습니다. 그래서 다시 중국이 연해주를 찾으려고 적극적인 것 같습니다."

"여기 와서 보니 중국 사람들이 상당히 의욕적인 것 같아요."

"차이나는 권모술수 합니다. 속 다르고 겉 다르지요. 차이나도 절대 믿어서는 안 됩니다. 차이나에 차이지 마십시오."

"하하하, 러시아에서도 그런 사실을 알고 있습니까?"

"물론이지요. 지금으로서는 러시아도 아메리카 때문에 어쩔 수 없이 차이나와 친합니다."

"연해주가 옛날 발해의 영토였다는 사실도 알고 있습니까."

"우리는 청나라와 조약을 맺었기 때문에 코리아의 역사에 대하여는 잘 모릅니다."

"한국이 통일이 되면 러시아와 중국 사이 완충역할을 할 텐데 북한에서 핵무기를 개발하니 통일이 더욱 어렵게 되었습니다."

"다 차이나에서 노스 코리아(북한)를 도와주고 있습니다."

"도와주다니요?"

"차이나는 겉으로는 한반도 비핵화라고 하지만 뒤에서는 은밀히 북의 핵개발을 도와줍니다."

"북한이 핵을 가지면 중국도 결국 좋지 않을 텐데요."

"아메리카를 견제하려면 노스 코리아를 도울 수밖에 없습니다. 차이나가 아메리카에 직접 대항하지 못하니까 노스 코리아를 이용하여 아메리카에 견제 역할을 합니다."

"북한은 대단해요, 핵개발 속도가 빠른 것을 보니."

"그것도 다 차이나에서 은밀히 기술을 제공하고 있기 때문입니다. 파키스탄을 보십시오, 인도가 핵실험을 하니까 인도를 견제하기 위하여 차이나에서 재빨리 파키스탄에 핵기술을 제공하지 않았습니까. 차이나에서 도와주지 않았으면 파키스탄이 그렇게 빨리 핵개발을 못합니다. 노스 코리아도 마찬가지입니다. 그러면서 차이나에서는 모른다고 발뺌합니다."

"북한에 핵을 제거하는 것은 불가능 할까요?"

"길은 있습니다."

흠태는 한숨을 푹 쉰다. 얄루스키는 담배를 끄집어내어 입에 문다.

"맥주를 갖다 들릴 가요."

나타샤가 와서 주문을 받는다.

"예,"

흠태가 재빨리 대답을 한다. 다들 긴장했다. 흠태는 얄루스키을 안심시키려고 미소를 지으며 분위기를 부드럽게 한다.

"좋은 아이디어가 있으면 저에게 이야기해주십시오."

얄루스키는 맥주를 한 모금 들이키고

"이것은 일급비밀입니다."

"저는 민간인이니까 괜찮습니다."

"노스 코리아의 핵을 제거하려면 아메리카밖에 없습니다. 아메리카는 국력이 옛날만 못하다 해도 아직은 강대국입니

다. 옛날 쿠바에 미사일이 설치되었을 때 케네디 대통령이
소련과 한판 붙을 각오를 하고 강력히 대항하지 않았습니까.
그리하여 후루시쵸프가 결국 굴복하였지요. 코리아 격언으
로는 사즉생(死則生)이란 말이 있습니다. 죽을 각오를 하면
반드시 산다고 합니다."

"하하하, 우리나라 격언까지 알고 있군요."

"외교를 하려면 그 나라에 대하여 훤히 알고 있어야 됩니다."

"미국에는 어떤 방법이 있을까요?"

"아메리카에서 차이나에 대하여 교역을 완전히 끊겠다고
단호하게 대응하면 차이나가 노스코리아에 핵을 제거하도록
압력을 가할 것입니다."

"아메리카에서 그렇게 할까요?"

"그게 문젭니다. 미국을 믿지 말라는 말은 거짓말이 아닙
니다."

"소련에 속지 말라는 말도 있었습니다. 하하하"

"지금은 소련이 아닙니다. 러시아입니다. 러시아를 러브하
라, 즉 사랑하라는 말입니다."

"하하하, 정말 좋은 격언입니다. 그렇지만 미국을 등한시
할 수는 없습니다."

"그렇지만 아첨하지는 마십시오."

"중국도 미국에 굴복할지 의문입니다."

"아메리카가 10% 손해를 보면 차이나는 70% 손해를 봅니

다. 차이나에는 공장이 얼마나 많습니까. 아메리카에서 교역을 끊으면 공장의 반은 문을 닫게 됩니다. 그리되면 종업원을 해고하고 실업자가 속출하고 경제가 곤두박질쳐서 사회가 혼란하여 체제도 위태롭게 됩니다."

"그래도 북한에서 말을 듣지 않으면요?"

"차이나에서 석유를 완전히 끊으면 노스 코리아는 당장 두 손 듭니다. 가장 쉬운 방법입니다."

"그런데 왜 미국은 케네디같이 강력한 요구를 안 할까요."

"코리아가 통일이 되는 것을 아메리카도 원치 않습니다. 코리아는 봉입니다. 분단되어 있으니 마음대로 주무를 수가 있습니다. 통일이 되어 봐요, 말을 잘 듣겠습니까."

"그런데 얄루스키 변호사님께서는 한국말을 언제 배웠습니까."

"대학에 다닐 때 코리아어를 배웠다가 서울에서 참사관으로 있을 때 완전히 배웠지요."

"하하, 감사합니다. 그런데 러시아도 한반도가 통일이 되는 것을 바라지 않을 건데요?"

"러시아도 사우스코리아를 중심으로 통일이 되면 부산에서 모스코바까지 철로가 개통되어 시베리아가 발전할 수 있으니까 크게 반대는 안 합니다. 오히려 강력한 코리아가 차이나와 재팬을 견제 할 수 있으니까 통일을 바라는 편입니다."

"중국은 역사적으로 한반도와 밀접한 관계인데 왜 통일을 반대할까요?"

"어느 나라든지 통일이 되면 고분고분하지 않습니다. 베트남전을 보지 않았습니까. 미국과 월맹이 싸울 때 차이나에서는 물심양면으로 월맹을 지원하였습니다. 국경이 붙어 있다보니 물자, 병력, 장비 등 엄청난 물량을 은밀히 지원하였습니다. 그 뒤 베트남이 통일이 되고 난 뒤에 어찌하였습니까, 베트남에서 화교들을 추방하고 말을 듣지 않았습니다. 중국에서 볼 때는 배은망덕이지요. 죽게 된 것을 살려주었더니 배신을 한 것이지요. 그래서 1979년 차이나와 베트남이 전쟁을 하지 않았습니까. 코리아도 마찬가지일 것이라고 생각합니다."

"우리는 화교도 없으니까 그런 마찰은 없을 건데요."

"코리아는 옛날 명나라 청나라 때 종주국입니다. 아시아 각국이 다 그러하였습니다. 차이나는 그것을 잊지 못합니다. 현재도 차이나는 아시아의 패권국가로 지위를 확보하려고 온갖 획책을 강구하고 있습니다. 현재 노스 코리아와 차이나가 그런 관계입니다. 차이나는 아직도 공산국가입니다. 노스 코리아가 반도전체를 적화통일 시키면 한반도가 차이나의 영향력 아래에 들어갑니다. 만약 사우스 코리아를 중심으로 통일이 된다면 코리아 전체는 미국의 영향을 받을 것입니다. 초록은 동색이란 말이 있습니다. 차이나와 노스 코리아는 동색입니다."

"정말 그렇군요."

"북한은 정말 핵을 보유할까요?"

"반드시 할 겁니다."

"국제사회가 반대해도 할까요?"

"독재자는 무엇이든 마음만 먹으면 다 할 수 있습니다. 독재자는 자기만 죽지 않으면 무엇이든지 실행을 합니다. 히틀러를 보십시오. 손가락하나만 까딱해도 전 국민이 일사불란하게 움직이지 않습니까. 국민을 자기마음대로 할 수 있으니까 무엇이든지 하고픈 욕망이 생깁니다. 잘되면 통일이 되고 못되어도 자기는 죽지 않으니까 겁이 없습니다."

"죽지 않다니요?"

"국제사회에서 지도자는 죽이지 않습니다. 김정일도 그것을 압니다. 그러기 때문에 독재자는 무엇이든 하려고 모험을 합니다."

"어떤 사람들은 남북이 대등하게 잘 살아야 통일이 되면 통일비용이 적게 들 거라고 하던데요."

"대등하게 잘살면 통일 자체가 되지 않는데 통일비용 운운할 필요가 있습니까. 운동선수들을 보십시오, 어느 한쪽이 월등히 실력이 있으면 금방 결판이 납니다. 그러나 대등하면 쉽게 결말이 나지 않고 상처만 큽니다. 그러다가 무승부가 되면 실익도 없이 신체가 망가져 병신이 됩니다. 6 · 25 때 그러지 않았습니까."

"어떤 정치인은 통일이 되면 북한의 핵이 우리나라 것이 되니까 좋다고 하던데요?"

"위험한 발상입니다. 핵이 있으면 남쪽에 대하여 온갖 경제적인 혜택을 요구 할 것입니다. 듣지 않으면 핵무기를 사용할 거라고 으름장을 놓고 휴전선부근이나 서해안에서 계속 도발을 할 것입니다. 그리되면 외국 기업들이 불안해서 투자를 안 하고 철수할 것입니다. 한국에서는 사재기를 시작하고, 온 국민이 불안합니다."

"잘 알았습니다."

둘은 보드카를 잔에 가득 부어

"브라보!"

원 샷으로 들이켰다.

"독일은 어떻게 하여 통일이 쉽게 되었을 까요?"

"독일과 사우스 코리아는 여건이 다릅니다. 서독은 동독보다 국토가 세 배가 더 넓고 국력도 월등하였지요. 그리고 서베를린이 동독의 한가운데에 있었기 때문에 동독주민들이 서독이 자유롭고 경제가 일취월장하고 있다는 것을 옆에서 훤히 들여다보고 있었습니다. 또 주위에 폴란드, 체코, 오스트리아 같은 약소국가들이 국경을 맞대고 있고 덴마크 스웨덴, 리투리아, 에스토니아, 라트비아 같은 약소국들이 인근에 있으니까 주민들이 탈출하기가 쉽습니다. 탈출을 하면 이들 나라들은 서독이 강대국이니까 무조건 서독으로 보내줍니다.

동독은 막아봐야 더 이상 버틸 수가 없었습니다."

"우리나라는 지정학적으로 어렵군요."

"코리아는 다릅니다. 우선 중국이나 러시아가 북쪽의 국경을 통제하고 있고 동서남쪽은 바다가 가로막혀있어 탈출이 쉽지 않습니다. 탈출해도 중국이나 러시아에서 협조해주지 않습니다."

"어떻게 하면 통일이 될까요?"

"아까도 이야기 하였지만 미국이 한판 붙을 각오를 하고 중국에 압력을 가하는 것입니다. 그렇지 않으려면 폭격을 가하여 김정일 정권을 붕괴 시키는 것입니다. 김정일도 자기 아버지 김일성이 이루지 못한 적화통일을 하여 효도를 하고 싶어 합니다."

"미국도 피해가 클 텐데 그렇게 할까요?"

"그렇지 않고는 핵도 통일도 어렵습니다."

흠태는 얄루스키의 말을 듣고 마음이 무거웠다. 이런 사실을 우리나라 고위층은 알고 있을가. 흠태는 맥주를 한 모금 마셨다. 목이 말랐다. 마음이 무거웠다.

"얄루스키가 솔직히 이야기 해주어 고마웠습니다."

며칠 뒤 아침에 순철은 뉴스를 보고 깜짝 놀랐다. 러시아의 아무르 강변에 동양인이 죽어있는데 몸을 수색한 결과 지갑과 돈과 여권이 그대로 있다는 것이다. 여권을 보니 코리아 전흠태라고 했다. 흠태가 왜 거기 가서 죽었는지 알 수가 없었다. 언론에서도 의문을 제기 했다. 아무르강은 하바롭스크 옆에 있는 강인데 블라디보스토크에 간 사람이 왜 아무르 강변에서 변사체로 발견되었는지 궁금했다. 러시아 경찰에서는 부검을 해보니 상처가 없고 살해된 흔적이 없는 것을 보니 자살한 것 같다고 보도했다.

"자살이라니!"

서변호사는 언론보도를 보고 펄쩍 뛰었다. 자기보고 같이 여행가자고 한 친구가 멀리까지 가서 자살할 이유가 없었다. 정부에서도 난감했다. 옛날 러시아는 반체제 인사들을 가스총으로 살해된 일도 있었다. 러시아에서 일어난 일은 아무도 모른다. 그래서 지금도 러시아를 클레믈린이라고 한다.

보석상

"지순아."

"예."

"산두골띠한테 가서 나 좀 보자고 해라!"

조금 있으니 산두골댁이 지순을 따라 온다.

"요즈음은 날씨가 따뜻하고 좋습니다."

산두골댁이 대문에 들어오면서 마루에 있는 수운댁을 보고 인사를 한다.

"어서 오이소."

수운댁은 자세를 고쳐 앉으며 대꾸를 한다.

"지순아, 석류주 한 그릇 떠오너라."

지순이가 장독에 가서 석류주 한 그릇을 떠 온다.

'수운양반이 당뇨가 심하다고 하면서 이런 것을 담가놓고 자꾸 먹으면 안 될 텐데.'

산두골댁은 마음속으로 생각하며

"어디서 귀한 것을 담았습니까?"

"사랑마당에 있는 것을 따서 담갔습니다."

산두골댁이 한 모금 마시더니

"새콤하게 맛이 있습니다."

"부산에 언제 갈 겁니까?"

"모레쯤 갈려고 하는데요, 왜요?"

"암만 생각해도 내가 보석을 가지고 산두골띠를 따라가서 직접 알아보는 것이 나을 것 같습니다. 그 사람들도 현물을 안보고 어떻게 값어치를 알 수 있겠습니까."

"나도 그렇게 생각했습니다."

"그러면 모레 같이 갈까요?"

"갑시다."

"부산에 보석상이 많이 있습니까?"

"미화당백화점 앞에 번쩍거리는 것이 보석상인 것 같습

디다."

"제대로 감정을 해줄는지 모르겠습니다."

"나도 그런 것은 취급해보지 않아서 잘 모르겠습니다."

"그러면 버스로 갈까요?"

"차비가 비쌀 텐데요."

"값비싼 보석을 들고 하루 종일 배를 타고갈수 있겠습니까."

"참 맞네요."

"내가 산두골띠를 따라서 부산에 좀 갔다 올게요."

두치한테 보고를 한다.

"부산에는 뭣하러 가요?"

"반지 하나가 있는데 팔아 볼까 해서요."

"그것 팔아서 돈이 되겠소?"

"당신이 맨날 돈타령을 하니 그것이라도 팔아서 보태야
지요."

"나도 어지럽고 자꾸 기력이 없소."

"지순이한테 이야기 해놨으니 밥맛이 없으면 죽이라고 끓
여 자이소."

수운댁은 보석을 자개함에 가지런히 넣어 비단 보자기에 두
번 세 번 쌌다. 그리고 산두골댁과 배둔에 가서 버스를 탔다.
부산 충무동의 시외버스 정류장에 내리니 점심때가 넘었다.
간이식당에 들어가서 간단한 요기를 하고 나와서 광복동 미화
당백화점 쪽으로 갔다.

"이렇게 집이 많고 복잡한데 사람들은 도시에 어떻게 사는지 모르겠습니다."

"하하하, 그래도 사람들은 도시에 못 살아서 한이랍니다."

"나 같으면 떡을 준다 해도 못살겠습니다."

둘이 이야기를 하면서 걷는 동안 광복동에 도착했다. 보석상들은 대낮인데도 전깃불을 훤하게 밝혀놓아 휘황찬란했다.

"이 집에 들어가 볼까요?"

산두골댁은 그중에서도 제일 화려한 보석상 앞에 서서 수운댁 보고 말을 한다.

"아무 곳에나 들어가 봅시다."

둘은 보석 상자를 들고 안으로 들어갔다.

"어서 오십시오."

잘생긴 청년이 흰 와이셔츠에 넥타이를 매고 인사를 한다. 산두골댁과 수운댁은 화려하게 진열한 보석들을 보고 어리둥절한다.

"무엇을 찾으십니까?"

청년이 묻자

"우리가 귀한 물건을 가지고 왔는데 얼마가 나가는지 가격을 알아보려고 해요."

"그것은 저 안으로 들어가십시오."

"손님 왔습니다."

청년이 안에 대고 고한다.

"청년이 가리키는 쪽 안으로 들어가니 중년남자가 넥타이에 까만 조끼를 입고 앉아 있다가 일어서며

"어서 오십시오, 여기 앉으십시오."

친절하게 대한다.

"미스터 박!"

"예."

"홍차 세 잔을 가져와."

"예."

홍차를 가져올 동안 보석을 펼쳤다. 중년남자는 보석을 쭈욱 훑어보더니 놀란 빛이 역력하다. 그러나 내색은 하지 않는다.

"우리 차 한 잔씩을 하면서 이야기 합시다."

중년남자가 이야기를 한다. 차를 다 마신 뒤 다시 한 번 쭈욱 훑어보더니

"이것 자세히 보니 전부 가짜입니다."

"가짜라니요?"

수운댁이 놀라서 반문을 하니

"옛날에 샀지요?"

"예."

"옛날 것은 가짜가 많아요."

족두리를 가리키며

"저것은 진짜 같네요."

수운댁은 얼굴이 새파랗게 질리더니 손을 떤다. 지금까지 금이야 옥이야 자식보다 더 아끼고 간직하였는데 가짜라니, 믿어지지가 않았다. 만약 가짜라면 어떻게 하나! 조상 때부터 속고 있는 것이 된다. 이럴진대 차라리 팔고 싶지 않았다. 수운댁은 한참 생각하다가

"다른 곳에 한번 가봅시다."

수운댁한테 이야기를 하니

"그럽시다."

둘은 보석을 다시 싸서 보자기를 들고 밖으로 나왔다. 어디에 보석상이 있나 찾으려고 간판을 쳐다보며 시청 쪽으로 걸어가는데 우당탕 젊은 청년 둘이서 뒤에서 뛰어 오면서 펄떡 뛰어 두 여인의 등을 힘차게 찬다. 둘은 앞으로 꼬꾸라지면서 수운댁은 그만 보석함을 땅바닥에 내동댕이쳤다. 청년들은 보석 상자를 들고 재빠르게 도망 가버린다. 순식간에 일어난 일 이었다. 한참 쓰러졌다가 산두골댁이 정신을 차려 일어나니 수운댁은 일어나지 못하고 땅바닥에 그대로 쓰러져 있었다. 산두골댁은 수운댁을 간신히 일으켜 세웠다. 수운댁은 기진맥진 하여 몸을 가누지 못한다. 주위에 사람들이 많이 다니지만 어느 누구도 거들떠보지도 않는다. 산두골댁과 수운댁은 겨우 일어나서 지나가는 사람들을 보고

"여기 지서가 어디 있어요?"

"파출소요?"

"예."

"저쪽으로 쭉 가면 시청 앞 네거리 모서리에 있어요."

어떤 사람이 알려준다. 둘은 다리를 절룩이며 기진맥진 파출소로 찾아갔다.

"아니 그런 것을 우리보고 찾아내라고 하면 어떻게 해요."

순경이 고함을 지른다.

"그래도 서민들이 어디 말할 때가 있어요, 기댈 곳은 경찰이지요."

산두골댁이 모기만한 소리로 사정을 하니

"본인들이 조심해야지요, 우리가 날치기 당한 것을 보기라도 했소, 보석을 팔러 다닌다고 신고라도 했소. 잘되면 제 덕이고 못되면 경찰 탓이라더니 더러워서 이런 직업도 못해먹겠네."

오히려 산두골댁과 수운댁을 보고 고함을 지르며 나무란다. 산두골댁과 수운댁은 욕이나 실컷 얻어먹고 바보 취급당하며 파출소에서 나왔다. 보석상들은 깡패와 경찰과 연결되어 있다고 한다. 상점들은 정기적으로 깡패한테 상납을 하고 깡패는 정기적으로 경찰한테 상납을 한다. 깡패는 상점들을 보호해주고 경찰은 깡패들을 보호해준다. 보석상 주인이 가짜라고 한 것도 거짓이었다. 그래야 아주머니들이 보석을 팔지 않고 가지고 나갈 것이 아닌가. 그때 단골 깡패한테 연락하여 보석을 날치기한 것이다.

산두골댁과 수운댁은 파출소에서 나와 도로 옆 화단에 우두커니 앉아 있었다. 순간적인 일이라 정신이 없었다.

"판서방이 부산에 있다고 하던데 어디 있는지, 보혜 그년도 소식이 없고."

수운댁은 사위를 원망한다.

사실 남포동과 광복동은 사위 덕수가 장악하고 있는 지역이었다. 덕수는 당초 자갈치 시장만 관장하고 있었으나 국제시장파와 끊임없이 투쟁을 하여 광복동과 남포동을 빼앗았다.

덕수는 자기 장모가 자기 꼬붕들한테 보석을 강탈당한 사실을 알 리가 없었다.

"집으로 돌아갑시다."

수운댁이 말을 하니

"많이 다치신 것 같은 데 병원에 안 가 봐도 되겠습니까?"

산두골댁이 위로를 하니

"나는 괜찮소, 나 때문에 산두골댁이 다치지는 않았는지 모르겠소?"

"괜찮습니다. 그보다 더한 것도 잃고 사는데 마음을 편하게 하십시오."

"그나저나 형편도 어려운데 어떻게 살지 걱정입니다."

수운댁은 분하고 억울하여 치를 떤다. 둘은 오후 늦게 막차를 타고 시골로 돌아왔다.

황혼의 브루스

수운댁이 집에 오니

"아지매, 아저씨가 입원을 했습니더."

지순이가 보고를 한다.

"뭐라!"

수운댁은 깜짝 놀란다.

"아저씨가 동네에 나갔다가 쓰러져서 순철이가 병원에 모시고 가서 입원을 시켰습니더."

조금 있으니 순철이가 달려온다.

"병원에 모시고 가니 저혈당이라고 합디다. 그리고 간도 신장도 다 좋지 않다고 합니다."

"내가 병원에 가봐야 하는데 나도 몸이 좋지 않다. 순철아 보혜한테 연락해보고 수고스럽지만 네가 좀 보살펴야겠다. 사위 놈은 있으나 마나 하니 니가 사위보다 백 번 났다."

수운댁은 몸져누웠다. 분하고 억울하고 어디 하소연 할 곳도 없었다. 갑자기 일어난 일이라 귀신한테 당한 기분이었다. 더구나 조상 때부터 간직해왔던 보물을 갑자기 날치기 당했으니 조상에 대한 죄책감에 견딜 수가 없었다. 다음날 산두골댁이 전복죽을 끓여 와서 수운댁을 일으켜 앉힌다.

"정신을 차려야 살지 이러면 어쩝니까."

수운댁은 간신히 일어나서 풀어진 비녀를 다시 꼽는다.

"이런 것은 비쌀 텐데 어디에서 구했습니까."

수운댁은 모기만한 소리로 힘없이 말을 한다.

"오늘 아침에 배둔장에 갔더니 싱싱한 것이 있습디다."

"입이 쓰고 밥맛이 없습니다."

"그냥 후루루 마십시오."

억지로 몇 숟갈을 먹고 나서

"암만 세상이 험악하기로 벌건 대낮에 그게 무어랍니까."

수운댁이 탄식을 한다.

"눈뜨고 코 베어간다는 말이 있지 않습니까."

산두골댁이 위로를 하니

"산두골띠은 그런 도시바닥에서 우찌 장사를 하였소."

수운댁은 기진맥진 힘없이 말을 한다.

"촌 장사는 그저 물건이나 갔다주고 돈만 받아오면 되니까요, 나도 그런 곳에는 처음 가봤습니다."

"그래도 산두골댁은 대단하요."

"대단하기는요, 젊어서부터 먹고 살려고 장사보따리를 이고 다니다보니 장돌뱅이가 된 거지요."

수운댁은 힘이 없다고 하면서 다시 눕는다. 기침을 계속한다.

"몸조리 잘 하이소."

산두골댁은 그릇을 가지고 돌아간다.

며칠이 지나서 수운댁이 아침에 어지럽다고 하더니 갑자기 쓰러졌다.

"아지매! 아지매!"

지순이가 산두골댁을 부른다.

"우리 아지매가 눈을 감고 불러도 대답도 하지 않습니다."

산두골댁과 순철이 달려오니 수운댁은 가물가물 숨이 넘어
갈 듯한다. 보석 때문에 충격을 받은 데다 남편까지 위독하
니 더욱 충격이 컸다. 동네사람들이 달려와서 흔들고 부르다
가 산두골댁과 순철이 지켜보는 가운데 운명을 했다.

"아이구, 일이 거꾸로 되었다. 수운댁이 일어나서 수운양
반 병수발을 하여야 할 텐데 이 일을 우찌 하노."

동네사람들은 하나같이 걱정을 한다.

"시골이 되어 사방 연락을 하려면 5일장으로 해야 될 걸세."

동네사람들이 의논을 했다.

장례를 치른다고 준비를 하는 중에 두치가 위독하다고 연
락이 왔다. 어릴 때부터 쌀밥에 고기반찬으로 잘 먹고 잘 놀
고 일을 하지 않았으니 젊어서부터 당뇨가 있었다고 한다.
두치는 말을 못하고 눈만 희멀거니 떴다.

"이러다가 줄초상 나겠소."

동네사람들이 수군거린다.

"자식도 오지 않고 누가 병 수발하겠노, 이왕 못 살 봐에야
차라리 한꺼번에 죽는 것이 낫지."

동네사람들은 숙덕거린다.

임종을 지켜볼 사람도 없었다. 산두골댁과 순철이 트럭을

타고 읍내 병원으로 달려갔다. 허겁지겁 도착하니 이미 사망했다는 것이다. 순철이 다시 동네로 와서 알렸다. 그러자 동네에서도 우왕좌왕 했다.

"순철이가 고생하구먼."

동네사람들이 걱정을 한다. 보혜한테 연락을 취했지만 남편 덕수가 칼에 찔러 중환자실에 있어 못 온다고 한다.

부랴부랴 장례일정을 2일을 더 늘려서 7일장을 하기로 했다. 상여 두 개가 한꺼번에 출상을 하려면 일이 많을 것 같았다.

"차라리 잘 되었다. 이왕 못 살 바에야 한꺼번에 초상을 치르는 것이 났다."

사람들이 이구동성으로 이야기를 한다. 옛날 떵떵거리고 살 때는 문전성시를 이루었는데 지금은 한산했다. 젊은 사람들은 다들 도시로 떠나고 나이 많은 사람들만 와서 상문을 한다.

"격세지감이여."

"당당 당당당…"

앞소리꾼이 캥사를 치자 상여 두 채가 한꺼번에 일어섰다. 젊은 사람은 없고 나이 많은 사람들이 상여를 매었다. 순철이 상주노릇을 했다.

"지금 가면 언제 오나, 다시 못 올 우리 인생."

앞소리꾼이 캥사를 치며 노래를 부르자

"어홍 어홍 여나리영차 어홍-"

뒤따라서 상여꾼들이 화답을 한다.

"잘 있스소, 잘 있스소, 구만동네 잘 있스소."

"어홍 어홍 여나리영차 어홍―"

"북망산천 멀다 해도 대문 밖이 북망산천."

"어홍 어홍―"

"산두골띠 잘 있거라 언제 다시 만나 보노."

그러자 산두골댁은 상여를 잡고 따라가면서 통곡을 하다가 주머니에서 시퍼런 지전을 한 장 끄집어내어 상여 끈에 매달아준다. 그러자 앞소리꾼이 캥사를 치다가

"다들 월광채를 내시오."

소리를 치니 동네사람들도 몇 푼씩 월광채를 내어 새끼줄에 꽂는다.

"당당 당당."

"상여 두 개가 한꺼번에 나가는 것은 처음이재."

"처음이고 말고, 아마 대한민국에서는 처음일 거다."

"복이다 복."

"그렇고 말고. 부부간에 백년해로 하다가 같은 날에 장사를 치르니 복이재."

장례가 끝나고 사람들은 동네 앞 경로당에 모여 막걸리를 마시고 취하여 유행가 노래를 부른다.

목욕탕에 옷 벗기는 다 같은 신세

무엇이 달라 돈 하나 많고 적은 그것 뿐이제

에이만보 데이만보 코리아 만보
영구차에 실려 가기는 다 같은 신세
무엇이 달라 돈하나 많고 적은 그것뿐인데-
에이만보 데이만보 코리아만보-

잘난 사람이나 못난 사람이나, 부자나 가난한 사람이나 하루
세끼 먹고 살다가 죽고 나면 흙으로 돌아가기는 마찬가지였다.

엄마의 바다

바다는 위대하다. 거룩함은 어머니와 같다. 지구에서 바다
가 없었다면 달과 같이 생명도 없었을 것이다. 순철은 남태
평양에서 바다의 무한함을 알았다. 아름다웠지만 무서웠고
순박하면서도 거칠었다. 순철은 어머니가 몸이 좋지 않아 마
산 병원에 모시고 갔더니 위암이라는 진단을 받았다. 돌아오
는 길에 어머니는 옛날 장사할 때 다녔던 당항포에 가보고싶
다고 하여 모시고 왔다.

어머니는 파도가 찰랑대는 바다를 보고 감회에 젖었다. 잊
을 수 없는 바다, 애환이 깃들고 추억이 서려있는 바다는 생
명과 같았다. 초록을 뿜어내는 산들은 바다를 감싸 안고 세
상을 굽어보고 있었다. 산 위에는 세상물정을 모르는 하얀

백로가 소나무에 옹기종기 앉아 평화를 노래한다. 통통배가 물살을 가르며 달린다.

"옛날에는 사람들로 벅적거렸는데."

산두골댁은 서글픈 표정을 짓는다. 당항포 언덕에서 내려다본 선창가는 황량하기 그지없었다.

"세상이 많이 변했지요."

"변하고 말고."

교통이 좋아지니 사람들은 버스를 이용하고 배를 타지 않으니 태평호도 사라졌다. 이렇게 될 줄 그때는 아무도 몰랐다. 선창가는 사람의 그림자조차 없었다. 이고, 지고, 소달구지, 자전거, 리어카, 지게 등으로 물건을 가득 싣고 선창가로 몰려들던 때가 엊그제 같은데 지금은 씻은 듯이 깔끔했다. 순철도 어머니의 짐을 져다준다고 당항포에 수없이 와서 옛날의 정취를 알고 있었다.

"옛날에는 일기예보가 없었다. 날씨가 어떨지 알지 못하여 배를 출항시켰다가 풍랑을 만나 여러 번 죽을 고비를 넘겼다."

"나도 엄마를 기다린다고 비를 맞고 불안에 떨었어요."

"죽을 팔자는 아닌가 보구나."

둘은 손을 꼭 쥐었다.

"순철아."

"예."

"우리나라는 특별히 세월이 빨리 가는 것 같다."

"무엇을 보고요?"

"엊그제까지 혹독한 겨울이었는데 벌써 봄이다, 봄인가 하면 여름이고, 덥다하면 가을이고, 단풍이 들자마자 겨울이오니 금방 일 년이 지나가지 않나."

"하하하, 그렇게 느껴지겠지요, 지구는 일정하게 돈다고 하지 않습니까."

"전쟁이 아니었다면 우리가 이렇게 되지는 않았을 거다. 휴–"

산두골댁은 6·25전쟁 때문에 순철이 태어났고 그러다보니 엉뚱한 인생살이를 하게 되었다. 전혀 상상 이상이었다.

"나도 일제 때 소학교에 다니면서 공부도 잘하고 노래도 잘 불렀다. 운동회 때 유희도 하고 학예회 때 연극도 했다. 괴테, 셰익스피어, 푸시킨 등의 시도 읽었고 콩쿠르에 나가서 상도 받았다."

"어머니는 능력이 대단했나 봐요."

"한때 일본에 공부하러 가려고 하였는데 너거 외할아버지가 반대했다."

"왜요?"

"조선 처녀인 줄 알면 잡아서 동남아시아에 보낸다고."

"동남아시아에 보내면 위안부였잖아요."

"그때는 그렇게 말하지 않았지, 공장에 보낸다고 속였지."

"엄마는 어찌하여 아버지한테 시집왔어요?"

"여자의 팔자를 버드나무 팔자라고 했다."

"버드나무요?"

"버드나무는 가지를 꺾어서 아무 곳이나 꽂으면 뿌리를 내려서 살아간단다. 개울가나 언덕배기, 습지, 자갈밭, 아무리 척박한 땅에도 뿌리를 내리고 살아야 하는 것이 버드나무다. 기름진 땅에 심어주면 무럭무럭 잘 자라고 척박한 땅에 심어주면 모질스레 자라다가 비틀어지고 고꾸라져서 재목으로도 쓰지 못한다. 결국 베어서 땔감으로만 사용된다."

순철은 어머니가 안쓰러웠다.

"외갓집은 잘 살았나 봐요?"

"외할아버지는 선비로 인품이 있었다. 그때 신랑감으로는 학교 선생이 최고였다. 선생은 지식층으로 월급도 많았고 배급도 많이 나오니 모두 시집 잘 간다고 소문이 났었다. 그런데 전쟁 때문에 그만…"

산두골댁은 멍하니 바다를 바라본다.

"할아버지는 영영 소식이 없나 봐요."

"살았으면 해방 후에 돌아왔겠지."

"그래도 엄마가 노력하여 이만큼 재산을 일으켰으니 대단합니다."

"다 소용없는 일이다."

"엄마! 요즈음은 암도 좋은 약이 있고 치료를 잘하여 낫는다고 하지 않습니까."

"그래도 죽는 사람이 더 많다."

"엄마는 항상 수운댁을 부러워하였잖아요. 엄마는 수운댁
보다 훨씬 훌륭해요."

"수운댁은 얼마나 부자야, 우리도 수운댁 만큼 부자가 되
어 봤으면 좋겠다."

"사람들은 누구나 자기가 갖지 못한 것을 부러워한답니다.
가난한 사람은 부자를 부러워하고, 몸이 아픈 사람은 건강한
사람을 부러워하고, 자식이 없는 사람은 자식가진 사람을 부러
워한답니다. 수운댁은 아들 가진 사람을 부러워했을 겁니다."

"맞는 말이다. 사람들은 모든 것을 다 갖추고 살 수는 없다.
내가 이러고 보니 건강한 사람들이 행복하다는 생각이 든다."

"수운댁도 부자라고 해도 괴로움이 많았을 겁니다. 엄마는
무에서 유를 창조하셨습니다. 비록 아버지가 돌아가셨지만
그것은 시대의 희생입니다. 우리나라는 전쟁미망인이 10만
명이 넘는다고 하지 않았습니까. 그런 시대의 어려움을 헤치
고 꿋꿋이 살아 온 것도 대단합니다."

순철은 어머니를 위로 했다.

"내가 니한테 미안한 것이 하나 있다."

"어머니가 미안한 것이 뭐가 있어요?"

산두골댁은 머리를 푹 숙이고 골똘히 생각한다. 출생의 비
밀을 이야기 하려다가

"아니다, 니를 대학에 못 보낸 것이 미안하다."

"그때는 대부분 대학에 못 갔잖아요."

"그래도 간 사람이 있다."

"저는 후회하지 않습니다."

"니가 새마을 지도자와 이장을 맡으면서 고향의 궂은 일, 힘든 일을 도맡아 하였는데 면 사람들이 우리 순철이가 고생한줄 알까?"

"알면 무엇 하겠어요, 고생은 옛날 용쇠 어른이 많이 하였지요."

"싸리네도 신간이 편치 않는 모양이더라."

"언제 만났어요?"

"몇 년 전에 부산에 갔을 때 자갈치 시장에서 만났다. 구멍가게 한다고 계란과 생선을 사러 왔더라."

"형편이 어떻는고요?"

"손이 시커멓고 굳은살이 박혀서 못 보겠더라."

"왜 그런고요?"

"연탄을 이고 산꼭대기까지 배달한다고 하더라."

"용쇠어른은 어쩌고 여자가 배달해요?"

"용쇠도 건강이 좋지 않다고 하더라."

"아직도 범내골에 사는까요?"

"그렇단다."

"흠태가 부잣집에 장가갔다고 했잖아요?"

"부잣집에 장가가면 무엇 하노, 며느리 콧대만 높지."

"흠태가 돌아간 줄 알아요?"

"흠태가 죽었나!"

산두골댁은 깜짝 놀란다.

"뉴스에 나왔어요."

"왜 죽었는고?"

"연해주에 가서 그리되었는 것 같습니다."

"아이구, 싸리네의 심정이 어떻겠노… 끌끌끌."

산두골댁은 한참 말이 없었다. 파도는 계속 밀려오고 하늘에는 갈매기가 노래한다. 산두골댁은 옛날 옥천사에서 그놈한테 당한 것이 지금 생각하니 잘 된 것 같았다. 그놈한테 당하지 않았으면 지금 어떻게 되었을까? 그 당시에는 사회적인 분위기로 보아 재혼하는 것이 금기시 하였는데 재혼도 못하고 지금까지 혼자 살았으면 외롭고 쓸쓸하고 누구한테 의지하였을지 감감하였다. 누가 뭐래도 순철이 자기자식임은 분명하였다. 인간만사 새옹지마라고, 그때는 옥천사 그놈을 죽이고 싶었지만 지금 생각하니 고맙기 그지없었다. 순철이가 있으니 장사도 같이 하고 재산도 모으고 힘들 때나 고달플 때 서로 돕고 의지하고 웃다가 울다가 인생의 희로애락을 맛보면서 지금까지 행복하게 살았다는 생각이 들었다. 두골댁의 입에서도 노래가 은은히 흘러나온다.

남쪽나라 바닷가에 물새가 날으고

"엄마! 그 노래 언제 배웠어요?"

"해방 이후에 배웠다."

"너무 잘 불렀어요."

"바다와 나는 연인 사이였다. 힘들 때나 괴로울 때나 기쁠 때나 슬플 때나 바다는 나의 동반자였다. 저 바다가 없었다면 우리는 영원히 가난하였을 거다. 바다는 나에게 은인과 같았다."

산두골댁은 바다를 못 잊는 것 같았다. 바다를 한없이 바라보다가 눈에서 눈물이 주루룩 흐른다. 파아란 파도가 하얀 속살을 드러내며 연신 몰려온다. 해는 서쪽으로 기울고 노을이 바다를 메운다.

"엄마 이제 집으로 갑시다."

"그래! 가자."

산두골댁은 바다를 바라보며 얼른 일어나지 않는다. 순철은 두 팔로 어머니를 일으켜 세운다.

사랑과 이별

계절을 알리는 들꽃은 먼저 피어나서 한들거리고 감각이

뛰어난 벌 나비들도 사람보다 먼저 봄을 알고 날아다닌다.

순철은 할머니 제사가 되어 제수거리를 사려고 트럭을 끌고 배둔장에 갔다. 장이라야 벅적거리는 옛날은 사라지고 이제는 저자거리로 변한지 오래 되었다. 트럭을 한쪽에 세워놓고 걸어서 시장 안으로 가는데 어떤 여인이 누더기 같은 헌 담요를 뒤집어쓰고 멍하니 하늘을 쳐다보고 앉아있었다.

"세상이 복잡해지니까 농촌에까지 정신이상자가 생겼구나."

순철은 그 여인을 피하여 한쪽으로 가는데 갑자기

"순철아—!"

순철은 깜짝 놀랐다. '누가 나를 부르나?' 가까이 다가가서

"누구신데요?"

"나, 보혜야!"

"응! 보혜! 보혜가 왜 이래?"

순철은 당황했다.

"부모 장례식 때 남편 덕수가 중환자실에 있어서 못 온다고 하더니 형편이 어렵게 되었구나."

순철은 순간적으로 생각했다.

"나, 상철이한테 데려다주어."

"상철이가 누구여."

"우리 아들이야."

"어디 있는데."

"몰라."

보혜는 봄인데도 추워서 벌벌 떨고 있었다. 순철은 뭔가 잘 못되었다 싶어 택시를 불러 배둔의 성심병원으로 데리고 갔다. 병원장은 이것저것 진찰을 하더니

"우선 피가 모자랍니다. 빨리 수혈을 하여야겠습니다."

"빨리 수혈을 해주십시오."

"우리 병원에는 비축해놓은 혈액이 없습니다. 마산의 큰 병원으로 가야 되겠습니다."

"마산요?"

"거기도 맞는 혈액을 비축해놓은 것이 있는지 모르겠습니다."

"급한데 나의 피를 수혈하면 안 되겠습니까?"

"혈액형이 뭡니까?"

"A형입니다."

"일단 둘 다 피검사를 해야 되겠습니다."

순철은 팔을 걷었다. 원장이 피를 뽑아 검사를 한다고 분석실로 들어갔다오더니

"다행이 피가 같습니다."

"빨리 수혈을 해주십시오."

순철은 보혜 옆의 침대에 누웠다. 원장은 사람이 좋아보였다. 보혜는 수혈을 받고 생기가 돌았다.

"이왕 피를 뽑은 김에 다른 질병은 없는지 종합적으로 피검사를 해보는 것이 좋을 것 같습니다."

"시간이 많이 걸립니까?"

"마산 큰 병원에 보내야 되는데 하루면 됩니다."

"그렇게 해주십시오."

순철은 우선 자기가 보증을 서고 보혜를 병원에 입원시켰다. 그날 할머니 제사가 되어 다음날 병원에 가니 보혜는 어느 정도 기력을 회복되어 대화가 가능했다.

"덕수는 어디 있어?"

"죽었어."

"응!"

순철은 깜짝 놀랐다.

"덕수가 돌아갔단 말인가?"

"응."

"전에 위독하다더니."

"주먹세계는 끊임없는 세력다툼이야, 내가 그이와 살면서 항상 살얼음판이었어. 싸움을 하다보면 상대를 제압하기도 하고 자기가 다치기도 해, 그리하여 상처의 후유증으로 그만."

"그런데 왜 연락도 하지 않았어?"

"아무한테도 연락하기 싫었어."

"고향에도 모르는 것 같은데."

"시어머니도 몇 년 전에 돌아가고 고향에 아는 사람도 없는데 알리면 뭣해."

"유골은 어떻게 하고?"

"화장하여 납골당에 안치했어."

"아들이 있잖아."

"미국에 갔는데 연락처를 몰라."

"언제부터 연락이 없었나?"

"국제변호사 시험에 합격했다는 편지가 온 뒤로 소식이 없
었어."

"자기 아버지가 돌아갔는데도 연락이 안 되었나."

"연락이 되었으면 내가 이리 되었겠어."

"공부를 잘한다고 했잖아?"

"잘했으면 뭣해, 똑똑한 자식은 남의 자식이라고 하잖아."

순철은 보혜가 위독하다고 다른 친구들한테도 연락을 하고
싶었으나 연락할 곳이 없었다. 옛날 잘살 때는 친척들도 많
았고 가신들도 많았는데 두치가 돌아가고 나니 왕래하는 사
람이 없었다.

보혜는 자기의 병세가 회복되면 양자 동생을 찾아보겠다고
했다. 그러나 원장은 보혜의 심장이 좋지 않다고 한다. 남편
이 돌아가고 자식한테도 연락이 없으니 우울증에 걸려 자기
몸을 돌보지 않아 건강이 좋지 않는 것이다.

"빨리 치료를 받았으면 저렇게 까지 악화되지는 않았을 겁
니다."

원장의 말이었다. 그러나 보혜한테 건강이 심각하다고 말
을 할 수는 없었다.

"보혜가 건강이 회복되면 나와 같이 미국에 가서 아들을 찾

아보자."

"그래!"

보혜는 금방 얼굴에 생기가 돌고 입가에 미소를 짓는다.

"나도 꿈이 있었어. 10년 전에 친구들과 아프리카로 여행을 갔는데 거기 어린이들을 보고 너무 놀랐어. 눈망울은 초롱초롱한데 배는 불룩 튀어나오고 물이 귀하여 씻지를 못하여 온몸에 피부병이 번져있었어. 영양실조가 되어 힘없이 쳐다보는데 그 애절한 눈망울이 눈에 삼삼하여 잠을 이루지 못하였어. 같이 갔던 친구들과 킬리만자로 봉사단체를 조직하여 굶고 있는 아프리카의 어린이들을 위하여 1달러씩 모금운동을 시작하였어. 나도 우리나라에 미혼모가 낳은 아이들을 양육을 시키려고 생각했다구. 시골에 있는 우리 집을 개조하여 아이들을 교육하면 좋은 장소가 될 것 같았어. 요즈음 아이들은 도시에서 자라서 농촌의 정서를 모른다고, 그래서 5년 전에 고향 집을 둘러보러 갔었어. 그때 겨울이 되어 눈 덮인 정원과 기와집은 너무 멋있었어. 우리 집이 그렇게 그윽하고 고풍스러운데 놀랐다구, 동네 앞 연못가 고목나무 위에는 옛날처럼 까치가 날아와서 짖고 있었어, 나를 알아보는 것 같았어. 동네 앞 궁내천도 그대로였어. 냇가는 여인들의 빨래터로 사랑방이나 같았지, 나도 어머니한테 걸레를 얻어서 거기 가서 빨았다구."

"보혜가?"

순철은 되물었다.

"그래, 그때가 엊그제 같은데 지금 생각 하니 꿈만 같아. 옛날의 그 꿈을 간직하며 고향으로 돌아가서 아이들을 돌보며 살려고 하였는데 그만 남편이 갑자기 돌아가는 바람에…"

보혜는 말을 하다가 더 잇지 못하고 눈가에 눈물이 맺힌다.

"나는 아프리카에 가기 전에는 세상을 정말 몰랐어. 그렇게 어려운 사람들이 있다는 것도 몰랐고."

"보혜가 너무 화려하게 살았기 때문에 그런 것이 아니겠어."

"지금 생각하니 후회스런 일도 많아."

"이제 그런 것을 생각하면 무엇 하겠어, 건강이나 생각해."

"순철이가 제일 행복한 것 같아."

"누구나 남은 행복하게 보여도 자신은 말 못 할 애로가 있어."

"내가 여태 세상을 모르고 산 것이 바보라고 생각이 들어."

"이제 그런 말을 하면 뭣해."

"어쩐지 자꾸 옛날이 생각나."

"다들 나이 들면 그렇다고 해."

"학교에 갔다 오면서 순철과 연못가에 잠자리 잡으러 다닐 때가 좋았어."

"너와 나는 차이가 너무 많았어."

순철도 나이가 드니 옛날의 친구가 그리웠다. 농촌에도 친구가 없었다. 보혜가 건강이 회복되면 연못가에 나가 산책을 하며 옛날에 못 다한 말들을 서로 나누며 추억을 이야기 하고 싶었다.

순철은 전에 마산에 갔을 때 구입한 '장미빛 인생'이란 카세트를 집에 가서 가지고 와서 보혜한데 틀어주었다. 보혜는 음악을 들으며 인생의 기쁨을 느끼는 것 같았다. 자꾸 반복해서 틀어달라고 한다.

"사람은 누구나 한 번은 좋은 때가 있었다, 그러나 그때는 행복한줄 모르고 살다가 세월이 지나면 그때가 좋은 줄 알게 되어, 그래서 추억은 항상 아름답다고 하지 않더냐."

"순철은 시골에 있었으면서 인생에 대하여 많이 알고 있네."

"허허, 대충 귀동냥을 들은 거지."

"순철은 무슨 노래가 좋아?"

"아무 노래나 다 좋아."

보혜는 카세트를 들으며 살며시 잠이 들었다.

노크 소리와 함께 병원장이 들어왔다.

"마산 종합병원에 의뢰한 검사가 결과를 보내왔습니다."

"병이 뭡니까?"

"정확한 것은 모르겠는데 영양부족에 신경쇠약, 우울증으로 정신적으로 극도로 불안하여 체력이 한계에 도달하였습니다."

"큰 병은 아닌 것 같군요?"

"그렇습니다."

원장은 머뭇거리더니

"혹시 형제가 아닙니까?"

"아닙니다. 동창입니다."

원장은 고개를 갸우뚱 한다. 순철은 어릴 때 보혜 어머니가 엿을 주며

"우리 보혜하고 형제처럼 잘 지내라."

그 말이 지금 떠오른다. 순철은 집에 가서 가축 먹이를 주고 다음날 병원에 가니 보혜는 병세가 더 악화되었다.

"보혜! 보혜!"

누워서 눈동자를 허공에 굴리며 자꾸 숨결이 가빠진다. 병원은 많은 사람들이 죽어갔다. 들어 올 때는 멀쩡하게 두발로 걸어 들어왔다가 나갈 때는 싸늘한 시체가 되어 들것에 실려 나간다. 어떤 사람들은 무슨 병인지 몰라서 진찰받으러 왔다가 죽어나가는 사람도 있었다. 자기가 쓰던 물건을 집에 그대로 두고, 신던 신발을 그대로 신고 집을 나선 것이 마지막이 될 줄은 아무도 모른다. 할 말이 많지만 입이 떨어지지 않았고 손이라도 한 번 잡고 싶어도 팔이 움직이지 않는다. 눈을 뜨는 것조차 힘이 들고 인생이 슬퍼도 눈물이 말라 나오지 않았다.

배고픈 것이 슬프다, 자식 죽는 것이 슬프다, 해도 이 세상에서 가장 슬픈 것은 자기가 죽을 때라고 하지 않던가. 침대에 누워 죽음을 기다리며 괴로워 하다가 눈을 감는다. 이것이 인생의 마지막이다.

보혜도 어느 날 저녁 조용히 눈을 감았다. 임종을 한 사람

은 순철뿐이었다. 워낙 행복하게 살아서 죽어서도 얼굴이 고 왔다. 오히려 약간 미소를 머금은 듯한 표정이 너무 안혼하고 편안하게 보였다. 순철은 읍내 시장에 가서 삼베옷 한 벌을 사왔다. 자기가 보혜한테 해줄 수 있는 것은 그것뿐이었다. 한동네에서 자란 것도 인연이라면 인연이었다.

순철은 친척한테 연락하려 해도 연락할 데가 없었다. 다들 돌아가고 남은 사람들도 멀리 떨어져서 연락처를 몰랐다. 순철은 보혜의 시신을 병원에서 마련해준 영구차에 실어 상리면 화장장에 가서 화장을 했다. 하얗게 피어오르는 연기는 이 세상에 살 때 온갖 고뇌와 추억을 하늘로 올려 보내는 신기루 같았다. 순철은 유골함을 트럭에 싣고 와서 연못 입구에 내렸다. 옛날 학교에서 돌아와서 동네 아이들과 연못가에서 잠자리를 잡고 나비도 잡고 클로벌 꽃을 따서 반지를 만들어 주었던 그 연못이었다. 둑에는 옛날처럼 온갖 꽃이 만발하고 노오란 민들레가 사방 피어 있었다. 먼 산에서 풀꾹새가 봄의 외로움을 견디지 못하여 애절하게 울고 있다.

인심이 넉넉하였던 옛날의 정서는 이제 어디에도 찾아볼 수가 없었다. 지금 남아 있는 사람이 죽고 나면 동네는 어떻게 될 것인가. 세상이 너무 변했다. 비록 보리밥을 먹어도 옛날이 좋았다. 다른 친구들한테도 연락할 사람이 없었다. 세월은 왜 이리 야속할까.

만나면 언젠가 헤어지고 산 것은 반드시 죽는다고 하지 않앉던가.

순철은 연못을 한 바퀴 돌고 보혜의 유골을 연못가에 뿌렸다. 그리고 벗나무 밑에 주저앉아 한없이 울었다. 보혜가 불쌍해서 그런 것이 아니었다. 세상이 허전한 것이었다. 며칠 뒤 순철은 배낭을 메고 필두봉으로 올라갔다. 한 달에 한두 번은 등산 갔던 산이었다. 필두봉은 420m의 산으로 높지는 않지만 정상에 올라서면 구만면 들판이 한눈에 보이고 높고 낮은 봉우리들이 병풍처럼 둘러싸서 풍요로운 고장처럼 품위 있게 보였다. 하늘에는 구름이 두둥실 떠간다. 어머니가 장사하러 다닐 때 허리끈을 잡고 따라다니면서 밥을 얻어먹던 때가 엊그제 같은데 벌써 중년이 넘었다. 이제 어머니도 병세가 자꾸 나빠지고 자기 혼자 남을 것 같았다. 정상에 서서 구만들판을 내려다보며 '옛 생각'이란 노래를 목청껏 불렀다. 눈에서 눈물이 주르르 타고 내린다.

> 뒷동산 아지랑이 할미꽃 피면
> 꽃 댕기 매고 놀던 옛 친구 생각난다
> 그 시절 그리워서 동산에 올라보니
> 놀던 바위 외롭고 흰 구름만 흘러간다
> 모두다 어디 갔나, 모두다 어디 갔나
> 나 혼자 여기 서서 지난날을 그리네

마암면 도전리 산두골 입구

사람이 죽으면 흙이 되고 물이 되고 바람이 되어 어디론가
사라져 버리는 것이 인생이라고 하지 않더냐.

임진왜란

그동안 극동의 섬에 고립되어 문화가 뒤떨어졌던 왜구가
콜럼버스의 신대륙발견으로 서방의 선진국들이 앞 다투어 동
양으로 진출하자 지리적으로 유리한 위치에 있던 왜구가 재빨
리 서방세계에 눈을 떠서 선진문물을 받아들이기 시작했다.

그동안 조선은 사화와 당쟁으로 세월을 보낼 때 왜구는 포
르투갈로부터 신무기인 조총을 도입하여 수만 번 분해조립을
거듭하여 자기 것으로 만들고 서양식 국방체제를 갖추어 전
력을 강화하고 현대식으로 무장한 뒤 한반도를 위협하기 시
작했다.

우리나라 조정에서는 상하가 한결같이 문약하여 왜구의 야
욕에 근본적인 대책을 세우지 못하고 정쟁에만 일삼아 상대
파의 족보와 조상의 내력까지 들추어내어 모함하고 죽이고
귀양 보내는 데만 혈안이 되었다.

일찍이 선견지명이 있는 율곡선생이 10만 양병설을 주장
하였으나 국운이 융성한 태평성대에 부국강병 따위는 혼란만
가져오고 평지풍파를 일으킨다고 논란 자체를 금기처럼 여겼

다. 오히려 군사 따위는 위험천만하고 화근 덩어리일 뿐 종사에 전혀 도움이 되지 않는다고 상하 모두가 반대했다.

현해탄 건너에서는 시시각각으로 침략의 징조가 전달되었으나 문(文)을 숭상하고 무(武) 천대시하는 분위기에 편승하여 입으로만 국방을 논할 뿐 왜구하나 막을 묘책이 나오지 않았다.

그동안 왜에서는 꾀 많고 원숭이라는 별명이 붙은 도요토미 히데요시가 미천한 신분에서 몸을 일으켜 백년 넘게 전란을 겪은 일본열도를 몸소 통일하자 남는 병력을 활용할 방도를 강구했다.

그리하여 평생 전쟁터에서 몸을 단련시킨 역전의 용사들을 그냥 놀릴 것이 아니라 조선 침략으로 보내어 그들의 정력을 발휘하고 조선반도를 차지하는 일거양득의 효과를 노리었다.

이에 앞서 도요토미 히데요시가 조선에 사신을 보내어 정명가도를 요청하였을 때 조정의 대신들은 사태의 심각성을 깨닫지 못하고 일본 따위는 하잘 것 없는 무식한 나라로 멸시의 대상이었다.

조정에서는 혹시나 하고 황윤길과 김성일을 일본에 보내어 탐문하였으나 왜놈의 의도를 제대로 꿰뚫지 못하고 당파가 다르다고 서로 상반되는 보고를 하는 어처구니없는 일을 저질렀다. 그동안 위정자들은 백성 위에 군림하며 온갖 학정과 착취를 일삼다가 막상 위기가 닥치자 모든 일에 말만 앞설 뿐

백가지 중에 한 가지도 제대로 준비되는 일이 없었다.

왜군은 1592년 임진년 음력 4월 15일 함정 700척과 병력 15만의 대군으로 현해탄을 건너 부산으로 쳐들어왔다. 우리나라는 그동안 준비가 없었던 관계로 병선이나 물자가 턱없이 부족한데다 병력도 훈련을 받지 못하고 어중이떠중이 오합지졸로 활이나 칼 하나 제대로 다루지 못했다.

왜병은 백여 년의 전란을 몸소 겪으며 무예, 장비, 무기, 병법, 축성술 등 전략에 능한데다가 조총이라는 신무기까지 갖추어 사납게 날뛰었다.

조선반도가 낯선 땅이라고는 하지만 대마도 도주 현소 등을 보내어 일본의 침략이 있을 거라는 정보를 제공하는 척 하면서 우리나라의 전투력을 파악하고 분위기도 살필 겸 지리도 소상히 파악하여 약점을 꿰뚫고 있었다.

부산 첨사 정발과 동래 부사 송상현이 악전고투로 싸웠으나 병력과 장비와 전술이 월등히 뛰어난 그들한테 대적이 되지 못했다. 왕실에서는 최후의 방어선으로 여겼던 충주의 신립장군마저 4월 27일 어이없이 패배하자 왜군은 노도같이 북상하여 20일 만에 서울에 입성했다. 선조는 허겁지겁 4월 30일 서울을 버리고 왕비와 궁녀, 대신들을 데리고 개성, 평양을 거쳐 의주까지 몽진했다.

그 당시 조선의 상황을 보면 총 가구 수는 대충 134만 호였다. 이 중에 늙고 병든 자, 독고 노인, 과수댁, 절름발이, 장님 등 장애자를 제외하면 실효 가구는 62만 호였다. 이 가운데 관리, 사대부, 양반 등 군역을 면제받은 사람이 80%가 되니 실제 군역에 응할 수 있는 사람은 20%에 미치지 못했다.

이들은 자기 소유 땅도 없어 소작농을 부치든지 남의 집 머슴이나 종노릇을 하는 하층민이었다. 담세능력이 없는 이들에게 매년 20냥이나 되는 군역비용을 내라고 하니 죽었으면 죽었지 도저히 낼 형편이 되지 못했다. 못내는 사람은 낼 때까지 관에 끌려가서 매질을 당하여 죽든지 도망을 가는 수밖에 없었다.

몇천 석을 하여도 고관대작이나 사대부는 세금은 물론 병력까지 면제되고 가난한 농민들한테만 닦달을 하니 못사는 농민들만 죽을 지경이었다. 견디다 못한 농민들이 도망가면 가까운 친척한테 전가하는 족징(族徵)제도가 생겨났다. 친척도 견디다 못하여 도망가면 이웃에게 전가하는 인징(人徵)제도가 생겨났다. 그렇게 되자 연쇄적으로 도망을 가서 동네가 텅텅 비게 되어 농사지을 사람조차 없었다. 나라가 있고, 백성이 있어야, 주권이 있는데 백성이 도망가고 없으니 통치하는 사람은 있어도 통치 받는 사람이 없었다. 그런 중에도 형편이 조금 나은 사람은 군포(베)를 냄으로서 군역을 면제받으니 가난하고, 무식하고, 힘없는 사람만 병력의 의무를 지게 되었다.

이들은 서럽고 배고프고 억압을 받고 지내는 하층민으로

국가관이나 애국심은 털끝만큼도 있을 리가 없었다. 난리가 나든지 나라가 망하든지 자기 자신을 추스르기에도 힘에 겨웠다. 오히려 고관대작이나 사대부에 대하여 적개심만 가득했다.

왜군은 부산에 도착하여 동래, 밀양, 대구, 김천을 거쳐 문경 새재로 넘어가고 수군은 웅천, 합포, 거제, 고성, 통영, 여수 등 남해안으로 진격하여 살인, 방화, 약탈, 납치, 파괴를 일삼으면서 해안을 쑥밭으로 만들었다.

왜놈들은 알몸에 팬티만 입고 장검을 차고 다니면서 닥치는 대로 찌르고, 베고, 난도질을 했다. 상스럽고 무지막지한 왜놈들을 보고 기겁을 한 조선 여인들은 부엌으로 뒤안으로 헛간으로 창고로 도망갔지만 거기까지 쫓아가서 찌르고 죽이고 겁탈을 했다. 동네마다 곡소리가 난무하고 집집마다 아비규환이었다. 그래도 다행한 것은 왜란을 1년 앞두고 정읍 현감을 지낸 이순신을 전라좌도수군절도사로 발탁하여 여수에 본영을 두고 관내를 정비하여 거북선을 만들기 시작했다. 이에 지자포, 현자포를 장치하고 시험 끝에 실전용으로 완성을 본 것이 4월 13일이니 왜군이 부산에 상륙하기 이틀 전의 일이었다.

이렇듯 육상의 전황이 일방적으로 불리한 중에도 오직 전라좌수사 이순신장군이 거느린 수군만이 바닷길을 지키며 삼남연안의 재해 권을 장악하자 왜군은 장기전에 대비했다. 충무공은 1592년 8월 15일에 삼도수군통제사가 되어 수군을 완전히 장악하고 한산섬 두을포에 진을 옮기고 정식으로 취임했다. 장군은 사방 흩어진 병선을 모으고 낡은 것을 수리하여 왜군에 대항하였지만 수백 척씩 떼를 지어 몰려오는 적을 방어하기에는 역부족이었다.

왜군은 오랜 전쟁준비로 후속부대가 계속 부산에 상륙하여 병력을 보강하니 전투력이 막강했다. 마침 이순신 장군은 남해안의 리아시스식 해안을 잘 이용하여 소규모 왜선을 유인하여 섬멸작전으로 큰 성공을 거두었다. 이때부터 왜군은 이순신 장군을 겁내기 시작했다.

이순신 장군이 왜놈의 배를 나포하니 거기는 적게는 30~40명 많게 60~70명씩 우리나라 청년들이 잡혀 와서 격군(노 젓는 일꾼)으로 노역을 하고 있었다고 한다. 그리고 격군으로 사용할 수 없는 나이 많은 사람들은 무기를 운반하고, 군량미를 갹출하고 배를 수리하고 청소를 하며 노역을 했다. 여인들도 끌려와서 밥하고, 빨래하고, 바느질을 하다가 밤이면 왜놈들의 수청을 들어야했다.

1594년 3월 4일 좌수사 이순신 장군과 우수사 이억기가 거제 앞 바다에서 순시를 하고 있던 중 진동 앞 바다에 왜선 수십 척이 있다는 첩보가 들어왔다. 대선 1척, 중선 12척, 소선 20척이었다. 이에 장군은 이억기와 함께 깃발을 휘날리고 북을 두드리며 진동만으로 나가니 왜군은 겁을 먹고 고성 쪽으로 도망을 갔다. 장군은 지리에 익숙한지라 고성만은 수로가 좁고 퇴로가 막혀있는 것을 잘 알고 천천히 뒤를 쫓았다. 장군한테 쫓긴 왜군은 고성만으로 들어가서 통영으로 빠져나가려고 했다. 그러나 마암면 두호리 앞 바다에 이르러서 앞이 막히자 당황했다. 개도 나갈 구멍이 없으면 주인한테 달려든다고 그들은 틀림없이 돌아 나오면서 공격해 올 것을 장군은 알고 있었다. 장군은 침착하게 당항포 앞 바다에서 전열을 가다듬고 기다리고 있었다.

무기는 지자총, 현자총, 질레포, 대화발, 대완구(천자총통)였다. 아니나 다를까, 왜군은 두호 앞바다에서 돌아 이순신 장군이 있는 함선으로 맹렬하게 달려들었다. 이에 장군은 사정거리가 긴 천자총통으로 적 함선을 퍼붓다가 거리가 좁혀지자 거기에 맞는 현자총과 질레포를 퍼부었다. 왜군은 조총으로 대항하였으나 사정거리가 짧은 조총은 육지에서는 위력을 발휘하여도 바다에서는 힘을 쓰지 못했다. 배가 거의 파손되자 왜군은 헤엄을 쳐서 뭍으로 기어 올라갔다. 장군은 뭍으로 올라 간 왜군이 민가에 들어가서 분탕질 할 것을 염려하여 파손되지 않은 배 한 척을 놔두고 퇴각하여 당항포에 숨었다.

밤이 되자 장군의 예측한대로 육지로 도망갔던 왜군이 남겨둔 배에 가득 타고 나오는 것이었다. 이때 장군은 총통을 퍼부으니 배는 파손되고 왜군은 수몰되었다. 당항포 해전으로 57척의 왜선이 수몰되었다. 이는 그 당시로서는 큰 전과였다. 이렇게 하여 당항포 앞바다는 역사에 빛나는 세계적인 해전이 되었다. 지금도 마암면 두호 앞에는 쏙시라는 동네가 있는데 그때 왜놈이 속았다고 하여 쏙씨라고 부른다.

당항포 해전에서 승리를 거두었지만 7년 전쟁으로 남해안은 만신창이가 되었다. 불타고 부서지고 죽고 병들고 끌려가고 동네가 텅텅 비어 100리 안에 개 짓는 소리, 닭 우는 소리를 들을 수가 없었다. 백성은 살해당하고 농토는 피폐되고 집은 불타고 가축은 씨도 남지 않고 모두 도살되었다. 여인들도 왜놈한테 짓밟히고 강간을 당하고 살해당했다. 몸을 짓밟힌 여인들은 더러운 여자라고 하여 시집에도 친정에서도 받아주는 곳이 없으니 절망과 실의 속에 길거리를 헤매게 되었다.

살아남은 사람도 걸인이 되거나 미치거나 정신을 잃고 거리를 헤매는 사람들이 많았다. 남해안은 모두 정상이 아니었다. 십리를 가도 인적이 드물어 사람 구경을 할 수 없으며 임자 없이 버려지는 땅도 수두룩했다.

조정에서는 왜군이 침입하자 명나라에 구원을 요청했다. 명나라 황제 신종은 열 살 때 황제의 자리에 올라서 하는 일이라고는 아무것도 없었다. 기껏 하는 것이라고는 자기가 죽으면 묻힐 묘 자리를 조성하느라 밤낮 여념이 없었다. 천하에 제일 질이 좋은 옥을 서역의 곤륜산에서 채굴하여 베이징까지 운반하여 지하 묘소로 내려가는 계단에서부터 능 안까지 전부 양질의 옥으로 장식했다.

작가가 여행을 갔을 때, 신종의 묘 입구에는 커다란 비석이 하나 있는데 글자가 하나도 없었다. 신종이 황제로 재임하던 47년 동안 한 일이라고는 아무것도 없어서 비문에 새겨 넣을 업적이 없다는 것이었다. 그러나 우리나라에는 군대를 파견하여 약간의 도움이 되었다. 명나라 군사는 왜군과 직접 싸우는 것을 피하고 후방에 주둔하면서 관리들한테 거드름을 피우면서 재물에만 관심을 가지고 있었다. 고을의 수령들을 하인같이 부려먹고 각종 보급물자를 공급케 하니 백성들은 자기들도 먹고 살기가 어려운 처지에 물자까지 조달케 하니 허리가 빠질 지경이었다.

왕실에서는 이런 피해를 알면서도 대국인 명나라 군사한테 말도 못하고 비위를 맞추는데 급급했다. 전쟁이 끝나자 명나라 장수 이여송은 조선의 수려한 산세와 아름다운 강산에 욕심을 나타내어 본국으로 돌아갈 생각을 하지 않았다. 더구나 무능한 임금과 어리석은 관료들을 보고 조선에 인재가 없음을 다행으로 생각하고 조선을 자기가 차지하려고 조선에 남아 온갖 간섭을 다했다.

명나라 천자 신종(神宗)은 이여송의 세력이 커지면 장차 우환이 될 것을 두려워하여 이여송한테 소환명령을 내렸다. 천자의 명령을 거역하면 항명으로 역적이 된다는 것을 아는 이여송은 일단 귀국하려고 마음을 먹고 기회가 되면 다시 돌아와서 조선을 차지하려고 생각했다. 그러려면 조선에 인재가 나타나지 않아야 되었다. 이여송은 팔도 지도를 펼쳐놓고 중요한 지점에 기를 모아 붓으로 지도에다 혈맥을 찍으니 실제 바위가 갈라져서 혈맥이 끊어지게 되었다. 고성군 마암면 석마리 감동부락 뒷산에 있는 바위도 그때 이여송이 찍어 갈라진 것이라 한다. 당항포 해전은 이렇게 하여 세계해전사의 한 페이지를 장식했다.

공룡엑스포

많은 사람들이 시대의 흐름에 따라 태평호를 타고 부산으로 떠났고 그중의 일부는 태평호를 타고 돌아올 왔다. 떠난 사람들 중에는 성공한 사람도 있고, 실패한 사람도 있고, 죽은 사람도 있고, 행방불명된 사람도 있었다. 그러나 돌아온 사람보다 떠나간 사람들이 더 많기 때문에 농촌은 자꾸 인구가 줄어들고 낙후되어가고 있었다. 이제 태평호도 사라지고 썰렁한 어촌에는 새로운 바람이 불어오기 시작했다.

고성은 그동안 명승지나 문화유산 등 내세울만한 브랜드가 없었다. 고성오광대가 있었지만 다른 지역에도 있었다. 그러던 중 우연히 고성군 하이면 바닷가에 공룡발자국이 발견되었다. 1억 5천만 년 전의 공룡발자국이 화석으로 굳어져서 뻘 속에 간직되었다가 썰물 때 발견되었다고 하니 천우신조였다.

이것을 많은 사람들한테 구경시키고 싶었지만 하이면은 교통이 좋지 않고 지역도 협소하여 공룡엑스포 개최지로서는 부적합했다. 고심 끝에 임진왜란의 전승지이며 과거 태평호가 드나들었던 당항포가 공룡엑스포 개최의 최적지로 선정되었다. 입지가 결정되자 산을 깎아 바다를 매립하기 시작했다. 순철은 공사장에서 작업반장을 맡았다.

"거기는 건드리면 안 됩니다."

옛날 부두를 없애려고 했다.

"부두가 낡아 무너질 것 같습니다."

"그러면 원형을 보존하면서 새로 보수하는 것이 났습니다."

순철은 가급적 옛 정취를 살리려고 애를 썼다. 공사는 예정대로 진척되었지만 공룡화석을 어디에서 구해 와야 할지 걱정이었다. 하이면에 있는 화석을 떼어 올 수는 없었다. 고심 끝에 외국에서 공룡화석을 빌려오기로 했다. 유럽, 러시아, 중남미, 캐나다 등지에 물색하였으나 빌리는데 돈이 많이 들어갔다.

다들 그 나라의 문화재가 되어 보험에 들어야 되고 운반에 상당한 노력이 필요했다. 전시한다고 다 되는 것이 아니었다. 공룡의 진화와 생태, 그 나라에 서식하게 된 환경, 발굴

하게 된 동기, 보존상태 등 해박한 지식과 설명할 전문가가 필요했다. 만약 운반 중에 파손되면 손해배상과 국가적인 이미지도 문제였다. 몇 년 동안 각고의 노력 끝에 준비가 완료되었다.

드디어 2006년 4월 30일 우리나라 최초로 공룡엑스포가 개최되었다. 날씨는 화창하고 햇살은 따뜻했다. 진달래 개나리가 반갑다고 손짓을 하고 파아란 바닷물이 햇빛에 반사되어 찰랑거린다. 순철은 그날 안내를 맡기로 했다.

공룡이 지구를 지배 할 때가 지금으로부터 1억 5천만 년 전이라고 하니 인간은 앞으로 언제까지 지구를 지배할 것인지 의문이 생긴다. 인간의 지능이 발달하고 과학이 빨리 발달하면 할수록 인간의 멸종되는 시기도 그만큼 빨라질 것이란 생각이 들었다.

백악기 공룡, 시생대 공룡, 중생대 공룡, 신생대 공룡화석을 따로 전시하고 엑스포는 3년마다 한 번씩 개최하기로 했다. 그때마다 새로운 공룡화석을 전시하여 아이들부터 어른까지 지루하지 않고 계속 볼만한 구경거리를 제공하려고 계획을 세웠다. 한나절이 되니 관광버스가 줄줄이 배둔 앞 주차장으로 밀려온다. 거기서 내려 셔틀버스를 이용하여 엑스포 앞에 하차시키도록 되어 있었다. 어떤 사람들은 배둔 뒷골목에 승용차를 세워놓고 걸어서 오는 사람도 많았다. 바다가 보이는 한적한 시골길은 걷기에 좋았다. 엑스포는 당항포가 생긴 이래 최대의 행사였다. 살기에 바빠서 그동안 만나지 못했던 형제자매, 친구, 친척, 동창들도 많이 찾아왔다.

"언니, 형님, 동생, 누나, 아재, 오빠 등…"

부르고 찾고 만나고 웃고 악수하고 야단이었다.

순철은 국민학교 동창들한테 미리 연락을 했다. 열한시에 청기와 횟집 앞에서 만나기로 약속했다. 항상 어떻게 지내는지 궁금하였지만 먹고 살기에 바빠서 그동안 만나지 못하였는데 이럴 때 연락을 하니 친구들도 반가워했다. 열시반이 되니 동창들도 줄줄이 온다. 순자, 둘순, 끝녀, 옥자, 기숙, 영철, 진수, 경찬 등이었다.

"보혜는 왜 안 왔노?"

어떤 친구가 묻는다.

"보혜는 죽었다."

"보혜가 죽다니, 그런 부잣집 딸이 왜 죽었노?"

다들 놀랜다.

"부자라고 오래 사나, 건강해야 오래 살지. 허허."

"그러면 신랑 덕수는 어떻게 되었노?"

동창들도 그동안 서로 만나지 않아서 근황을 모르는 친구가 많았다.

"덕수도 죽고, 흠태도 죽었단다."

"흠태가 죽다니!"

다들 놀랜다.

"다들 왜 그리 빨리 죽나."

"우뚝 자란 나무가 먼저 잘린다는 말이 있잖아."

"정말 그렇다. 잘 나가던 친구가 먼저 죽네."

한참 서서 이야기를 할 동안 저만치서 어떤 여인이 귀부인처럼 차려입고 걸어온다. 친구들은 누군가 하고 쳐다보니

"순철아!"

저쪽에서 먼저 부른다.

"어, 끝쑥이 아니가. 끝쑥아!"

끝쑥이 달려온다. 친구들은 의아해 하면서 못 믿겠다는 듯이 서로 쳐다본다. 끝쑥이는 얼굴이 말쑥하고 피부가 좋았다.

"끝쑥아, 니가 전에 병에 걸렸다고 하지 않았나?"

여자 친구들이 묻는다.

"이제 다 나았다."

"니가 얼굴이 좋다."

"부산에 가서 성형수술을 했다. 이제 손만 조금 흉터가 있지 다른 데는 멀쩡하다. 병원에서 건강검진을 받았는데 모두 건강하다고 하더라."

손에는 얇은 연분홍 장갑을 끼고 있었다.

"천만다행이다, 우리는 니를 보고 얼마나 마음이 아팠는지 모른다."

"고맙다, 하하하."

"학교 다닐 때 순철이가 끝쑥을 좋아하지 않았나?"

다들 순철을 쳐다본다.

"끝쑥이가 몸이 안 좋다고 했는데 순철이가 끝까지 좋아했겠나."

순철이 어색한 표정을 짓는다.

"맞아, 끝까지 좋아했으면 둘이서 결혼했겠지."

"하하하."

모처럼 만나니 거리낌 없이 말을 하고 주거니 받거니 자지러지게 웃는다.

"우리 이렇게 재미있는데 공룡을 볼 필요가 있나, 그런 것은 아이들이나 구경하지. 우리 모처럼 만났는데 여기 있지 말고 횟집으로 가서 이야기를 하자."

어떤 친구가 제의하니

"그럼, 식당에 가서 놀자."

"그럼!"

다들 동의를 한다. 순철도 행사장에 양해를 구하여 안내를 하지 않고 친구들과 한데 모여 놀았다. 오후 4시가 되어 순철은 친구들과 헤어지고 장내에 정리를 할 겸 엑스포 행사 안으로 들어갔다. 사람들도 구경을 하고 한 사람씩 두 사람씩 빠져나가기 시작했다. 부모를 잃은 아이들이 울고불고 한다. 순철은 아이들을 데려다가 보호소에 인계를 하고 아이를 찾는 부모가 있으면 안내를 했다. 한참 있으니

"차순철 씨! 차순철 씨, 영내에 있으면 찾는 사람이 있으니

입구 안내실로 오시오."

방송이 나온다.

"누가 나를 찾나? 친구들도 다 헤어졌는데."

의아하게 생각하며 천천히 안내실로 가니 어떤 오십대 부인이 서서 기다리고 있었다.

"저를 찾았습니까?"

"예."

그 여인은 약간 쑥스러워하며 몸 둘 바를 몰라 한다. 양장을 하고 얼굴에 주름살이 약간 있는 여인인데 모르는 사람이었다. 순철은 어색한 표정으로 의아해 하니

"차순철 씨 맞지요?"

"예."

그 여인이 재차 확인한다. 옷차림이 세련되고 목걸이를 하여 귀부인 같았다.

"누구신데요?"

여인은 멋쩍은 듯 웃더니 이내 슬픈 표정을 짓는다.

"누구십니까?"

순철도 어색한 표정을 지었다.

"저어, 알런지 모르겠습니다."

어서 말을 못하고 머뭇거리다가 핸드백에서 손수건을 끄집어내어 눈가를 훔친다.

"옛날 배둔장에서 나무장사를 하였지요?"

"예!"

순철은 틀림없이 자기를 아는 사람이라고 생각했다.

여인은 또 감정에 복받치는지 얼른 말을 못한다. 그러고 다시 눈가를 훔친다.

"그 옆에서 조개를 팔던 노팽숙이라고 합니다."

"옛! 노 노 노팽숙이라니요?"

순철은 갑자기 당황해진다.

"하여간 세월이 많이 지났으니까요."

순철은 옛날의 기억을 더듬다가

"옛날 간사지에서 물에 빠지지 않았습니까?"

"간신히 살았지요."

순철은 어리둥절해진다. 그리고 그때 일이 주마등처럼 떠오른다. 다리가 떨리고 마음이 뒤숭숭해진다.

"그 뒤에는 어떻게 되었습니까?"

"온갖 고생을 하다가 이리되었습니다. 호호호."

쓸쓸하게 웃는다.

"죽은 줄 알았는데?"

"죽을 팔자가 아닌가 보지요."

순철은 꿈인지 생시인지 자기 머리를 흔들어 본다.

옛날 배둔에서 장사할 때 팽숙이의 모습이 생생했다. 검정 몽당치마에다 때가 묻은 헌 남자의 잠바를 입고 머리를 약간 땋아 끝에 고무줄로 매고 있었다. 얼굴은 햇볕에 타서 붉다 못해 검푸른 구리 빛이 났다. 지금 눈앞에 있는 팽숙은 세련된 양장에 목걸이를 하여 귀부인 같았다. 순철은 정신을 가다듬고

"내가 여기 있는 줄을 어떻게 알았습니까?"

"혹시나 하여 안내실에 부탁을 했습니다."

"그동안 고생을 많이 했을 긴데요."

"…"

팽숙은 또 수건을 꺼내어 눈가를 닦는다. 둘은 한참동안 말이 없었다. 순철도 당황하였지만 중심을 잡고

"그동안 무엇을 하였습니까."

"안 해본 것이 없습니다. 현재는 요정을 운영합니다."

"요정요?"

"국제시장 뒤편에 있습니다."

"혹시 우남장 아닙니까?"

"맞습니다. 어찌 압니까?"

팽숙은 놀란다.

"옛날에 가본 적이 있습니다."

순철이 가봤다고 하니 자기가 언제부터 거기에 있었는지 기억을 더듬는다. 혹시 그때 순철이 오지 않았는지 생각해본다.

"그때 내가 있었는지 모르겠습니다."

"판덕수 회장을 압니까?"

"예, 우리 집 단골 회장이었습니다. 어떻게 압니까?"

덕수와 동창이라고 하려다가 그만두고

"나는 팽숙 씨가 요정에 근무할거라는 것은 꿈에도 생각하지 못했습니다."

"그렇겠지요."

잠시 침묵이 흘렀다. 그때 키가 큰 흑인이 옆에 다가온다.

"하우두유두! 미스터 킹입니다."

"억!"

당황했다.

"인사하셔요. 저의 운전기사 입니다."

"하우두유두."

"차순철입니다."

순철은 흑인한테 손을 내밀어 악수를 했다. 손이 야구 글러브만 하게 커다랗다.

"어디 가서 앉읍시다."

팽숙이가 제안한다. 긴장되고 피곤한 것 같았다.

"입구에 나가면 바다가 보이는 언덕이 있어요, 거기가면 옛날 선창가도 보이고 전망이 좋습니다. 셔틀버스를 타고 나가다가 거기서 내립시다."

셋은 셔틀버스를 타고 가다가 입구에서 내렸다. 바다가 잘 보이는 언덕에 올라서 아래를 내려다보니 파도는 예나 지금이나 다름이 없었지만 선창가는 옛날 그대로가 아니었다. 지나간 세월이 너무 가혹했다.

"순철 씨 부인은 미인이지요?"

순철은 말문이 막혔다. 아직까지 결혼을 못했다고 말하기엔 창피했다.

"저는 팽숙 씨를 기다리고 있었어요. 하하하."

"호호호, 거짓말도 잘하시네요."

"좋을 대로 생각해요."

순철이 말을 하자 팽숙이도 웃는다.

그때서야 어색함이 풀렸다.

"호호호, 팽숙은 계속 웃다가 손수건으로 눈가를 닦기도 한다.

"우리 회장님도 아직 결혼을 못했어요."

흑인기사가 옆에 있다가 말을 한다.

"설마?"

"못 믿겠지요, 가난이 한이 되어 돈 번다고 정신이 없어서 결혼은 생각지도 못했습니다."

팽숙이 얼마나 고생을 하였는지 순철은 보지 않아도 뻔했다. 어디서 왔는지 언덕 옆에는 아주머니들이 많이 와서 왁자지껄 떠든다.

"저것을 바다라고 하나, 강보다 좁다."

처음 당항포에 구경 온 사람들 같았다.

"여기는 그래도 넓은 편이다, 저 아래쪽에 내려가면 더 좁다."

"어찌 바다가 이렇게 생겼을꼬."

"그러니까, 왜놈들이 이순신 장군한테 쫓겨서 잘못 들어왔 겠지."

"정말 그렇다."

"저 위로 올라가면 조그만 동네가 있는데 왜놈들이 속았다 고 동네이름을 쏙씨라고 한단다."

"수영 잘하는 사람은 헤엄을 쳐서 건널 수도 있겠네."

"그래도 보기보다는 건너기는 힘들기다."

한쪽에선 여인들이 조용히 노래를 부른다. 다들 추억이 새 로워진 것이다.

내 고향 남쪽바다 그 파란 물 눈에 보이네
꿈엔들 잊으리오 그 잔잔한 고향바다…

노래가 끝날 무렵

"와!"

어디서 사람들이 소리를 지른다.

"저것 봐라, 저 배 봐라!"

하얀 요트가 예일목에서 돛을 높이 들고 줄을 지어 당항포 로 들어온다. 사람들은 화려한 요트를 보고 감동하여 모두 일어선다. 웅장한 구절산을 배경으로 파란 바다 위를 하얀 요트가 그림같이 다가오니 너무 신비하고 아름다웠다.

"어디서 저런 배가 나왔노."

사람들은 요트의 열병식에 황홀하여 정신을 빼앗겼다. 요트 연습장이 당항포 앞 바다에 개설되었다는 것을 사람들은 몰랐던 것이다.

"세상 많이 좋아졌다."

"그렇고 말고."

해가 서쪽으로 기울어지니 바다는 더욱 반짝거린다. 멀리 거류산이 보인다. 거류산은 천년만년 변함이 없건만 세상은 엄청나게 변했다. 공룡엑스포는 구경도 좋지만 그동안 헤어졌던 많은 사람들이 만나는 행운의 장소였다.

"어머니는 어떠셔요?"

팽숙이 묻는다.

"건강이 좋지 않습니다."

"좋은 분이셨는데…"

"고생을 많이 하였지요."

"미스터 킹, 차를 배둔까지 몰고 가서 거기 삼거리에서 기다려요, 나는 순철 씨와는 걸어서 갈게요."

"오케이."

"왜 흑인을 기사로 씁니까?"

"보기는 그래도 굉장히 교양이 있고 예의가 밝아요. 기사도 한국 여인과 결혼을 하여 자식까지 있어요. 전에 회장이 기사로 쓰던 것을 내가 계속 고용하고 있어요. 내도 흑인하고 같이 다니면 등치가 크니까 아무도 범침을 못해요. 그러니 기사 겸 보디가드로 데리고 다녀요. 호호호."

순철과 팽숙은 노을이 붉게 물들어가는 바다를 바라보면서 천천히 배둔 쪽으로 걸어간다.

멀리 거류산이 우뚝 솟아 위용을 드러내고 있다. 그 옛날 험하고 거칠은 자갈길을 순철은 계란을 지고 당항포까지 수없이 다녔고, 팽숙은 동해면에서 배를 타고 와서 당항포에서 무거운 조개를 이고 수없이 다니던 길이었지만 지금은 포장되어 깔끔했다.

"저기 공동묘지가 있었지요?"

팽숙이 길 위쪽을 가리킨다.

"예. 겨울에 배가 늦게 도착하면 어두운 길이 무서웠어요."

"지금 생각하니 옛날은 꿈만 같아요, 호호."

팽숙이 웃는다.

바다는 황금빛으로 변하여 반짝이고 있었다. 팽숙은 당항포가 이렇게 변할 거라고는 꿈에도 생각도 못했다. 세월은 흘러가고 세상은 변하고 당항포도 시대의 변화에 따라 새로운 도약을 시도하고 있었다.

당항포

문찬도 지음

발 행 처 · 도서출판 **청어**
발 행 인 · 이영철
영　　업 · 이동호
홍　　보 · 천성래
기　　획 · 남기환
편　　집 · 방세화
디 자 인 · 이수빈 | 김영은
제작이사 · 공병한
인　　쇄 · 두리터

등　　록 · 1999년 5월 3일(제1999-00063호)

1판 1쇄 발행 · 2020년 8월 30일

주소 · 서울특별시 서초구 남부순환로 364길 8-15 동일빌딩 2층
대표전화 · 02-586-0477
팩시밀리 · 0303-0942-0478

홈페이지 · www.chungeobook.com
E-mail · ppi20@hanmail.net
ISBN · 979-11-5860-876-7(03810)

이 책의 저작권은 저자와 도서출판 청어에 있습니다.
무단 전재 및 복제를 금합니다.

이 도서의 국립중앙도서관 출판시도서목록(CIP)은 서지정보유통지원시스템 홈페이지
(http://seoji.nl.go.kr)와 국가자료공동목록시스템(http://www.nl.go.kr/kolisnet)
에서 이용하실 수 있습니다.(CIP제어번호: CIP2020031682)